秦 建日子
Hata Takehiko

アンフェアな国

刑事 雪平夏見

河出書房新社

アンフェアな国 ＊ 目次

登場人物

雪平夏見　警視庁新宿署組織犯罪対策課暴力犯捜査一係　警部補

安藤一之　警視庁刑事部捜査一課強行犯係　巡査部長
平岡朋子　警視庁刑事部捜査一課強行犯係　巡査長
岐部泰平　警視庁刑事部捜査一課　課長

白迫一生　警視庁新宿署　署長
玖島秀康　警視庁新宿署組織犯罪対策課暴力犯捜査一係　警部補
中越　享　警視庁新宿署組織犯罪対策課暴力犯捜査一係　刑事
黒澤壽一　元警視庁新宿署組織犯罪対策課暴力犯捜査一係　巡査部長

林堂　航　警視庁マスターデータ管理室　室長
藤川紀子　警視庁警務部監査官室　警部補

谷中絵里　両国法律事務所　弁護士

生駒悟志　宅配会社社員
玉川いづみ　ドコモショップ中目黒店店員
鵜内貴文　外務省職員　課長
木間塚良太　外務省職員　玉川いづみの婚約者
鵜内祐子　鵜内貴文の妻
鮎沢勲夫　倉石組幹部
関口葉子　洗足南小学校三年生
佐藤　弘　韓国から来た男
佐藤美央　雪平夏見の娘

装幀　坂野公一（welle design）

アンフェアな国

◉刑事　雪平夏見◉

プロローグ

1.

彼女がストーカーの気配を最初に感じたのは、夜、錦糸町駅から自宅マンションに向かう帰り道のことだった。

駅ビルのＦＯＯＤ ＧＡＲＤＥＮで五〇〇円の野菜天丼弁当を買った。天気予報が、夜には小雨が降ると言っていたので、小さな水玉のピンクの折りたたみ傘を鞄の中に入れていた。が、ＦＯＯＤ ＧＡＲＤＥＮを出ると、小雨どころではない。こんな小さな傘では役に立たないかもと思いつつ、肩にかけた黒いバッグを身体になるべく引き寄せ、胸とバッグの間に野菜天丼弁当を抱え、小走りで駅から自宅マンションに向かった。

最初の交差点で赤信号に引っかかる。信号待ちの間に、小さな傘からはみ出している両肩に冷たい雨が降り注いだ。まいったな。早く青信号に変わってくれないかな。そんなことを考えていると、ふと、通りの向こう側の男性が目に入った。

あの男性……昨日も見かけた気がする。いや、一昨日も見かけた気がする。朝の通勤と違い、帰宅時間はまちまちなのに、そんなに何日も同じタイミングで駅を利用するのは変ではないだろうか。しかも、彼は青信号の点滅の時に横断歩道を渡ったのだから、そのままどんどん先に行けばいいのに、なぜか渡ったところにある飲料の自販機を見ながら佇んでいる。ちょっとだけ、気味が悪いなと彼女は思ったが、すぐに勘違いあるいは考え過ぎだろうと自分に言い聞かせた。

その翌日。ちょっとした事件が起きた。

仕事を終え、疲れた身体でマンションのエントランスに着いたのは、二一時を少し回ったくらいだった。エントランスの右手にシルバーの集合ポストがあり、彼女のポストはその一番上の段の右端、七〇一号室だ。

ポストを確認しようと手を伸ばして、彼女はギョッとした。ポストが数センチ開いていたのだ。ダイヤル式のポストである。右に0を一回。左に2、8と二回。合計三回まわして初めて鍵が開く。締める時は、ただ適当にぐるりとダイヤルを一度回すだけ。彼女は几帳面な性格で、ポストを閉め忘れたことなんて、今まで一度も無かった。

中を見る。

資料請求していた結婚式場のパンフレットが三つ。それと、ピザ屋、寿司屋の宅配チラシ。それだけ。重要なものは何も入っていない。封筒が開けられた気配は無い。何の被害も無い。それでも、彼女は、不安な気持ちがじわじわと胸のうちに広がるのを抑えきれなかった。


それから三日後。

彼女はまた、あの男を見た。

仕事帰りの錦糸町駅。信号待ちの時、ふと背後を振り返ってみたら、一〇メートル後方に、あの男が立っていたのだ。

偶然だろうか。本当に、偶然だろうか。

信号が青に変わり、彼女は歩き出した。彼女のマンションは、ただただ真っ直ぐに歩けば辿り着く場所にある。でも、その日の彼女は、あえて次の交差点を左に曲がった。

コンビニの前を過ぎ、クリーニング屋の前を過ぎ、その先に路駐していた軽自動車のドア・ミラー越しにちらりと後ろを確認する。

「！」

あの男はまだいた。

次の十字路を右に。更にまた次の十字路を右に。これで最初の大通りに彼女は戻る。そこまでしてから、彼女はまた後ろを見た。

「‼」

いた。男はいた。しかも、微妙に距離が近づいている。間違いない。この男は彼女の後をつけてきている。彼女が男を凝視していると、なんとその男のほうも顔をあげて彼女を見てきた。知らない顔だ。今までどこかで会ったことは絶対に無いと思う。なのに、なぜ……

と、その時だった。バッグの中の携帯が鳴った。その男は、携帯の音を聞くと微かにビクッとし、そして足早に去って行った。

彼女は、混乱した気持ちのまま電話に出た。

「もしもーし」

電話をかけてきたのは彼女の恋人だった。

「あ、うん。もしもし？」

「？　どうした？　なんか声が変な感じするけど」

「あー、うん……今、電話してくれてよかった……」

「？　今、何かトラブル？」

それで彼女は、思い切ってここ最近のもやもやを、彼に相談することにした。

2.

生駒悟志（いこまさとし）は、新宿歌舞伎町のクラブのホールで、空になったコロナビールの瓶を無意味に天井に突き上げていた。そして、ダンスミュージックの爆音に対抗するように何度も奇声を発した。胸糞悪い記憶を酒と音楽で忘れたかった。が、あまりうまくは行きそうにない。金曜の夜なのでクラブはそれなりに混雑している。これ見よがしに露出させた女たちの胸元をチラチラ見ながら、新たなビールを注文するために生駒はバースペースに向かった。途中、V字に胸元が開いたヒョウ柄のニット・ワンピースの女と目が合った。ボブの黒髪で、顔は色白、唇が薄い、いわゆる「長澤まさみ的うさちゃん顔」の女で、豊満なボディと顔のギャップが生駒の好みだ。しかし、声をかける勇気は無かった。今日は金が無く、だからアレも持っていない。だから、いつもの誘い文句が使えない。

生駒は金欠だった。

今日は給料日前で、財布には千円札が三枚入っているだけだ。七〇〇円のコロナをもう一本飲んだら、千円札は二枚になる。そもそも、今夜はここに来る予定ではなかった。次の給料が出て、延滞しているカードローンを返済するまでは夜遊びはやめようと決心したばかりだった。なのに、あの腐れババアが……

　生駒は今日味わった理不尽な出来事を、また思い出した。

「配達されたいちごが腐っていた。宅配会社としてどういう責任を取ってくれるのか」

　そうクレームがあったと上司から聞き、生駒は耳を疑った。その家には一週間前から一日二回ずつ合計六回も訪問していた。そのたびにイチイチ不在票を手書きで作成してポスト・インした。しかし、再配達の連絡は一度も届かなかった。それで、四日目からは営業所の冷蔵庫で保管していた。こちらに落ち度は一つもない。にもかかわらず、今日連絡してきたその女は、
・不在票は一度も入っていなかった。
・そのせいで、一週間もいちごを放置することになった。だから、いちごが腐ったのはきちんと不在票を入れなかったそちらの配送員のせいだ。
・全額弁償はもちろん、せっかく孫がいちご狩りして送ってくれた特別ないちごを台無しにされたその精神的苦痛も賠償しろ。
　以上の三点を、延々と一時間近く繰り返したという。

「おかげで、一〇〇回は『申し訳ございません』って言わされたぞ」

　上司は嫌味な口調で生駒に言った。

「不在票は無かったって言われちまうと、そっからはもう水掛け論だからな」

　だが、何と言われようと不在票は書いたのだ。

六回も書いた。

「國枝」という宛先の名前を「国枝」と簡単に書きたい誘惑にも負けず、六回とも「國枝」と正確に書いた。誰が何と言おうと書いたのだ。そして玄関のポストにきちんと入れた。それが六回とも消えて失くなるわけないじゃないか。それなのに、上司はあっさりそのババアに謝り、おれはその上司から「仕事はもっとシビアにやってくれ」と意味不明の叱責を食らう。意味がわからない。納得出来ない。

と、ふいに背後から肩を叩かれた。振り向くと、見慣れた男が立っていた。この店のフロア主任らしいのだが、彼の本来業務は別にある。

「今日は要らないのか?」

男が爽やかな笑顔で訊いてきた。

「欲しいけど金が無いんだ」

生駒は正直に言った。

「今日はビールで我慢するよ」

いつもなら、金が無いと聞けば男はそのまますするりといなくなり、二度と話しかけてこない。

が、その日は違った。

「いいよ。今日はタダで」

男はそう言った。

「え？　タダ？」

「新製品が出たんだ。あんたは常連さんだから、たまにはサービスするよ」

そう言って、男は生駒と握手をした。小さく折りたたんだ銀紙が、三つも握り込まれていた。

「え？」

「自分の分だけで、女を誘えないいんじゃつまらないだろ？」

そう男は微笑み、それから、

「でも、次からはまたちゃんと買ってくれよ」

と言い残して去っていった。

思いがけない展開だった。生駒はコロナビールの注文を取りやめ、フロア奥にある男子トイレの青いドアを押し開けた。ここはいつもハーブの匂いがうっすらと漂っている。どいつもこいつも、最初の味見をこのトイレでするせいだ。生駒は、五つある個室の一番奥に入り、便座の蓋を閉じてその上に座った。先ほど右手に押し込まれた小さな銀紙の一つを開いてみる。葉っぱではなく、青白い結晶が入っていた。マジか。ライターを取り出し、銀紙を下から炙ってみる。すぐに白い煙が上がり始めたので、それを思いきって鼻から吸ってみた。

ふわ。うん。悪くない。

多幸感がパッと生駒の脳内に広がった。彼は、煙を更に肺の奥深くまで吸い込んだ。

やれる。これで、今日、女とやれるかもしれない。お決まりの誘い文句も躊躇なく言える。腕時計を見る。こちらも正常に作動している。いい感じになってきた。

生駒は、トイレのドアを押し開けた。


遠くから、ドアを叩く鈍い音が聞こえた。

いつの間にか眠っていたらしい。目を開けると、車の中だった。自分の車の中だ。ビールの一杯や二杯なら酔うわけがないと、クラブには車で行っていたのだ。横を見る。制服警官が何人もいて、そのうちの一人がドアの窓ガラスをバンバン叩いている。

（……どうなってんだ……）

生駒は必死に記憶を辿った。トイレで新製品の味見をした。それから……それから……ウサギ顔の女をナンパした……うまくいった？　いかなかった？　記憶がやけに混濁している。

「出て来なさい！　このドアを開けて出て来なさい！」

警官が怒鳴っている。とにかく外に出るしかないようだ。ここはどこだ。今は何時なのだ。飲酒運転？　違法駐車？　もしかしたら、ラリって派手な速度違反でもしちまったか？　免許の点数は何点残っていただろう……そんなことを考えながら生駒はロックを解除してドアを開けた。

警官の一人が生駒を強引に車外に引きずり出し、腕を逆さにねじりあげながら彼の身体を車のボンネットに押し付けた。

「痛い！　痛い！」

「痛いじゃねえよ！　おまえ、自分のしたことがわかってるのか！」

「？　あの……何があったんでしょうか」

警官たちが少しざわめいた。生駒はすっかり目が覚めた。そして、飲酒運転や違法駐車にしては、警官の数が多過ぎるという事実に恐怖を覚え始めていた。

「おれ、何かしたんですか？」

コート姿の男が、制服警官を押しのけ、生駒の横に立った。そして彼の耳元でこう囁いた。

「おまえは、この車で人を二人も轢いたんだ。一人は即死だ」

「え」

何を言われているのか、即座には理解出来なかった。茫然とする生駒に向かって、コート姿の男は更に言葉を付け加えた。

「危険運転致死罪。懲役一五年は覚悟するんだな」

第一章

1.

東急東横線の中目黒駅。改札を出て高架線下の小道を祐天寺方面に歩けば、すぐにドコモショップがある。雪平夏見（ゆきひらなつみ）は、そこで生まれて初めて、「携帯電話の契約のために一時間以上も椅子に座って待つ」という体験をしていた。学生時代には携帯を持っていなかったし（あの頃はみんなポケベルだった）、就職してからはずっと、警察が支給する仕事用携帯一台で事足りてきたので、こういうショップとはずっと無縁だった。店内で無料提供されているアイスコーヒーは、氷が溶けてただの薄茶色の不味い水になっていた。デニムのロング・ワンピースの上から羽織っていたベージュのカーディガンを左手から外し、肩から斜めに掛かっていた茶色の本革のショルダーバッグを右手で引き寄せる。一時間ほど前に窓口受付番号発券機から受け取った「新規ご契約」という白いカードには「34」という数字が印字されている。順番を知らせる掲示板は32番。あと二人だ。雪平は、小さく息を一つつき、ソファー前に設置されている四〇インチ・テレビが流しているニュース番組に目をやった。韓国の大統領ホン・テウン（洪太雄）が、日本の磯山審太郎（いそやましんたろう）首相との会談を拒否したことを、男性のキャスターがやや芝居がかった憤りの口調で伝えていた。磯山首相は遺憾の意を表明し、それに対し韓国側は大統領ではなく側近で大統領秘書室長のキム・ソンホ（金成皓）が「会談の中止は日本の責任である」とコメントを出した。なぜ大統領本人ではなく、秘書室長がコメントを出すのか。それがまた「日本軽視にあたる」とコメンテータは声を荒らげていた。

「34番のカードをお持ちのお客様」

ようやく雪平に声がかかる。

「34番のカードをお持ちのお客様。こちらでお伺いいたします」

雪平は立ち上がり、カード番号を呼んだ女性店員の窓口に向かった。四年前に殺人事件の被疑者から三発の銃弾を身体に撃ち込まれた。その一発が雪平の神経節を破壊し、以来、左腕は麻痺したままだ。改善の兆しは無い。が、今では身体がその状態に慣れたのだろうか、日常動作でふらついたり倒れたりということはほとんど無くなっていた。

「大変お待たせしました。私、ドコモショップ中目黒店の玉川と申します。よろしくお願いします」

明るく、爽やかで、それでいて媚び過ぎていない適度な笑顔で、女性店員は雪平に挨拶をした。

雪平は「玉川いづみ」というネーム・プレートをつけた女性に好感を覚えた。

「スマートフォンの新規のご購入でいらっしゃいますね？」

「ええ」

「機種はお決まりでいらっしゃいますか？」

「いえ、まだ決めてないんです」

「そうですか。ちなみに、どのようなタイプをご希望でしょうか。薄さ、軽さ、画面の大きさ、バッテリーの持ち、あるいは中のＣＰＵの速度ですとか」

言いながら、女性店員は、携帯機器のパンフレットを雪平に向けて開いた。

「ＬＩＮＥが出来るものでお願いします」

雪平は言った。

「ＬＩＮＥが出来るものであればなんでも」

「ＬＩＮＥ、ですか」

「はい」

女性店員は、少し意外な顔をしてから、

「ＬＩＮＥは、専用のアプリをダウンロードすれば、どのスマートフォンでもご利用いただけますよ」

と無知な雪平を傷つけないよう、注意深く言った。

「あ、そうなんですか」

「はい」

「……」

「他にはどういう機能をご希望でしょうか」

「……」

他には何の希望も無かった。雪平は、そもそもＬＩＮＥというもの自体、よくはわかっていなかった。ただ、今年から中学生になった娘の美央（みお）——未だ親権が取れず、ずっと離れ離れに暮らしている雪平のひとり娘——が、

「メールよりＬＩＮＥのほうがラクなんだけど」

と言ってきたのだ。一昨日の夜のことだ。それで雪平は、支給品とは別に、そのＬＩＮＥとやらが使える個人携帯を持つことにしたのだ。なので、カメラ機能にも電池の持ちにも、ＹｏｕＴｕｂｅなどの動画再生能力にも興味は無かった。強いて言うなら、美央が使っているのと同じ携帯がいいなとは思っていた。でも、彼女が何を使っているのか雪平は知らなかった。訊けばいいのだが、そういう質問メールを送るのが彼女は苦手だった。なぜ苦手なのか、理由は自分でもよくわからない。

「玉川さん」

「はい」

いきなり名前を呼ばれて相手は驚いた顔になった。

「ＬＩＮＥが出来ればそれでいいので、機種は、玉川さんが選んでくださいませんか？」

「え？」

相手はしばし逡巡し、それから、

「お店のマニュアルで、私たちは特定の機種はおすすめ出来ないことになっているんです。でも、無視しちゃいますので内緒にしておいてくださいね」

と小さな声で言った。

雪平がカウンターに座ってから、契約済みのスマートフォンを手にするまで、その後わずか一三分しかかからなかった。


それから雪平は、徒歩五分ほど離れた小さな路地にあるカフェに向かった。そこで、警視庁警務部監査官室時代の同僚である藤川紀子(ふじかわのりこ)警部補と待ち合わせをしていたのだ。彼女が着いた時にはもう、白のＴシャツに青いカーディガンを羽織ったショートカットの藤川は一杯目のコーヒーを飲み干し、お代わりを注文し、それもまた飲み干していた。

「ごめん、待たせて」

「ちゃんと買えた?」

「うん。店員さんが親切で助かった」

「ふうん。あ、夏見もパンケーキ食べない?」

藤川はいつからか、雪平を「夏見」と呼ぶようになっていた。刑事になってからの雪平を「夏見」と名前で呼ぶ人間は、今までに二人しかいない。前の夫の佐藤は四年前に殺されてしまったので、生きている人間では藤川だけだ。

「私はいい。コーヒーだけで」

「美味しいのに」

「それより、どこ?」

すると、藤川は、「あそこ」と言いながら、窓の外、道路を挟んだ向かいにある時間貸駐車場を指さした。そこには藤川のグレーの軽自動車が停まっていて、小さく左右に揺れている。

「わお」

「何?」

「何って、揺れてるよ?」

「ケージからは出してるからね。車に置き去りにされて、アタマに来て暴れてるんだろうね」

「車が揺れるほど?」

「そうそう」

「まだ子犬でしょう?」

「そうそう。でも、ゴールデン・レトリバーの子犬だからね」

「……」


雪平は、今日から一〇日間、キックという名の子犬を預かることになっていた。一週間前、藤川と、雪平の親権問題の弁護士である谷中絵里(たになかえり)と三人で、谷中セレクトの洗足池の小さなイタリアンで食事をしていた時に藤川から頼み込まれたのだ。ちなみに谷中絵里は、雪平が警務部監査官室に転勤になった時、世話になった上司の島津(しまづ)幸則(ゆきのり)管理官が紹介してくれた弁護士だ。雪平が親権を取り戻せるよう、もう何年もビジネス度外視で努力をしてくれている。紹介者の島津は、雪平に谷中を紹介したその日に、殺人鬼の手にかかって頭蓋骨を割られ、喉仏をえぐられて死んだ。藤川と仲良くなるきっかけになった、島津家で開催されたホームパーティの直後の惨劇だった。それももう三年も前の話になった。


「ねえ。キックを一〇日ほど預かってくれたりしない?」

藤川がテーブルに身を乗り出して、雪平と谷中の顔を交互に見た。二人とも、藤川が息子にねだられゴールデン・レトリバーを飼い始めたことは知っていた。キックというのは、サッカー教室に通う藤川の息子が付けた名だ。

「あー。私、犬アレルギー」

谷中が顔をしかめる。

「雪平さんは？」

「私、動物は飼ったことない。そういうの、自信無くて」

そう雪平が答えると、藤川は両手を大きく広げ、

「やっぱ、神様が行くなって言ってるのかな」

とやや自嘲気味な声で言った。

「何？　神様って」

「……」

「何ですか、神様って」

「……」

「あ、もしかして……男？」

「……」

谷中のツッコミに、藤川は肩をすくめた。

「あ、はあ。新しい彼が出来たんですね？」

「……」

また藤川は肩をすくめた。

「変な人でさ。こっちは別に先のこととか何にも気にしてないのに、最初っから『結婚も考えてます』とか言ってきてさ」

「へえええ」

谷中と雪平は、同時に相槌を打った。

「で、私、息子いるしね、小学生のって言ったら、今度は『ゴールデン・ウィークに息子さんも一緒に三人で旅行どう?』って」

「すごい」

「グイグイ来てますね」

「そうなのよ。それも、ハワイ一〇日間!」

「わーお」

「でもねえ。私くらいのおばさんになるとさ、グイグイ来られると逆に不安になるのよ。で、犬を理由に断ろうか迷ってて」

「……」

「……」

藤川の心理は、自分も四十代になった雪平にはわかる気がした。だが、不安に負けてばかりではいけないような気もする。

「てことは、私か谷中さんがキックを預かれば、紀子さんはハワイに行くわけだ」

雪平がそう言うと、藤川は一度口を尖らせてから、

「まあ、ね」

と答えた。

「息子さんは何て？」

「うちの息子はバカだから」

「だから、彼は何て？」

「……ハワイ、すげえ」

その瞬間、谷中が歓声を上げた。

「何だ！　亮太くんが反対じゃないなら障害無いじゃないですか！」

藤川の声も大きくなった。

「だから、息子はバカなのよ」

谷中は、更に大きな声で、

「雪平さんはひとり暮らしですよ？　気合一発でキックは預かれますよ。ていうか、私は前々から雪平さんは犬か猫を飼うべきだって思ってたんです。そのほうが早く家に帰らなきゃっていう気になるだろうし、一人で飲んだくれたりしなくなるだろうし、親権の裁判の時も印象がいいし、美央ちゃんとの会話のネタにだってなりますよ。ねえ、雪平さん！」

と一気にまくし立て、そのままキックの短期預かりが決まったのだ。

カフェを出て、実際に通りで対面してみると、キックは本当に大きな犬だった。駐車場に飛び出し、尻尾を振りながら雪平に抱きつこうとする。既に体長は五〇センチオーバー。そこらへんの幼稚園児より大きい。

「これで、生後四ヶ月?」

「そ」

「すごいね」

「部屋の中で一緒にいるともっと大きく感じるわよ」

藤川はそう言って笑った。それから二人は、雪平のマンションまで、キックを連れて移動した。道すがら、藤川は雪平の新しい携帯にLINEを手早くインストールし、IDと娘の美央とのトークの設定までしてくれた。

「よし。じゃあ、写メを撮ってみよう」

言いながら、藤川は新しい携帯を雪平に手渡す。

「写メ?　私が?」

「そ。せっかくスマホ持ったんだから、写メぐらい撮りなよ。それから、検索してみたり、YouTubeで動画見るとか。そういう最低限のことは出来るようにしないと。あとで教えるから」

ようう」

「いいから。まずは、写メ。キックを撮って。かわいくね。で、美央ちゃんにテストで送ってみよう」

「必要無いけど」

その後、藤川はハワイ旅行の荷造りがまだだからと言って、マンションには上がらず、そのまま車で帰っていった。雪平は、水屋から大きな皿を出してそこにキックの餌を入れ、それからしばし新しい携帯をいじってみた。

ＬＩＮＥの緑のアイコンを押すと「友達」という欄があり、そこに「Ｍｉｏ」という名前が出ていた。先ほど送ったキックの写真のアイコンの下には、いつの間にか「既読」という文字が出ている。美央が、雪平の撮った写真を見たということのようだ。が、しばらく待っても、特に返事は無い。それで、携帯の画面をオフにして、キックの散歩に行くことにした。藤川からは、頑張って一日一時間を目指してくれと言われている。自分自身のリハビリにも良さそうだ。首輪とリードを紙袋から取り出すと、キックがオンッといい声で鳴き、尻尾を大きく振り始めた。

と、その時だった。

買ったばかりの携帯が、見知らぬ番号を表示して鳴り始めた。

「？」

美央の番号ではない。美央の番号は暗記していた。それに、美央も藤川も谷中も、あるいは元夫の佐藤の両親の家の電話も、すべて携帯の中の電話帳に登録したので、着信の時は番号と一緒に名前の表示も出るはずだった。それに、この買ったばかりの携帯の番号を知っている人間は、まだ美央と藤川しかいない。契約して二時間しか経っていないのだ。間違い電話だろうか。きっとそうだろう。

「はい、もしもし」

雪平は電話に出た。間違い電話ですよと相手に伝えるために。だが、電話の向こうから聞こえてきたのは、

「ごめんなさい。雪平夏見さん、ですよね？」

という女の声だった。

「刑事の、雪平夏見さん」

「！」

2.

翌朝六時。雪平は黒いスーツを身にまとい、新宿署という新しい職場に出勤するためマンションを出た。新宿は、以前なら中目黒駅から東急東横線か日比谷線に乗り、渋谷駅か恵比寿駅でJ

Rに乗り換えが必要だったが、今は副都心線という新しい地下鉄が通ったので一本で行ける。八時過ぎにマンションを出ても充分に間に合う便利さだ。だが、左手が動かない状態でラッシュの電車に乗る自信はまだ雪平にはなかったので、しばらくは二時間早い電車に乗ろうと決めていた。

出勤の間、雪平はずっと、昨夜の出来事を思い返していた。


「ごめんなさい。雪平夏見さん、ですよね？　刑事の、雪平夏見さん」

電話の相手は、夕方、雪平の携帯を選んでくれたドコモショップの店員、玉川いづみだった。携帯会社の社員が、仕事で知った個人情報をメモして連絡をしてくる！　表沙汰になった瞬間に懲戒解雇確実の非常識な行為だ。ただ、それはかけてきた本人も自覚していて、

「こんなお電話をして本当に申し訳ありません。会社をクビになっても仕方がないくらいのことをしているのはわかっています」

と最初に謝ってきた。

「でも……今はもう、私、他に相談出来る人がいないんです」

「相談？　私に？　私、あなたとは今日初めて会った人間ですよ？」

「そうなんですけど……でも……」

玉川いづみはしばし言葉を探し、それから、

「今から会って話せませんか？　お住まい、中目黒ですよね？　私、まだ中目黒にいるので」

と言ってきた。

「よくわかりません。どうして私があなたと会わなければいけないのですか?」

「それは、これが事件かもしれないからです。私、あなたのこと、前にテレビで見たことがあって」

「は?」

「でも……人が一人死んでいるんです!」

「!」


新宿三丁目の駅から、明治通りを北上する。少し遅くなった雪平の足で、駅から一〇分くらいの場所に新宿署はある。この春、雪平は四月二五日付で警視庁警務部監査官室から新宿署組織犯罪対策課暴力犯捜査一係、通称「組対課」に異動となり、本日四月二七日から着任となった。組織犯罪対策課は新宿署の五階。二基あるエレベーターを降りると正面にアルミ製の観音開きのドアがあり、そこに「組織犯罪対策課受付」と書かれたプラスチックのプレートが貼り付けてある。中に入ると、廊下の薄暗さとは対照的に、壁際一面のガラス窓から早朝の光がたっぷりと降り注いでいた。ちなみに、窓は遮光フィルム加工されていて、中から外は見えても、外から中を見ることは出来ない。室内は、八つの島に分かれておりそれぞれ一〇席ほどで一つの島になっている。どのスチール机の上も書類が山積みだ。この辺り、昔に雪平がいた本庁の捜査一課と雰囲気はよく似ている。自分の席を探そうと部屋の中を進むと、左手側の席から物音がした。山積みの書類の中からにゅっと男の顔が出て来る。歳は四五、六だろうか？　面長の顔は、まゆげが太く、クビが不自然なほど長く、日焼けのせいかそれとも地黒なのかはわからないが肌は浅黒い。

「……誰？」

仏頂面で男は訊いてきた。眼光は鋭く、声には威圧感がある。それなりの場数を踏んできた男なのだろうと雪平は思った。

「今日からこちらに配属になりました雪平夏見です」

「あ、そ。まあ、知ってて訊いたんだけどね」

「は？」

男の顔が、書類の山の向こうに消えたので、雪平のほうから男のデスクの側に回り込んだ。

「おはようございます」

「どーも」

男は、瘦せぎすだが、まくり上げられたワイシャツから出ている腕は、日頃からストイックに鍛えている人間のそれだった。耳は潰れていないので、柔道ではなく剣道の有段者か。彼は積み重なった捜査書類の一つ一つに自分の印鑑を押していた。作成者名欄には新宿署・組織犯罪対策課・暴力犯捜査一係・係長・警部補という長い肩書とともに、玖島秀康（くしまひでやす）という名前が記されていた。

「玖島係長、本日からよろしくお願いします」

雪平は玖島に頭を下げた。

「久しぶりだね」

玖島は顔も上げずにそう言った。

「おれのこと、覚えてない？」

雪平は思い出せなかった。なので素直に、

「すみません。覚えていません」

と謝った。

「まあ、しょうがないかな。あの時は捜査員だけで一〇〇人はいたからな」

「あの時？」

「戸山公園で殺しがあって、うちに捜査本部が立ったじゃねえか。死体の側に『アンフェアなのは誰か』って栞が落ちててさ。あん時は本当に大騒ぎだったよな」

「ああ。あの時の」

それはまだ雪平が捜査一課の刑事だった時の話だ。

「あん時のあんたのオーラ、おれはよく覚えてるよ。捜査一課では嫌われてる感じだったけど、おれはあんたに注目してたね。リスペクトって言ってもいい。捜査一課のエースさんってのは、ここまではっきりとしたオーラを持ってんのかってね」

何と答えていいのかわからなかったので、雪平はそのまま黙っていた。玖島は淡々とハンコ作業を続けながら、

「あん時のままのあんたなら、後任、大歓迎なんだけどね」

「後任？」

「あんたは、おれが今座っているこの席の……定年退職した黒澤って男の後釜だよ。おれは、若手で元気で徹夜上等って男を上に頼んだのに、人事が寄越したのはあんただった。雪平夏見警部補サン」

「……」

「……」

「……」

「ま、別にあんたが悪いわけじゃないけどさ」

そこでようやく、玖島はハンコから手を離し、椅子を九〇度回転させて、雪平と正面から向き合った。

「あんた、その左腕、ダメなんだろ？」

「まあ、そうですね」

「どれくらい動くの？」

「すみません。ほとんど動きません」

「……そうか」

玖島はガシガシと頭を掻いた。それから
「あのさ……余計なお世話かもしれないけど……」

と前置きしてから、

「あんた、警察やめないの？」

と訊いてきた。

「……」

「野球のピッチャーが肩を痛めたら引退を考えるだろう？　サッカー選手が走れなくなったら引退を考えるだろう？　スター選手であればあるほど、引き際って言うの？　考えたほうがいいんじゃねーの？」

「私はスターじゃありません」

玖島は一度鼻を鳴らし、それから
「あんたはスターだよ」

と言い捨てて、また書類仕事に戻ろうとした。

「捜査書類手伝いましょうか？」

「片手だけでパソコン打ったら、おれの二倍かかるでしょ」

「お茶でも淹れましょうか？」

「警部補にお茶なんて淹れさせられないよ。あんた、階級、おれとタメなんだぞ」

「私はそういうの気にしませんけど」

「あんたは気にしないかもしれないけど、おれはするんだよ。おれは、けっこう器の小さな男なんでね」

器が小さい男には見えなかった。彼の言うことは正論だ。自分が玖島の立場なら、同じ気持ちになったはずだ。新宿署は、警視庁管轄の所轄で一、二を争う激務で知られていた。退職した刑事の後任には、片腕が麻痺したままの中年女刑事より、使い勝手のいい若い男……体力が有り余っていて、三日くらい徹夜しても大丈夫で、上司の命令には「はい」以外言わない体育会系の若い男のほうがいいに決まっている。今回の人事異動は、雪平自身、不可解なものだった。なぜまた自分が刑事なのか。それも、なぜ激務の新宿署なのか。

それからふと、昨夜の玉川いづみのことを思い出した。

いづみの話も、新宿署管内で起きた事件のことだったからだ。

三ヶ月近く前……ここ新宿署の管内で起きた轢き逃げ死亡事件。被害者は、外務省職員の鵜内(うない)貴文(たかふみ)。被害者は、暴走する車に轢かれそうになった男を庇って自分が死んでしまった。約一時間後に逮捕されたドライバーは、危険ドラッグの常習者だった。その事件を、いづみは目撃していた。婚約者と二人で。そもそも鵜内はいづみの婚約者の上司であり、いづみたちの結婚の仲人を引き受けてくれた人でもあった。事件は、いづみが婚約者と一緒に、鵜内と新宿のレストランで酒を飲んでいる途中の出来事だった。

「煙草を吸わない私に遠慮して、鵜内さんは外に煙草を吸いに出てました。そして……あんなことに……」

「……」

「私、今でも、あの光景が忘れられないんです……」

そういづみは涙声で言っていた。

「それはお気の毒でしたね。でも、どうしてその事件を再捜査してほしいのですか?」

「だって……全然違う人なんです」

「は?」

「私、運転していた人の顔、見たんです。警察が逮捕した人は、全然違う人なんです」

「え?」

「なのに、警察の人、私の言うことは全然聞いてくれなくて……」

「!」

警部補の玖島なら、その事件のことを知っているだろう。さらっと尋ねてみようかと雪平は思った。だが、その前に、

「おはようございまーす！」

と威勢のいい若い男たちが続々と出勤してきて、雪平はタイミングを逸してしまった。まだ朝の七時前だが、新宿署は噂通り忙しい署のようだ。

3.

九時。雪平は、新たな同僚たちと一緒に七階の講堂に入った。よく見知った場所だ。新宿署では、大きな事件が起きて捜査本部が置かれる時、いつもこの講堂が使われる。それで雪平も、戸山公園殺人事件の時は、かなりの時間をこの講堂で過ごしていた。後方には、折りたたみ式の長机とパイプ椅子が積み重なって置かれている。前方には演台。そして、大きめの花瓶に入った花とスタンドマイク。中越亨（なかごしとおる）という若い刑事が雪平の側にいて、

「この隣は道場になってます」

とわざわざ新入りである雪平に教えてくれた。

「そうなんだ」

雪平は道場も知っていたけれど、なんとなく、そう答えた。講堂内には二〇〇人を超える署員が集まっていた。雪平に気付いた署員たちが、チラチラと見ているのを感じる。初日は仕方がな

い。警察内部で雪平はそのくらいの有名人なのだ。大丈夫。そのうち慣れる。彼らも、彼女自身も。

と、誰かが雪平の右手に触れた。

「おっと」

右側から来た浅黒い男が何も触っていないというように大げさに両手をあげた。どうやら、男の突き出した大きなお腹が、雪平の腕に触れたようだ。

「こりゃ、失礼」

「いえ」

男は、まじまじと雪平を見て、

「『雪平夏見』か?」

まるで、初めて見た芸能人を呼び捨てするような口調で言った。

「……はい」

「やっぱりそうか! 本当に新宿署に異動になったんだな!」

「岸係長、異動見てないんですか」

中越が言うと、

「見たけど、実物見るまでは信じられなかったからなぁ」

とその岸という男は言った。

「実物って……。あ、雪平さん、こちら、刑事課の強行犯捜査係の岸係長です」

「雪平夏見です。よろしくお願いいたします」

岸は、顎を撫でながら雪平の顔を覗きこんで来た。そして小声で、

「雪平サン、ここに来た理由は、本当に黒さんの抜けた補充か？」

と訊いてきた。

「？　どういう意味ですか？」

「そりゃ結びつけて考えたくもなるだろう？　おかしな異動が二つも。新宿署に初めてキャリア署長が就任。と同時に、警察で一番有名な女刑事さんが、腕に障害抱えたまんま一緒に異動と来たもんだ」

「岸係長。雪平さんに失礼ですよ」

「ああ、ごめん。あんたに悪気は無いんだ。ただ、気になるもんは気になるんでさ」

岸はそう言って、大きな腹を揺すった。中越が岸に調子を合わせ、

「確かに。変ですよね。警務課の同期に聞いたんですけど、新しく来る白迫(しらさこ)って署長、キャリアの中でも、かなり順調に出世コース走ってる優秀なキャリアだって。そんな人が、どうして突然、新宿署なんかに来ちゃうんでしょうね」

「その同期とやらはそこまでは教えてくれなかったのか？」

「はい」

「おまえ、もっと食いつけよ」

「そっか。ですよね。すみません」

「雪平さんは、なんか知らないの？　今回の異動のこと」

「私にはわかりません」

所属長クラスの異動は三月初旬にそのほとんどが発令されていた。にもかかわらず四月末に一人だけ、この新宿署の異動が発令された。それに、新宿署のような多忙な署に現場経験の少ないキャリアが署長に就任することは、普通、無い。叩きあげのノンキャリアが就任するのが通例だ。キャリアである白迫が新宿署の署長になることは異例中の異例と言っていい。それは雪平も感じていたことだった。

「そうか。署長の異動と雪平さんの異動、なんか関係あると思ったんだけどな」

岸は、もう一度、その大きな腹を揺すった。それから急に、

「雪平さんさ、組対課なんてやめて、うちの課を手伝ってよ。本庁の捜査一課のエースだったあんたが強行犯に配属されないって、あり得ないよ」

と言ってきた。

「今はどんなヤマを追ってるんですか？」

「最近はとにかくヘイトスピーチの野郎たちが暴れ回ってて大変なんだ。ケチくさい傷害事件ばっかり無数に起きる。俺たちだけじゃ手が回らないよ」

昨日、ドコモショップで見た日韓関係の特番を思い出した。ニュースで日韓不仲が取り上げられるたびに、ヘイトスピーチが暴れ出す。収まったと思えばまた新たな日韓不仲ニュースが浮上する。またヘイトスピーチが暴れ出す。同じことの繰り返しだ。

と、警務課長の大きな掛け声が講堂中に響いた。

「白迫新署長に敬礼！」

講堂に集まった全署員が一斉に敬礼をする。と、制服姿の小柄な若い男が前方のドアから入ってくると、警務課の若手署員に誘導され、用意されていた演台に上がった。身長は、一七〇センチにわずかに届かないくらいだろうか。色白の肌。顔が小さく、そのうえ童顔なので、二十代と言われても信じてしまいそうなほど若く見える。

「署長、童顔だなあ」

雪平の隣で、中越が思ったままの言葉を呟いた。中越も同じくらい童顔なのだが。

新宿署の新しい署長は、署員たちに敬礼を返す。また警務課長が叫んだ。

「直れ！」

全署員が一斉に直れの体勢に入る。ゆっくりと署員一人一人の顔を見てから、男は話し始めた。

「本日より、新宿署の署長を拝命した、白迫一生（いっせい）です。私は、先月まで、アメリカはニューヨークにて、世界一の犯罪都市における警察の戦いというものを勉強しておりました。その経験を、この新宿署の署長業務に役立てたいと思っております」

ニューヨークという言葉が微かに自慢気で、雪平は新しい署長に少しマイナスのイメージを持った。

「ところで……」

白迫は、演台にゆっくりと両手をついた。

「警察官の職務において、もっとも大切なものは何だと思いますか？」

ゆっくりと講堂を見渡す。唐突な質問に、署員たちは皆、居心地悪そうに身じろぎをした。誰も自発的に発言をしないので、白迫は一番手前に立っていた若い男性署員を指さした。

「君」

「え？」

「答えてくれるかな？」

「は、はい！」

若い男性職員は、白迫に敬礼をすると、

「街の治安を守ることであります」

と講堂に響き渡るような大声で答えた。

「素晴らしい！」

白迫は、大げさに拍手をし、それから
「五〇点かな」

と付け加えた。

「え？」

「街の治安を守る。ふむ。もちろんそれは大事だが、それだけでは五〇点だ」

「……」

白迫は、再度、講堂内を見渡した。

「はい。他には誰かいませんか？　いないならまた私から指名しますが」

誰も挙手をしないので、白迫は今度は壁際の熟年男性署員を指さした。

「あなた。あなたの意見は？」

熟年の署員はびくりと肩をあげた。

「え……私ですか？」

「そうです。あなたです」

熟年署員は敬礼をし、そして、

「検挙率を……検挙率をあげることが署としての役目ではないかと」

と自信なさげに答えた。

「検挙率！」

白迫は、おざなりな拍手を五発ほどした。そして、

「その答えには二〇点くらいしかあげられませんね。自分の署の成績さえよければいい。あなた

はそういう考え方ですか?」

と言葉を続けた。

「いえ、そういうわけではなく、自分はその……」

署員はそうしどろもどろになり、白迫はそれを、

「もう、結構です」

とぴしゃりと遮った。

「もう一人くらい訊きましょうか。あなたはどう思いますか?」

白迫は新たに一人、指をさした。

「玖島係長。あなたの意見をお伺いしたい」

一斉に玖島に視線が集まった。

「……自分、ですか」

玖島は、指でこめかみをポリポリと掻いた。

「あなたは、新宿署でこの五年間、驚異的な検挙数を誇っている。暴力団構成員の摘発が七五名。準構成員が一三六名。拳銃の押収が一七丁。実に素晴らしい!」

「……」

「そんな優秀なあなたなら、きっと私の思う正解を言ってくれることでしょう」

「……」

「あなたの意見を聞かせてください」

「……」

白迫は、最初から玖島にこの質問をぶつけたかった。少なくとも、雪平にはそう思えた。玖島は、特に動じる様子も見せず、演台に立つ白迫をじっと見ていた。それから、何度か思案気に首を捻り、そして、

「法の番人として、一般市民の模範になることですかね」

と言った。

「ほほう。一般市民の模範」

「ええ。署長はそれが仰りたいのかと」

「……と言うことは、玖島係長自身は違う意見なのですか？」

「いえ。市民の模範であることは大切だと自分も思います」

「ということは、私とあなたは、同じ意見なのですね？　一番大切なことは、市民の模範であること。つまり、不正が無いこと。もっと噛み砕いて言うならば、いくら検挙率が高く、街の治安が維持されていても、そこに警察官自身の不正があるのであれば意味が無い……そういう意見なわけですね？　玖島係長も」

「……」

白迫という新しい署長は、最初からこの言葉を玖島にぶつけるためにこの話を始めたのだなと、

雪平は思った。わざわざ着任の挨拶の場で。署員の大半の揃うこの場で。玖島は表情をほとんど変えなかったが、なぜかすっと雪平のことを見た。雪平も玖島を見ていたので、二人の視線が一度合った。それから、玖島はすぐにそれを白迫に戻し、

「もちろんです、白迫署長。私も署長の意見に心から賛成します」

と答えた。白迫は満足気に微笑むと、

「皆さん、ご静聴ありがとう。では、職務に励んでください」

そう言って演台を降りた。

4.

朝礼が終わり、雪平が講堂を出ると、廊下はもうエレベーターを待つ列と左側にある階段を降りていく列でごった返していた。雪平はエレベーターではなく、階段で降りることにした。組対課まで、ほんの二フロアだからだ。

組対課に着くと、雪平は、早朝、玖島が座っていた席に向かった。黒澤という男の補充で自分がここに来たのなら、席も当然そこだろうと思ったからだ。黒澤のデスクは、山積みだった書類が既に綺麗に片付けられていた。

席に座る。右サイドにある三段のサイドデスクを順に開けてみる。どの引き出しも空だ。ショルダーバッグから私物の携帯を取り出し、バッグは一番下の引き出しに押し込んだ。

さて。これからどうするべきか。

辺りを見渡す。

暴力団を相手とする組対課では、男たちの服装が、捜査一課とずいぶん雰囲気が違う。パンチパーマ、金髪、丸坊主、サングラス、薄紫の時代遅れのダブルのスーツ。警察手帳を見せない限り、一般の市民は彼らをヤクザだと思うだろう。

「文房具とかは後で警務課で貰ってきて」

玖島が声をかけてきた。

「わかりました」

「さ。雪平サンを紹介しなくちゃな。まあ、紹介しなくたってみんなわかるだろうけど。あんたは有名だからな」

雪平は、その言葉には返事をしなかった。玖島は、手を二度、大きく叩いた。署員たちが一斉に玖島のほうに振り返った。

「みんな、聞いてくれ。こちらが、今日からきた雪平サン。警部補サンだ」

雪平は、立ち上がり、会釈した。

「よろしくお願いします」

ところどころで「お願いします」という声が聞こえた。紹介の儀式は以上だった。玖島はさっさと自分の椅子に座ったが、すぐにまた雪平のほうに向きかえった。

「ところで、雪平サン。今日は署内を散歩でもしててよ」

「は？　なぜですか？」

「腕のこともあるし、まだ雪平サンにどんな仕事を割り振ればいいか決めきれてないんだよ」

「腕のことは気にしないでください。なんでも命令してください」

「まあ、そう言われてもなあ」

「……」

「とにかく、もう少し考えさせてくれ。今日は初日だし、警務課でいろいろ書類なんかも書かなきゃいけないだろ？　今日はそれを優先ってことでよろしく」

「そうですか……では、新宿署について勉強もしたいので、これまでの捜査資料などを見させていただいていいですか？」

「これまでの捜査資料？」

玖島が少し目を細めた。

「いけませんか？」

「や、まさか。自由に見てくれ。資料室は地下一階。二〇列目辺りがうちの資料だから」

そう言うと玖島は、くるりと椅子を回し、自分の仕事に戻った。それで雪平は、さっそくその資料室に行くことにした。

五階からエレベーターで地下一階に。降りると正面すぐのところに、組対課と同様の観音開きのドアがあった。ドアの上には「資料室」と書かれたプラスチックのプレート。左右の角と天井を鎖で繋ぐ形でぶら下がっている。

組対課で共有している鍵を使って中に入る。ドアの入口の右内側には、電灯のスイッチが八つ並んでいる。そのすべてを雪平はONにした。

地下なので窓はない。

換気設備の稼動するブォーンという低音が室内に響いている。所狭しと横一列に並ぶ書架。側面には番号が貼られており、更に資料検索用のタッチパネルが設置されている。それに資料番号を入力すれば、電動で書棚が移動し、指定の資料のある棚までの通路が姿を現す。雪平はタッチパネルの検索窓に、組対課の課コードを入力し、実行キーを押した。

書架がゆっくりと動く。通路が現れる。該当の棚の上部では赤ランプが点滅する。雪平はそこまで歩いた。ファイルはすべて濃紺に統一されている。厚さは様々だ。表紙には事件名ではなく番号だけが羅列されている。雪平は、直近のファイルを一冊抜くと、そのまま読み出した。それから少しずつ時系列を遡り、とりあえず、ここ二年ほどの事件と新宿署の状況を頭に入れた。新宿署管内では、現在、二つの指定暴力団が対立をしている。倉石組と垂木組。この二つの組をどう弱体化させていくか。一般市民を巻き添えにしかねない抗争をいかに阻止するか。それが、今の新宿署組対課の大きなテーマのようだ。

午前中いっぱい、雪平は資料を読んだ。支給されている警察官用の携帯は一度も鳴っていない。それはすなわち、今、雪平を必要としている事案は一つも無いということだ。雪平は、玉川いづみのことを思い出した。彼女、事件の可能性があるのだと言っていた。事件は、新宿署管内で起きたものだ。玉川いづみの言葉にどのくらいの信ぴょう性があるかはまだわからないが、それの資料を読むくらいはしてもいいのではないか。雪平はそう思った。資料室の一番奥に、スチールの長テーブルが向かい合わせでいくつか並んでいて、その一つ一つに、デスクトップパソコンが置かれている。それに、事件の発生時期とキーワードを入れると、すべての課の捜査資料の保管場所が一発検索出来るのだ。雪平はキーワードを入力した。

・二〇一五年二月
・外務省
・轢き逃げ
・死亡

即座に、画面に「11列7-5-2015-No.65」と表示が出た。その数字を手帳に素早くメモし、書架のタッチパネルに同じ番号を入力する。

「11列7－5－2015－No.65」

電動で書架が動き、先ほどとは違う通路が現れた。雪平は、「11」という番号が書かれた棚に行く。そして、手前から七つ目、上から五列目の棚を見た。タイトルに「2015－No.65」とあるファイルを手に取り、中を開けた。


二〇一五年二月六日（金）。〇時直前。

新宿区西新宿二丁目の路上で、暴走した車が、外務省職員・鵜内貴文（うないたかふみ・四六）さんと、道路を横断中だった通行人男性に突っ込んだ。車は、二人を撥ねてそのまま逃走。鵜内さんはその場で死亡した。もう一人の男性は、事故後現場からそのままいなくなり、身元や怪我の程度はわかっていない。

目撃証言によれば、車の運転手は男性。「NY」と書かれた黒のキャップを被り、大きなドクロ・マークを白抜きにした黒のトレーナーを着用。ハンドルを握る手には、シルバーの太い指輪。

翌日、二月七日（土）。〇時五五分頃。

新宿署員・黒澤壽一（としかず）巡査部長が、路上に停車していた不審な車両を発見。車両は前方に大きな凹みがあり血痕も付着。車内では、「NY」と書かれた黒のキャップにドクロ・マークのトレーナーを着た男が眠っていた。黒澤はその場で応援を呼び、他の署員らと一緒に運転手を起こし職務質問を行う。運転手は生駒悟志（いこまさとし・二〇）。会話は出来るものの意識がやや混濁していた。任意で署に同行してもらい検査をしたところ、尿から危険ドラッグ使用反応が出たためそのまま逮捕。

調べによると、生駒は、二二時頃、新宿歌舞伎町のクラブ店内のホールで危険ドラッグを入手。同・店舗内トイレにてすぐに吸引。その後は記憶が飛び、事故についても一切記憶が無いと主張。

生駒の車に付着していた血痕は、ＤＮＡ鑑定の結果、鵜内貴文さんのものと判明。タイヤ痕等も轢き逃げ事件の現場と一致。よって、生駒悟志は鵜内貴文さんに対する危険運転致死罪の容疑で再逮捕された。

雪平は、ページをめくった。

生駒が乗っていた、本人名義の黒い４ＷＤの前後左右それぞれの写真が添付されている。轢き逃げの時に出来たと思われる凹み。血痕。雪平はその写真を注意深く見つめた。微かな違和感を覚える。だが、それが何に対する違和感なのかまではわからなかった。

「何の捜査記録を読んでいるのですか？」

突然、背後から声が飛んできた。資料に集中していて、雪平はまったく自分以外の人の気配に気がついていなかった。慌てて振り返る。資料室の入口付近に、いつの間にか、意外な人物が立っていた。

5.

同じ頃。警視庁刑事部捜査一課強行犯係の安藤一之(あんどうかずゆき)巡査部長は、二日酔いの吐き気を抑えるために書類が山積みになったスチール机の隅に両手を置いて立っていた。課内に漂う弁当やラーメン、カツ丼などの臭いがミックスされ、それが鼻腔を刺激する。そろそろ、もう一度トイレで吐いて来ようか……そんなことを考えていると、安藤の目の前に、ニュッとシュークリームを載せた紙皿が差し出された。

「これ、広報課の山際さんからの頂き物なんですけど、食べませんか?」

黒のパンツスーツを着た、同僚の平岡朋子(ひらおかともこ)巡査長だ。

「……なんで今、そういうのをおれに見せるわけ?」

安藤は、更に高まる吐き気を感じ、シュークリームから目を逸らした。

「なんでって言われても。今、そこの廊下で広報の山際さんに貰ったんですよ。こういうのは困るって言ったんですけどね」

平岡は、安藤の隣にある自席に座った。

「持って帰れよ」

「生モノじゃないですか。それに私、甘いものって苦手なんですよ」

「あのさー、なんで、おれがずっと立ってるかわかってる?」

「痔ですか?」

「バカ! 二日酔いだよ!」

「もう昼ですよ?」

「それだけ重症なんだよ! 平岡はなんで大丈夫なわけ?」

「なんででしょう。不公平ですよね」

「不公平っていうのはおれのセリフだから」

「はは。確かに」

平岡は、実にケロっとした様子だ。


今年の三月一〇日付で警視庁で新しく新設された「マスターデータ管理室」。そこの初代室長に、二人の上司にあたる林堂航(りんどうわたる)係長が任命された。元々昨日は、その林堂の少し遅い私的送別会&昇進祝いの飲み会が行われる予定だった。

林堂、安藤、平岡、そして雪平の四人の会だ。下手をすれば懲戒免職の可能性すらある危険な捜査を、過去、この四人で何度か行ったことがある。安藤は、あの時の自分たちこそ、本庁捜査一課の中でも最強のチームだったと思っている。互いが互いを補佐し、難事件を見事に解決した。

だが、雪平は左腕に重度の障害を抱えたまま異動し、林堂も出世とはいえ、叩き上げの刑事の仕事とは畑違いの部署に異動してしまった。寂しい気持ちは今も強い。

林堂を囲む飲み会は、実現しなかった。前日の夜、「断れない相手とのゴルフが入った。夜もそのままお偉いさんと宴会になった」とキャンセルの連絡があった。主役が不在になってしまったのでそれを雪平と平岡に伝えると、雪平からは「そう。わかった」と素っ気ない返事がすぐにきた。が、平岡は、それでも酒が飲みたいようだった。

「明日、二人で飲みませんか？　相談したいこともあるんで」

と誘い直された。相談の中身は想像がついたが、たまにはやつの愚痴も聞いてやろうと安藤は思った。それで二人は差しつ差されつで、有楽町のガード下で酒を飲むことになったのだった。

「嫌なんですよね、ほんと」

これがお通しの枝豆を口に放り込みながら言った、平岡の第一声だった。

「山際さんのああいうの、セクハラにならないんですかね？」

「一度、はっきり振ってやればいいじゃないか」

「振りましたよ！　ハッキリ！　キッパリ！　私、山際さんに全然興味無いんで、誘っても無駄ですよって！」

「あ、そ」

「それなのに、この前いきなり呼び止められて『朋子ちゃんはLINEとかしてる？』って。なんですか、『とか』って。私、何にでも『とか』『とか』付ける男、嫌いなんですよ。『LINEしてる？』で別にいいじゃないですか」

「平岡さん。話が逸れてる」

「逸れてません。それでね、私言ったんです。『私、LINEしてますけど山際さんとは友達登録出来ません』そしたらあのオヤジ、なんて言ったと思います？」

「さあ」

と、平岡は、山際の口調を真似しながら言った。

「『やっぱり平岡さんって、出来る女だね♪』」

「？　何それ？」

「でしょう？　はあ!?　でしょう？　だから私も思いっきり『はあ？』って返したわけですよ。そしたら、『だって、目上の人と連絡とるのにLINEはなんか失礼だもんね。じゃあ今まで通り、連絡はメールでね』って。あいつ、まだメールしてくる気なんですよ！　キモッ！　キモッ！　キモッ！　もう、完全にあの人病気ですよ、病気！」

「んー」

「私、どうしたらいいと思います？」

「んー。もう一回はっきり振ってやれば？」

「今以上にどう言えば、はっきり言ったことになるんですか?」

「んー。確かに」

何もいいアイデアが浮かばないので、仕方なく、その分ビールを飲んだ。気が付くと、平岡が安藤を思いっきり睨んでいる。

「え? 何?」

「安藤さん、さっきから、生返事ばっかりですね」

「そうか?」

「この際だから、気になってること言っていいですか?」

「なに?」

「なんで、私のこと未だに平岡さんって『さん』付けで呼ぶんですか?」

「なんでって……」

「安藤さん、先輩でしょ? 相棒でしょ? 平岡って呼び捨てにしたらどうなんですか?」

「あ、そう?」

「そうです!」

「じゃあ、そうするよ」

「あと、もう一つ」

平岡はいきなり安藤を指さした。

「前から思ってたんですけど、安藤さん、ぶっちゃけカッタルイです！　もどかしいです！　横で見てるとイライラします！」

「は？　何で急にそういう話になるんだよ！」

「雪平さんとはその後どうなんですか？」

「は？」

「耳、遠いんですか？　雪平さんとはその後、どうなんですか？」

「どうもこうも、何にも無いよ」

「何で」

「何で？」

「ダメだこの男……イライラするんで、私、今日は飲みますね」

そう言うと、平岡は目の前のサワーを一気に飲み、そして店員に新たに、デンキブランというアルコール度数三〇度の酒を注文した。

「安藤さんも、今夜は付き合ってくださいね」

「何で」

「何で？　かわいい後輩が飲みたいって言ってるのに、何で？」

「平岡さんさー」

「ひ・ら・お・か！」

である。

「はいはい、平岡。おまえ、今日ちょっと変だぞ」

そこから先は、なんというか、実に大変な飲み会になった。その結果が、今日の二日酔いなのである。

するとし、昨年の一〇月から新しく捜査一課長になった岐部泰平という警視が、刑事部屋に入ってきた。それまで捜査一課長だった山路徹夫は、第四方面本部長に昇進し、その後任が、この岐部である。岐部はノンキャリアだが、その中では出世街道に乗ったエリートだ。安藤のように二着買ったら一着無料というようなスーツは着ない。高級ブランドのスーツに靴。メガネも常に綺麗に磨かれている。某大手居酒屋チェーンの創設者のひとり娘と結婚したので、お金にはまったく困らない生活をしているというもっぱらの噂だ。

岐部は、安藤と平岡を手招きで呼んだ。吐き気をぐっと堪え、安藤は岐部の前に足を運んだ。

「安藤くん。そして平岡さん。これから二人で、洗足南警察署に行ってください」

「え？　二人で、ですか？」

岐部は、前任の山路と違って、常に敬語を使う。

所轄で事件が発生し、捜査一課が介入する場合は、それは捜査本部が立つということを意味する。なので、所轄に向かうのがたった二人だけということは普通、無い。一〇人、二〇人という単位でなければおかしい。

「既に、犯人逮捕の目処は立っています。なので、充分なんです、二人で」

「え？　それならどうして今更自分たちが？　所轄だけで最後までやればいいのでは」

そう平岡が質問をした。

「事情があるんです。又聞きでは良くないので、とにかく洗足南警察署に行き、事件担当者から詳細を聞いてください」

そう岐部は言った。

「そうですか。わかりました」

「あ。現場で動揺しないように、情報を一つだけ」

「？　はい」

「これは殺人事件です。容疑者は小学三年生の女の子」

「え……？」

「小学生が、同じクラスの小学生を殺しました。事故ではなく、計画的に」

6.

安藤と平岡の二人は、覆面車に乗って洗足南警察署に向かった。安藤は車中で追加の胃腸薬を飲み、ついでにペットボトルのお茶を二本がぶ飲みした。洗足南警察署に到着すると、事前に指示されていた通り、真っ直ぐ五階の会議室に向かう。会議室のドアの外に、安藤と同世代と思われる刑事が一人、わざわざ二人の到着を待って立っていた。巨軀で、坊主に近い短髪。額には、縦に三本、シワがくっきりと入っている。

「安藤さんと平岡さん……ですか。刑事課の大江(おおえ)です」

低いしゃがれた声で、その大江が言った。

「捜査一課の安藤です」

「平岡です」

「わざわざお越しいただいて恐縮です。こちらへどうぞ」

八畳ほどの会議室の中に入ると、中にもう一人、男がいた。

「刑事課の志摩(しま)と申します。本庁の方にわざわざお越しいただいて恐縮です。さ、お座りください」

志摩という刑事は、安藤と平岡のためにわざわざパイプ椅子を引いた。そして、二人が座ったのを確認すると、すぐに本題に入った。

「アナフィラキシー・ショックというのはご存じでしょうか」

「ざっくりとは。強度のアレルギー反応のことですよね？」

「先週の金曜日、洗足南小学校の給食で、三年二組のクラス三〇人のうち、一一人がアナフィラキシー・ショックを起こしました」

「え？　クラスの三分の一が同時にですか？」

「ええ」

平岡が質問を挟んだ。

「ひとクラスの中に、三分の一も、強度のアレルギーを持つ児童がいたということですか？　やけに偏ってますね」

「学校側は、給食などでアレルギーを持つ生徒に異変が起きないよう、学年ごとにひとクラス、あえてアレルギーを持つ生徒を集めていたそうです。そして、アレルギーのある子の給食のトレーはピンク。そうでない子はブルーと、そういう区別までしていたそうです。保護者からは、差別的だと何度かクレームは出ていたらしいですが」

「なるほど」

「そのピンクのトレーの子全員が、アナフィラキシー・ショックを起こしました。特に重い症状に陥った子は五人。そのうちの二人は、今朝までに亡くなりました」

「！」

「学校側は、この事態に大きな疑問を持ち、すぐに警察に通報をいたしました。というのは、一人一人の児童は、一人一人、アレルゲンとなる物質が異なるからです。A君は牛乳。B君は小麦。C君はそば。そしてD君はピーナッツ……わかりますでしょう？　何かの食材が間違って混入しただけでは、一一人全員がアナフィラキシー・ショックを起こすことはあり得ません」

「……」

志摩と大江が何を言いたいのかは、安藤にもよくわかった。ちらりと平岡を見る。平岡は、手帳を開いていたが、メモは取らず、ただボールペンで白紙のページを小さく叩いていた。

「我々は、担任の教師とクラスの児童全員から話を聞きました。そして、複数の児童から、そのクラスの関口葉子（せきぐちようこ）という女子が、給食のカレー鍋に近づいて何かをしていたという証言を得たのです。カレー鍋の成分を鑑識に回したところ、一一人全員のアレルギー物質が、擦り下ろしペーストにした状態でカレー鍋に投入された可能性が高いという報告を受けました」

「なるほど」

「我々は、関口葉子の自宅を訪ねました。そして、ご両親に協力してもらった結果、彼女の家のキッチンその他から、彼女がそのペーストを作るのに使ったと思われるまな板、包丁、ジューサーなどを押収しました。現在、それらは鑑識が調べているところです」

「なるほど。捜査自体は順調に進んでいるようですね」

「……」

安藤の言葉に、志摩はすぐに返事をしなかった。そこで今度は平岡が質問をした。

「容疑者がそこまで固まっているのに、どうして私たちはここに呼ばれたのでしょうか」

「そこなんです」

志摩が不本意そうに顔を歪めた。

「我々は、児童相談所と相談した上で関口葉子本人から話を聞いているのですが、何を訊いても『わかんなーい』『知らなーい』『覚えてなーい』のオンパレードで……それでどうしたら話してくれるかな？　っと訊いてみたわけです。そうしたらびっくりすることに、『赤いバッジをつけた刑事さんなら話してもいいよ』と」

「え？」

「『おじさんたちは、下っ端の人たちなんでしょ。私は、赤いバッジの人と話したい』……そう言うわけです。」

「……」

安藤は、自分と平岡のスーツの襟元に付けている赤いバッジをちらりと見た。

「S1S mpd」

金文字の入った金枠付きの赤い丸バッジ。それは警視庁捜査一課の証である。

「最近の刑事ドラマにでてくる捜査一課ってちゃんとこのバッジつけてるんですよね。なので、今は小学生でも詳しい子はそれが何なのか知ってるんですな。びっくりしましたよ」

そう志摩は言葉を続けた。

「容疑者は小学生なんで、勾留、というわけにはいきませんし、かといって殺人の容疑者を在宅で取り調べというわけにもいきません。それで、非公式に、うちの署長が岐部捜査一課長に相談をしたわけです」

「なるほど」

つまり、その関口葉子という小学生の取り調べを、安藤と平岡に担当してほしいということだ。クラスメートを二人も殺した小学生を。

「事情はよくわかりました。まず、捜査記録を読ませてください。読み終わりましたら、すぐにその子の取り調べを始めます」

7.

「何の捜査記録を読んでいるのですか？」

雪平は、声の方向に振り向いた。そこには、制服から紺色のスーツに着替えた白迫が、微笑みを浮かべて立っていた。

「驚かせてしまいましたか？」

「そうですね……自ら資料室に来られるキャリアの方は初めてです」

「別に資料を見に来たのではありません。あなたに用があったんです」

「私に？」

「組対課に行ったらあなたは資料室にいると聞きましてね。それで」

「……」

わざわざ、署長自ら組対課に行ったのか。それにも雪平は少し戸惑った。用があるのなら、内線電話を一本かけて呼びつければいいだけだ。それなのに、わざわざ、組対課に顔を出す。さぞかし、組対課の刑事たちの間には微妙な空気が流れたことだろう。

「ところで、雪平さん。警視庁の組対課で、もっとも検挙率が高いのはここ新宿署の組対課だというのはご存じでしたか?」

「はい」

「たとえば、昨年三月二五日。歌舞伎町のパチンコ屋の売上金五六〇万が奪われるという事件があったのですが、翌日に匿名によるタレコミ情報があり、あっという間に犯人が逮捕されました」

「……」

「たとえば、これも昨年の五月三日。銃器取り締まりキャンペーンの最中、匿名によるタレコミ情報が入り、とあるマンションの一室から拳銃を三丁も押収することが出来ました」

「すみません。何が、たとえば、なんでしょう」

「新宿署の事件記録を精査すると、この匿名のタレコミってやつが、やけに多いんですよ。それも組対課のヤマ絡みがとても多い」

「刑事が個人的に『S』を抱えているのではないでしょうか。珍しいことだとは思いませんが」

「単なる協力者にしては、情報の精度が高過ぎる」

「……」

「優秀な『S』は貴重です。しかし、優秀過ぎる『S』となると、話はまた別です」

「白迫署長。私はここに異動してきたばかりの人間です。そういうお話は、私ではなく玖島係長としたほうがよいと思いますが」

「私が？　玖島さんと直接？」

「はい」

「そうか。確かに、言われてみるとその通りですね。私はバカだな」

そう言って、白迫はわざとらしく白い歯を見せた。

「玖島さんは、私の前任である仲松(なかまつ)さんにずいぶんかわいがられていたようですね。でも、私は仲松さんのような叩き上げの人間ではないので、玖島さんに仲良くしてもらえるかあまり自信が無いんですよ」

「ご冗談を」

「いやいや。本音です。年齢でいえば、私は玖島さんより一回り歳下ですからね。現場経験も圧倒的に不足しています。だから、玖島さんと仲良くなるためのお手伝いを雪平さんにしていただきたかったんです」

「……私も、白迫署長よりかなり歳は上ですが」

「ははは。なぜでしょう。あなたとは、仲良く出来る気が最初からしてまして」

「……」

と、その時、ガチャリとドアが開き、男が一人、資料室に入ってきた。青いファイルを三冊抱え、もう片方の手に缶コーヒーを持っている。組対課の中越だった。

「わ！　しょ、署長！」

中越は、白迫に気づくと慌ててファイルと缶コーヒーを地面に起き、敬礼をした。

「どなたですか？」

「組対課の中越と申します！」

「ほう。あなたも組対課ですか。職務、頑張ってくださいね」

白迫はそう言うと、もう一度、雪平に向けてにっこりと笑顔を見せ、そして出て行った。中越は、白迫の姿が見えなくなるまで敬礼をしていたが、彼の姿が見えなくなると、ふーーっと大きな息を吐きながら腕を降ろした。

「びっくりしたなー。署長が……それもキャリアの署長が資料室にいるなんて。あ、雪平さん、署長と何の話をしてたんですか？」

「別に」

「あ。もしかして、おれ、なんかやばいタイミングできましたか？」

「全然」

「ならいいんですけど」

雪平は、中越の童顔をじっと見た。そして、

「もしかして、玖島係長に様子を見てこいって言われた？」

と一つ質問を投げてみた。

「え？　なんでですか？」

びっくりした顔で中越は答えた。嘘をついているようには見えなかった。それで、

「別に。違うならいいの」

と雪平はその話題を打ち切った。中越は、まだ白迫と雪平が何を話していたのか訊きたそうだったが、雪平にもうその話をするつもりが無いと感じたのか、それ以上は突っ込んで来なかった。

床に置いたファイルと缶コーヒーにぞんざいに手を伸ばし、缶を倒した。中身はまだかなり入っていて、彼のファイルにザッとかかった。

「やべっ！」

中越は慌ててポケットからハンカチを取り出し、ファイルの表紙を拭いた。

「あー、だめだ。これ、シール貼り替えないと」

「そう？　多少汚れていても、ちゃんと読めればいいんじゃない？」

そう雪平は言ったが、中越はシールを剝がし始めた。それを見ながら、ふと雪平は、先ほどの

違和感の正体に気が付いた。

【新宿署員・黒澤壽一巡査部長が、路上に停車していた不審な車両を発見】


「そうだ。中越くん、一つ教えて貰ってもいい？」

「あ、はい。自分にわかることでしたら、なんでも」

「私の前にいた黒澤さんって、どんな人だったの？」

「黒さん？　どんなって言われても、普通の人でしたけど」

「普通？」

「普通にダメな人」

　中越はそう笑って言った。

「とにかく、上司にも奥さんにも弱い人でした。定年退職したら毎日ぐーたら過ごすんだ、羨ましいだろうって自慢してたのに、結局奥さんにギャーギャー言われて再就職しちゃうし。ちょっとかっこ悪いですよね。ちなみに、絵に描いたような鬼ヨメらしいですよ。あんな女とよく結婚したなってみんな言ってました。当時の副署長の紹介だから断れなかったんだろうって、もっぱらの噂です」

「再就職したんだ」

「はい。スーパーです。西新井駅前の。いわゆる万引きGメンってやつです」

「へええ。そうなんだ」

雪平はそれから、中越と一緒に資料室から組対課に戻った。玖島はまだ雪平の担当職務を決めていなかった。警務課に行き、異動に伴う事務書類にあれこれ記入しているうちに、初日は定時になった。もう一度組対課に戻り、何かやることはないかと念のため玖島に訊いてみたが、彼は首を横に振った。なので、雪平は素直に新宿署を出た。ちょうど、とあるデモ行進が行われている最中だった。

「韓国人を追放せよ！」

「朝鮮人は死んでよし！」

「朝鮮人は首を吊れ！　毒を飲め！」

「日韓国交断交！」

そんなプラカードを持った数十人の団体が、大勢の制服警官を周囲に引き連れ、新大久保方面に歩いて行く。「殺せ」「殺せ」「朝鮮、殺せ」と楽しげな声を上げている若者が何人もいた。彼らは、おそらく、本当に人を殺したことなど無いだろう。だから、人を殺すということが、実際はどういうものか、想像も出来ないだろう。

（私は、三人、殺している）

いや、彼女のせいで死ぬことになった夫を含めれば、四人と言ってもいい。

雪平は足早にデモから離れ、新宿駅へと向かった。家では、キックが待っている。雪平との散歩を、心待ちにしているはずだ。が、それとは別に、やはり気にかかることがあった。それで、キックに会いに帰る前に一件だけ寄り道をすることにした。

第二章

1.

都営新宿線で九段下駅に行き、そこから半蔵門線に乗り換えて西新井へ。黒澤壽一の働く五階建ての総合スーパーに雪平が到着した時には、一八時を少し回っていた。正面入口からスーパー内に入り、左手の壁に貼られていた各階の案内看板を見る。地下一階は駐車場。一階は生鮮食品。二階は婦人服、三階は紳士服で、四階が子供服とおもちゃ売り場、五階が生活用品。店舗内は、構造が縦長のせいか、外から見るよりかなり広かった。辺りを見渡し店員を探した。入って左側にある果物売り場で商品を整理している女性がいた。

「すみません」

雪平が、女性の後ろから声を掛けると、女性は「いらっしゃいませ」と言いながら振り向いた。五〇代後半くらいだろうか、笑顔で雪平を見た。

「こちらに、警備員として黒澤壽一さんが勤務されてらっしゃると思うんですが……」

女性は、雪平が客ではないと判断すると、さっと笑顔を引っ込めた。そして、

「黒澤さんなら、店内のどこかです」

と無愛想な口調で言った。

「どこか？」

「そう。店内のどこかにいるはずです。でも、それ以上は私にはわからないですね」

「……」

店内は広い。さてどうしたものかと雪平が考えていると、背後から、

「万引きだ！　捕まえて！」

という男の叫び声が聞こえた。振り向くと、奥の肉売り場付近から、上下グレーのスウェットを着た、金髪で十代の細身の女性がこちらに向かって全速力で走って来る。その女性の後ろから、濃紺のカーディガンにベージュのチノパン、そして白いジョギングシューズを履いた白髪の太った男が、大きな腹を揺らしながら追いかけている。

雪平は、反射的に、走ってくる女性を止めようと右手を広げた。が、女性店員の方は、万引き犯から逃げようと飛び退り、思い切り雪平に体当たりする形になった。雪平はバランスを崩して

床に倒れ、万引き犯と思しき女はそのまま店舗の外に走り出て行った。

「ああ、くそ」

太った男は、ドアの前で立ち止まると、荒い息のまま悪態をついた。外まで追いかけるつもりはないらしい。と、左手にあったバックヤードのドアが開き、店長らしき三十代のスーツの男が飛んできた。

「お客様お怪我はございませんでしたか？」

店長は、倒れている雪平をさっと助け起こした。バックヤードにある事務所のモニターで一部始終を見ていたのだろう。

「ありがとうございます」

左側に倒れたせいで、受け身が取れず、肩をしたたかに打った。が、幸い、その部分は痛覚も麻痺しているので、不快感は少ない。

「お騒がせして大変申し訳ありません」

店長は、雪平に深く頭を下げた。

「大丈夫か、あんた」

太った男は、肩で息をしながら雪平に訊いてきた。

「ええ、大丈夫です」

店長が呆れ顔で、

「あんたって……お客様に向かって！」

と太った男を叱責した。

「ああ、すみません」

男は、雪平に軽く頭を下げたが、そのあとすぐ、雪平にぶつかった女性店員に向かって、

「嶋田さん！　捕まえろって言ったろ⁉　何やってんだよ、あんた！」

と声を張り上げて言った。

「何言ってんだよ！　捕まえるのはあんたの仕事だろう！」

嶋田と呼ばれた女性店員は、腰に手をあて男に怒鳴り返した。

「あんな風に逃げるとは思わなかったんだよ！」

「は！　あんたこそ、それでも元警察官かい！」

店長は、嶋田と男性を交互に見ながら、

「こんな所で大声を出すんじゃない」

と押し殺したような低い声で言った。

「だって、店長、この人がまるであたしのせいみたいな言い方するから」

「あんたが、捕まえてくれたら逃げられずに済んだんだよ」

「はあ⁉　どの口が言ってんだよ！」

「この口だよ！」

「お客様の前ですよ！」

店長が、もう一度、より強い声で言った。それで、男と女は、鼻息はまだ荒いもののそのまま口をつぐんだ。

「お見苦しいところを……申し訳ありません。失礼いたします」

「いえ。それより、あの、黒澤さん、ですか？」

雪平は、そう太った男に尋ねた。

「え……誰？」

「私、黒澤さんの後任として新宿署に配属になりました、雪平夏見と申します」

「え⁉」

「本日は、ご挨拶に伺いました。もしご迷惑でなければ、少しお時間をいただけませんか？」

「お時間って……や、別にいいっちゃいいけど、今日は二〇時まで勤務だよ？」

黒澤は、警戒心をあらわにした表情で言った。それはそうだろう。刑事は「ご挨拶」などで、退職した同僚を訪ねたりしない。

「では、お待ちします」

雪平は、それでも、ごく普通のことのように言った。店長と女性店員が、雪平と黒澤の会話に聞き耳を立てている。黒澤は、

「そ。じゃあ、この反対側に従業員の出入口があるから、二〇時にそこで」

と答えた。そして、万引きGメンの仕事に戻るため、店内に戻って行った。

裏手にある従業員出口は、ずっと待っているには小さく、不向きな造りだった。そこで、スーパーの中で時間を潰すことにした。一階の食品売り場は、会社帰りのサラリーマンやOLたちでごった返していた。まだ雪平が結婚していた頃、幼い美央をベビーカーに乗せ、夫と三人でよくスーパーで買い物をしたことを思い出した。あれから、一〇年。あっという間の一〇年だ。

食品売り場の奥に、オープンスペースがあり、四〇席ほどの椅子とテーブルがランダムに並べられていた。そして、たこ焼き屋と小さなファースト・フードの店。雪平は、ファースト・フード店で一〇〇円のコーヒーを注文すると、そのまま一番奥の席に座った。薄いコーヒーに口をつけたあと、ショルダーバッグを引き寄せ、携帯を取り出す。LINEを立ち上げる。美央からの返事はない。「既読」の二文字をしばらく眺める。それから、手帳を取り出し、昼間に調べた事件のメモをもう一度読み返した。玉川いづみの言葉。

「運転していたのは、違う人でした。明らかに、違う人でした」

やがて、黒澤に言われた二〇時になった。不味くて残したコーヒーを、飲み残し用の場所に流し、もう一度従業員出口に向かった。黒澤は時間かっきりに出てきた。そして、

「あの雪平夏見が、おれに会いに来るなんて、自分の目を疑ったよ」

とわざとらしい笑顔を作った。

「どこかで、少しだけお話し出来ませんか？」

「ああ。おれのよく行く店でいいかな」

それから、黒澤は右手を出し、おちょこで酒を飲む仕草をした。

「あんたもイケる口だろ？　一日働いた分の栄養補給が必要なんだ」


黒澤の行きつけだという立ち飲み屋は、スーパーを出て、東武スカイツリーラインの線路沿いを歩き二分ほどの場所にあった。古い木造一軒家の一階に「営業中」と白地に赤字で書かれた暖簾。店の前には手書きの立て看板があり、「朝一〇時から営業、二四時閉店」と汚い字で書いてあった。黒澤は慣れた手付きで暖簾をくぐり、雪平も彼に続いた。縦長の店舗は、中央にコの字型のカウンターがあり、間隔を開けて数人の先客がいた。ほとんどは、一人で来ているようで、店内の角に設置されているテレビを見ながら酒を飲んでいた。店舗の壁には短冊に書かれたメニューがずらずらと並んでいる。そのほとんどが二百円台だ。黒澤は生ビールを頼み、雪平はウーロン茶を頼んだ。ねじりはちまきをした威勢のいい店主が、注文してほんの五秒で、雪平と黒澤の前にジョッキをドンと置いた。それからまたすぐに、お通しとして枝豆と梅きゅうりが出てきた。黒澤は、ビール・ジョッキを持ち上げると、

「とりあえず、乾杯」

と言った。そして、美味そうにジョッキ半分ほどを一気に飲んだ。

「今日は真っ直ぐ帰るつもりだったんだけどな。退職してからのほうが酒の量が多いじゃねえかって女房がぐちぐちうるさくてさ。昨日も喧嘩」

「すみません」

「まあ、いいんだけどさ。そうそう。おれ、実は前にも雪平さんに会ったことあるんだよ」

「え？ そうなんですか？ あの、戸山公園での殺人事件の時ですか？」

「そうそう。廊下で一回すれ違ったんだよ。その時、おれと同じ香りがしてね」

「同じ香り？」

「ふわっといい香り。酒の匂いね」

黒澤は「わははは」と声を上げて笑った。そして、残りの半分を飲み干すと、すぐに生のお代わりを頼んだ。

「本当は、おれも捜査本部に入ってあんたみたいなエリートさんと一緒に捜査がしたかったけどね。検挙率ビリのダメ刑事は、いつだって留守番役しか回ってこなくてね。なんせ、自分の手で犯人逮捕したの、定年までにたった一回だからね」

「その一回って、外務省職員の轢き逃げ殺人のことですか？」

「お！ 知ってたのか！」

「ええ。捜査資料を見せていただきました」

「そうか。さすが、警視庁捜査一課の検挙率ナンバーワンだ。勉強熱心だな。ま、正確には、殺人じゃなくて危険運転致死罪だけどな」

　二杯目のビールもすぐに来た。それを黒澤はまたすぐに半分飲んだ。酒がとにかく好きなのか。それとも、雪平と対峙して、何か緊張しているのか。果たしてどちらなのだろうと雪平は思った。と、その時、黒澤の隣にいた赤ら顔の初老の男性が突然ふらつき、黒澤のビール・ジョッキに危うくぶつかりそうになった。

「おっと、失礼」

「大丈夫か？　じいさん。飲み過ぎじゃねえのか？」

　黒澤は、ビールをこぼされないよう、ジョッキを自分の頭の上に逃がした。カーディガンの両袖が重力で少し落ち、左手首の腕時計があらわになった。

　ロレックスだった。

「時計、素敵なのをしてらっしゃいますね」

　雪平が言うと、黒澤は照れたのか、カーディガンの袖を慌てて引っ張ってそれを隠した。

「勤続三〇周年の時にちょっと無理して買ったんだ。自分へのご褒美ってやつ。ま、実はそんなにたいした金額じゃないんだけどね」

「ところで、黒澤さん。黒澤さんが不審車両を発見されたのは、二月七日の〇時五五分と報告書に書いてありましたが……」

「え？」

「かなり深い時間ですよね。そんな時間まで残業していらしたんですか？」

黒澤の顔が、サッと緊張した。

「そんなことを訊きたくてわざわざ来たのかい？　あんた」

「別にそういうわけじゃないですけど、ただふと気になったので」

黒澤は、しばし視線をウロウロとさせた。かつての記憶を辿っているようにも見えたし、何か余計なことを言わないよう、回答をシミュレーションしているようにも見えた。

「あの日は仕事が終わった後、玖島係長に誘われて飲んでたんだよ」

ややぎこちなく、黒澤は話し始めた。

「安っすい居酒屋でね。最近の組対課の雰囲気どうなのよ的な話で盛り上がってね。気が付いたら終電無くなっちまっててさ。玖島係長は独身貴族だろ？　タクシーで帰るって言うんだけど、おれはタクシーなんかで帰ったら女房に何言われるかわかんないだろ？　で、玖島係長がカプセルホテルの半額券持ってるっていうからそれ貰って。で、そのカプセルホテルまで歩いてく途中で見つけたって訳。フロントが凹んでて、よく見たら血みたいなのもついてるし。これはと思って応援を呼んだんだ。で、運転手を車からみんなで引きずりだしたらあらびっくり。全然覚えてないときたもんだ。それでおれは、そいつをこう押さえ込んでね」

黒澤は手だけを振り回しながら
「こうやってね」

と自慢気に言った。最初のうちは明らかに警戒していたが、それでも自分の手柄を話すのは楽しいらしい。すぐにノリが良くなった。署で読んだ報告書と多少ディテールが異なるのは、黒澤のささやかな見栄だろう。

「それで、そのまま署まで連行したんだけど、とにかくその若造はグデングデンなもんだから、そこでまたおれがね――」

「あの」

「うん？」

「その時の車のナンバー・プレート、覚えていますか？」

雪平は、黒澤の話を遮って訊いた。黒澤はびっくりして、

「番号？　そんなの覚えてるわきゃないだろうよ」

と気色ばんだ。

「いえ、番号ではなく、血痕のことです」

「血痕？」

「報告書に添付されていた写真を見たんですが、ナンバー・プレート、綺麗なんです。あまり凹んでもいないし、血痕も無い」

「は？　そんなの、たまたまじゃねえの？」

黒澤は（何をおまえ、細けえことを）といった表情で言った。不思議なことに、雪平の目には、

黒澤が少しホッとしたようにも見えた。

「たまたま？」

「そう、たまたま」

「あと、生駒の車のNシステムのデータが添付されていなかったのですが」

「Nシステム？」

「ええ」

「犯人逮捕のあとに、なんでわざわざNシステム？　そんなの、申請出しただけで怒られるって」

「……」

「雪平さんさあ、なんでそんな終わった事件のことが気になんの？」

「……」

と、黒澤の携帯が鳴った。黒澤は、チノパンのポケットから携帯を取り出し、画面を見て顔をしかめた。

「くそ。女房だ。たまにはゆっくり飲ませてくれよってんだ」

黒澤とは、それから一〇分ほど一緒に飲んだだけで別れた。「お誘いしたのはこちらですから」と支払いは雪平が持った。東武スカイツリーラインから日比谷線に直通で乗り入れ、自宅マンションのある中目黒に到着した時には、時刻は二一時半になっていた。

玄関のドアを開ける。

と、彼女の帰りを待ちわびていたゴールデン・レトリバーの子犬「キック」が、尿をまき散らしながら猛スピードで廊下を走って来た。

「わ！」

キックは雪平の手前一メートルの距離から、前足を大きく広げて彼女の顔めがけてタックルをしてきた。ものすごい衝撃だった。転倒しなかったのは幸運としか言いようがない。キックは前足を雪平の肩にかけ、顔を舐め回した。足には容赦なくキックの尿が掛かっている。これが、いわゆる「うれション」というものか。

「ちょっと待って。キック……ごめん、遅くなって……今から散歩行くから……」

「ワン！」

「でも、その前にちょっと着替えさせて……あと、廊下のおしっこもちょっと拭いていい？」

「ワン！」


それから三〇分後。黒のスーツから白い七分丈のニットとデニムのロングスカートに着替えた雪平は、キックを連れて目黒川沿いの遊歩道をせっせと歩いていた。キックは走りたそうで、頻繁にリードを全力で引っ張った。子犬とは言え、体重は一五キロ近く。リードを引っ張る力は強い。身体ごと持って行かれないよう、雪平は右手にリードを二重に巻き、重心を常に後ろに後ろにと意識していた。

と、鞄から携帯の着信音が聞こえてきた。美央からだろう。昨日、携帯を買ったことを知らせつつ、キックの写真も一緒に美央に送ったのだが、その返事がようやく来たのだろう。もしかすると、キックのかわいい写真を見て「遊びに行こうかな」くらい言ってくるかもしれない。雪平は、逸る気持ちを抑えながら、まずはキックのリードを桜の木に括りつけ、それからスマホを取り出した。

「?」

画面を見て雪平は怪訝な顔になった。着信音はＬＩＮＥのものではなく、普通の電話だった。しかも、非通知。美央がわざわざ非通知でかけてくるとは思えないし、藤川もそうだ。玉川いづみがかけてきた時も番号は表示されていた。誰だろうか。雪平は、通話ボタンを押して電話に出た。

「もしもし」

「……」

「もしもし」

「……」

返事が無い。ただ、電話の向こうに、きちんと人の気配を感じた。ポケットの中で誤操作で電話をかけてしまった……みたいなことではないようだ。

「もしもし」

「……」

まさかとは思ったが、それでも雪平は、

「美央なの？」

と訊いてみた。

三秒ほどの無言。そして、電話はプツリと切れた。

2.

翌朝。雪平はラッシュを避け、その日も七時前には新宿署に入った。エレベーターが五階に到着すると、組対課のドアの向こうから、ガヤガヤと大勢の話し声が聞こえてきた。こんな朝早くからいったいどうしたのだろうと思いつつ雪平がドアを開けると、組対課の男性全員が、黒の防弾チョッキを着用して、今まさに係長である玖島の机の周りに集合しようとしているところだった。防弾チョッキを着ているということは、これからガサ入れに行くということだ。

「おはようございます」

そう雪平が声をかけると、長身の玖島が、署員たちの頭の間からひょこりと顔を出し、

「おはようさん」

と普通に返事をしてきた。

「どこかに、ガサですか？」

「ああ」

「すみません。私、聞き漏らしていたみたいです。すぐに準備します」

雪平が冷静に言うと、玖島はハハッと笑い、

「聞き漏らしてなんかないよ。最初からあんたには言ってない」

「どうしてですか？」

「どうしてって……だってあんた、左手動かないじゃないか。そんな身体でヤクザ絡みの場所に乗り込むのは危険だろう？」

「でも、それでは、私はこの組対課でやれる仕事がありません」

「そこはほら。バックアップとか、電話番とかさ」

玖島が、無頓着に話すので、彼に悪意があるのか無いのか、雪平にはよくわからなかった。それで、雪平も努めて感情を入れずに話した。

「ガサ入れに電話番は要らないでしょう。私も行きます」

雪平がそう答えると、玖島はそれ以上は特に異論を唱えなかった。ただ、

「雪平さん。行くんなら、自分の身は自分で守ってくれよ」

とだけ言うと、グレーのスーツの上着を羽織り、胸元の内ポケットに令状を無造作に突っ込んだ。


それから一時間後。雪平、玖島、中越で一台。石川と佐田という同僚で一台。合計二台の白いセダンが、百人町二丁目アパートに向かって走り始めた。現地ではもう一台、内偵中のセダンが待機している。車内で中越に聞いた話によると、グループは三人の東南アジア系の若者で、四階建ての古いマンションに共同生活をしながら、覚醒剤の販売に手を染めているらしい。

「どこから情報が入ったんですか?」

雪平が訊くと、

「匿名のタレコミ」

と玖島が短く答えた。

「麻取に連絡は?」

「そんな面倒なこと、イチイチしてられんよ。やつらは警察じゃなくて、厚労省の役人だぞ? わざわざ手柄をやる必要は無いだろ?」

「なるほど。で、なぜ、うちが出張るんですか? 覚醒剤は、警察なら生活安全課ですよね?」

「良い質問だ。答えは二つある。まず、このタレコミをゲットしたのはうちだ」

「はい」

「そして、今、うちの管轄で覚醒剤のバイをやるやつは、倉石組か垂木組のどちらかとほぼ関係がある。やつらの商売を一つ一つ潰していくのはおれたちの仕事だ。だから、このガサもおれたちがやるのさ」

「よくわかりました」

強引な理屈だが、反論したいとは思わなかった。百人町のアパート近くにあっという間に到着してしまったので、雪平はそれで質問を打ち切った。

「対象は、この二つ先の白い四階建てマンションの二〇三号室です」

中越が、フロント・ガラスの先を指さしながら言った。車から降りると、金髪に黒のパーカー姿の男が、すっとこちらに近づいてきた。男は雪平の姿を露骨にジロジロと見ていたが、玖島が「警部補さんだぞ」と言うと、軽く会釈をしてきた。雪平も軽く会釈を返した。同じ組対課のはずだが、その署員とは初対面だった。

「庄野、状況は?」

玖島が訊くと、パーカーの男は、

「今は三人とも中にいます」

と言った。

「よし。じゃあ、おれと雪平さんと中越で玄関から入る。おまえたちは、窓と裏口をマーク」

「え？　雪平さんも中に入るんですか？」

中越がびっくりした声を出した。

「心配しなくても、この人はおまえの一億倍は場数を踏んでるよ。なあ？」

玖島は、そう中越に答え、そして雪平の顔を覗き込むように見た。

「ご迷惑はかけないように頑張ります」

雪平は短く答えた。

玖島は、久しぶりに親戚の家でも訪ねるかのような軽い足取りで、階段をスタスタと登った。雪平はすぐその後ろを付いて行った。二〇三号室のドアの前に来ると、玖島は何のためらいもなく、覗き穴を右手で塞ぎながらドアを二回ノックした。弱過ぎもせず、強過ぎもせず、いたって普通のノックだ。そして、数秒待つと、またもう二回ノックをした。

ドアが数センチ開き、

「誰？」

と、浅黒い肌の若者が顔を覗かせた。チェーンがかかっているのが雪平にも見えた。が、玖島は委細構わずドアの隙間に足を突っ込みながら、

「警察だ」

と言った。若者の強張る顔。次の瞬間、雪平の背後にいた中越が、力任せにドアを引っ張った。安物のチェーンは、たったの三回で千切れた。玖島が先頭で部屋に入る。若者たちのうち、二人

は居間で腰を抜かしていたが、一人だけ、窓から逃走しようとしていた。玖島は、その尻をいきなり蹴った。バランスを崩し、悲鳴を上げながら階下に落下する若者。それを、下で張っていた庄野らがわっと取り押さえた。

雪平は、腰を抜かしている若者たちの前にしゃがみ込み、

「で、どこ?」

と端的に訊いた。一人の若者の目が泳ぐ。視線の先に、この小さな部屋には不似合いな、四〇インチ近い液晶テレビがあった。視聴者の場所に合わせて、九〇度ほど首が振れるタイプのテレビだ。雪平はそれに近づき、テレビ台の下を覗こうとした。が、テレビは、片手で持ち上げるには重量が有り過ぎた。中越が来て、「どうしました?」と言うので、「これ、持ち上げてほしいんだけど」と頼んだ。中越は、「オッケーっす」と楽しそうに答え、両手でそれを持ち上げた。台座の下に、ビニール袋に小分けされた白い粉末が八袋あった。

「やっぱり仕事が早いな、雪平さん」

背後から玖島の声がした。

「簡単に見つかり過ぎて、ちょっとびっくりです」

正直に、雪平は答えた。覚醒剤が出て来たので、ガサ入れはこれで終わったも同然だった。三人を拘束し、残りの捜索を若手に任せ、玖島と雪平は九時半にはもう、新宿署の組対課の自分のデスクに戻ることが出来た。残りのメンツも皆、一一時には戻ってきた。

その日の昼食は、ガサ入れのお疲れ様会ということで、新宿署組対課の行きつけの寿司屋「まき寿司」で、みんなで食べようということになった。全員分、玖島が奢るのだという。署から歩いて五分。白字で「まき寿司」と書かれた青い暖簾をくぐると、狭い店内に五席のカウンターがあり、その後ろには小上がりの座敷がある。そこには、木のテーブルと一〇席分の座布団が敷かれていた。

「みんなで来る時は、予約するんです。店を貸し切りにしちゃうので」

と中越が言った。皆は座敷に上がったが、玖島は雪平に、

「おれたちはカウンターにしないか?」

と言ってきた。

「あんた、靴脱ぐの面倒クセーだろ?」

「ありがとうございます。では、お隣、失礼します」

雪平は、素直に玖島の隣に座った。

「全員、特上の一・五ね」

玖島が、寿司屋の主に言う。食べきれるか雪平は自信が持てなかったが、とりあえず黙っていた。食べきれなかったら、中越にでも手伝ってもらおう。若い男たちなら二人前でも三人前でも食べられるだろう。と、突然、

「昨日、黒澤から電話が来たよ」

と玖島が話し出した。

「あの、有名人の雪平さんが自分なんかに挨拶に来てくれたって。興奮した声でさ」

「そうですか」

「駅前で一緒に飲んだんだって？」

「ええ。少しですけど」

「変わってるね、雪平さん」

玖島はちびちびとお茶を飲んでいる。顔は雪平のほうにまったく向けない。雪平も、目の前にあるお茶を手にした。ただの挨拶、という説明では、玖島は納得しないだろうと思った。なので、ある程度まで正直に話してしまうことにした。

「資料室で、黒澤さんが退職前に解決された事件のことを知りまして」

「ああ。外務省のお役人が轢き殺された轢き逃げ事件か」

玖島は、やはり顔は向けない。声色にも変化は感じなかった。

「黒澤さんがあっさり犯人を発見されて」

「危険ドラッグでラリってたガキだろ？　その事件に、何か気になることでも？」

「フロントのナンバー・プレートに、血痕が付いていませんでした」

「あん？」

初めて、玖島が顔を雪平のほうに向けた。雪平は、同じ言葉をもう一回、ゆっくりと言った。

「フロントのナンバー・プレートに、血痕が付いていませんでした」

「……それで?」

「ナンバー・プレートも凹んでいるのに、血だけが付いていない。ということは、事故を起こした瞬間には、正規のナンバー・プレートに別のナンバー・プレートが付けられていた可能性もあるのではないかと思いまして。車を乗り捨てる時に、誰かがそのダミーのナンバー・プレートだけ外して持ち去った……そんな可能性もあるのではないかと」

「犯人は自供したんだぞ。無理やりなことは何もしていない。涙ながらにてめえの罪を後悔して謝罪したとおれは聞いてる」

「でも、犯人は逮捕当時、薬物で酩酊していて記憶がまるで無かったとも聞いています。そんな人間の自白を信用していいのでしょうか」

「ていうか、そもそもそのヤマは組対課と関係ないヤマだぞ。たまたま黒澤が発見したっていうだけで。なんで今頃、あんたがそれに興味を持つわけ?」

「……別に、興味に理由はありません」

雪平は、ここで初めて嘘をついた。目の前に、特上寿司の最初の一貫・ヒラメが置かれた。店の主が「味は付いてるのでそのままで」というので、素直に従った。昆布締めしたヒラメに軽く塩が振られていて、とても美味だった。

「！　美味しい！」

素直に言葉が出た。と、玖島はニヤッと笑って、

「だろう？　おれは、ここを転勤初日から贔屓にしてるんだ」

と胸を張った。そして、

「あの、新しい署長にだけは、ここ、教えるなよ」

と言ってきた。それで雪平は、玖島が自分を白迫のスパイと疑っているのだとようやく気がついた。

「私、白迫署長とは何の関係もありませんよ」

そう玖島に告げると、玖島はガリを頬張りながら、

「あんたから行かなくても、向こうから近づいてくるに決まってる。黒澤の件も、やつの差金なんだろ？」

と決めつけてきた。

「違います。轢き逃げ事件のことは本当にたまたまです。私、気になるとしつこい性格で……」

「そいつは、刑事にうってつけの性格だな。じゃあまあ、心ゆくまで調べてくれや。ただ、今日のガサ入れで、あんたは充分戦力になるってわかったから、これからは普通に仕事も振らせて貰うよ」

「もちろんです。よろしくお願いします」

そこに、いいタイミングで二貫目が出て来た。甘エビに薄く醤油が塗られている。「これも、そのままどうぞ」と言われたので、もちろん従った。

「！　これも、すごく美味しい！」

すると、玖島はニヤッと笑って、

「だろう？　おれは、ここを転勤初日から贔屓にしてるんだ」

と胸を張った。そして、

「さ、事件のことは仕事中に考えることにして、飯の時は飯を味わうことに集中しようぜ。せっかくこんなに美味いんだから」

と言って笑った。その笑顔が、やけにいい笑顔に雪平には思えた。新しい職場もまんざらでもないかもしれない。そう思いながら、雪平はその日の昼食をゆっくりと味わって食べた。

3.

その後の勤務は、ガサ入れに関する書類作成や、逮捕した不法滞在外国人への事情聴取に追われた。ガサ入れ前に連絡を貰えなかった生活安全課や厚生労働省の麻取からの嫌味への対応にも、警部補である雪平は使われた。が、それも、夕方の六時にはすべて終わった。それらの仕事をしながら、雪平は、今日の玖島との昼食のことをあれこれ考えていた。玖島は、轢き逃げ事件に別の真犯人がいる可能性について否定はしなかった。だが、ヤク中の男が刑務所に入ったことについては、「それはそれで世の中のためだろう」というスタンスのように思えた。同僚の黒澤の手柄にケチを付けたくないという思いもありそうだ。そもそも、組対課の本来業務ではない事件には関心が薄いようにも見えた。どれも、わからなくはない。そういう刑事は、これまでにもたくさん見てきた。だが、ナンバー・プレートが偽装で、わざわざ犯人役にそのヤク中の青年を仕込んだのだとしたら、この事件には大きな裏があることになる。そもそも、その車が本来狙ったのかもしれないホームレス風の男は、現場から立ち去ったままだ見つかっていないのだ。車に撥ねられ、それなりに大きな負傷をしたはずの男が、忽然と姿を消しているのも実に不可解だ。なのに、被疑者の自白だけで警察はあっけなく捜査を終結させている。これは、杜撰と言われても仕方ないのではないか。

それで、雪平は、仕事を終え新宿署を出ると、家に戻る前に晴海に寄ることにした。晴海には、雪平とかつて捜査一課でチームを組んだ林堂航警部がいる。仕事用に支給されているガラケーで、林堂に、「相談に乗っていただきたい件がありまして。今から行きます」と簡単にCメールを打った。新宿駅からJRの中央線に乗り四ツ谷駅に。そこから、晴海埠頭行きの都バスに乗車した。バスが晴海埠頭に到着したのとほぼ同時に、ショルダーバッグの中にある個人用のスマホからＬＩＮＥの着信音が聞こえた。今度こそ美央だろうか。雪平はバスを降りると、すぐにスマホを取り出し画面を見た。

送信者は藤川だった。

【キックはどう？　大人しく散歩した？　ちょっと恋しくなっちゃったから、やつの元気な写メよろしく】

「……」

フリック方式というまだ慣れない文字入力方法で、雪平はゆっくりと返事を打つ。

【あ　し　た　お　く　る　ね】

が、それを送信する前に、藤川から第二弾のメッセージが来た。

【まさか、キックを放置して残業とかはしてないよね？　あなたはすぐ残業病になるんだから絶対それはダメよ！　今、日本はもう夜の七時でしょ！　キックの写真、一時間以内に絶対送ってよ！】

マジか。予想外の藤川の攻撃にちょっと雪平は困惑した。これから林堂と会うので、一時間以内にキックの写メというのは不可能だ。とはいえ、ではなぜ残業しているのかを藤川に説明するのも避けたかった。この事件の捜査は自分の本来業務ではないし、まだ見えていない部分が多過ぎる。

しばし、降りたバス停の前で逡巡したが、やがて雪平は、新しいスマホからの初めての発信にチャレンジすることにした。電話帳を表示させ、検索モードに。そこに「安藤」と打ち込むと、すぐに安藤の携帯番号が表示され、ご丁寧に「発信しますか?」と携帯のほうから訊いてきた。YESを押す。彼はまだ、本庁で仕事中だろうか? その時は、「これ、新しい電話番号だから」とだけ告げて電話を切ろう。そう考えながら、雪平は呼び出し音を聞いていた。

四コール目で、安藤が出た。

「はい。安藤です」

「あー、ごめんね。私。雪平」

「え? 雪平さん? 携帯替えたんですか?」

「買い足したんだ。うん。こっちは、まあ、プライベート用」

「へえ。雪平さんが携帯を二台持ちですか。時代は進んでますね」

安藤の背後の音がやかましい。どうやら外のようだ。

「安藤、今どこにいるの?」

「今ですか? 渋谷です。飲んでます。一人で」

「へえ。珍しいね」

「そうですね。たまにはと思って一人で店に入ったんですけど、ちょっと落ち着かなくて。なので、もう出ようかなと」

「あ、そう」

「あ。雪平さん、よければ一緒に飲みません? おれ、どこにでも行きますよ」

「あー」

「あー?」

「あのさ、安藤。私のマンションの合鍵、まだ持ってる?」

「え?」

遠い昔。安藤が初めて本庁の捜査一課に配属になった頃、雪平はアル中同然の生活を送っており、泥酔して寝入ってしまったが最後、携帯のコール音や目覚ましの音では絶対に目覚めなかった。そこで、新人の安藤は、当時の捜査一課長の山路の命令で、あろうことか、雪平のマンションの鍵を持たされることになったのだった。事件発生の知らせとともに、安藤は雪平の携帯を一応鳴らしつつ、彼女を起こしに中目黒のマンションまで駆けつけた。酔って全裸のまま寝ている彼女を何度目撃したことだろう。それも、今では遠い昔のこととなった。今は雪平は酔うほど酒を飲むことは無くなったし、警視庁捜査一課の検挙率一位の刑事でもなくなった。

「鍵なら、ちゃんとまだ持ち歩いてますよ」

「え? 本当に?」

自分から訊いておきながら、雪平は安藤の答えに驚いた。

「はい。キーホルダーに付けっぱなしにしてますから。何か忘れ物ですか?」

「や、そうじゃないんだけど、一件、頼まれてくれないかな」

「はい」

「今ね。うちに犬がいるの。名前はキック」

「犬？　雪平さん犬飼ったんですか？」

「そうじゃないけど、預かってるの。その犬を散歩に連れて行って、そしてその写真を一時間以内に私に送ってほしいの」

「……」

　普通なら、「なんで？」という質問が返ってくるだろう。その質問に対し、どこまできちんと答えるべきか、雪平は必死に頭を回転させていた。が、安藤から返ってきた答えは、

「わかりました。犬の散歩と写メですね。すぐに向かいます」

　というものだった。そして、そのまま、あっさりと電話は切れた。そうだった。安藤というのはこういう男だった。雪平は、ホッとしつつも、若干良心の呵責を感じながら、携帯をしまった。

そして、書き留めた住所を頼りに目的のビルに向かう。停留所から歩いて五分ほど。シルバーの近代的な外観の七階建てビル。が、どこにも法人の看板などが出ておらず、まだ誰も入居していないビルに見えなくもない。周辺を取り囲む敷地は、すべて駐車場。これらは、実際は収益確保のためではなく、ビルのセキュリティを考えてのことだろう。こここそが、警視庁が世間にその場所を公表していない「マスターデータ管理室」専用の建物だ。

　門の前に立つ。灰色の重厚な門は雪平の背丈ほどあり、その両端には監視カメラが二台ずつ付いている。インターフォンを押す。そしてカメラを見る。しばらく黙って待っていると、いきな

り門が自動で開いた。中に入る。ドアはすぐにまた自動で閉まった。そして、ほぼ同時に、一〇メートルほど先の建物の正面エントランスが開き、林堂航警部がくわえ煙草のまま出て来た。スーツの上着は着ておらず、ワイシャツは両腕とも袖をまくりあげている。林堂は、雪平に向かって軽く手をあげ、そして手招きをした。

「お疲れ様です」

言いながら、雪平は林堂に近づいた。

「外でいいかな。中じゃ煙草が吸えなくてさ」

林堂はそう言いながら、建物沿いに庭を歩き始めた。角を一つ曲がると、すぐに喫煙スペースが現れた。もっとも、長細い業務用の灰皿と、壁に背を向けた状態で椅子が一つポツンとおいてあるだけの簡素な場所だ。林堂はその椅子にやれやれという感じで座ると、

「メンバーが一〇人もいて、煙草吸うのはおれだけなんだよ」

と愚痴を言った。

「中に喫煙所は無いんですか?」

「全館禁煙。精密機器がある場所では禁煙は常識ですよ?って、美女メガネの部下に冷たく叱られたよ」

「あら、そうなんですか」

「七フロアもあって一〇人だぜ? しかも、おれ以外は全員専門職で中途入社。会話が合わない、

合わない」

そう言って、林堂は美味そうに煙草を深く吸い、そして、大きな白い煙の輪を吐いた。

「そういえば、この前は悪かったな。せっかく送別会を企画してくれたのにキャンセルして」

「いえ」

「で？　今日はなに？」

「ご挨拶に」

雪平の言葉に、林堂は笑った。

「バカを言え。おまえともう何年の付き合いだと思ってるんだ」

「正確には、ご挨拶と、あと、お願い事が」

林堂は、早くも二本目の煙草に火をつけた。

「最初に言っておく。たぶんそれは無理だ」

「林堂さん。まだ私、何も言ってません」

「おまえともう何年の付き合いだと思ってるんだ。想像はつく」

「とりあえず、聞くだけ聞いて貰ってもいいですか？」

「聞くだけだぞ」

林堂はそう言うと、また白い煙の輪を吐いた。

「Nシステムのデータを確認していただきたいんです」

「……」

林堂相手に回りくどい言い方は無意味なので、雪平は最初から核心に入った。

「今年二月六日金曜日、二三時五五分頃。このナンバーの車が新宿区西新宿の路上で轢き逃げ事件を起こしたことになっています」

雪平は、言いながら、車のナンバーのメモを灰皿内のスペースに置いた。

「でも、それとは矛盾する証言も実は出て来ています。ナンバー・プレートにも不審な点があります。担当捜査官はNシステムのデータに当たっていません。ですから……」

一気に話し出した雪平を、林堂は右手をあげて遮った。

「Nシステムってやつは、すべての車両の移動経路を見張っている。こいつはある意味個人情報の塊だ」

林堂は、今度は鼻から白い煙を出した。不満の意を表しているつもりかもしれない。が、雪平は気にしなかった。

「そうですね。それは知っています」

「なら、そのデータを当たるにあたっては、それ相応の手続きを踏まなきゃいけないってのも知ってるよな?」

「もちろん、知っています」

「……」

だからこそ、黒澤や、新宿署のその他の担当たちは、面倒がってNシステムのデータには当たらなかったのだ。そして、だからこそ、雪平は今こうして、林堂を個人的に頼っているのだ。

「……」

「……」

「……」

「……左腕の調子はどうなんだ?」

林堂が、わざと話題を変えてきた。

「まあまあです。気長に行きます」

雪平は、動かない左腕を右手でさすった。

「そんな身体で新宿署の組対課かよ。人事は無茶苦茶だな」

「林堂さんのマスターデータ管理室といい勝負だと思います」

雪平の返しに林堂は鼻を鳴らした。

「確かに。そりゃそうだ。お互い、これはわかりにくい左遷かもしれないな」

「そういうの、林堂さんも気にするんですか?」

「いや、全然」

そう言って、林堂はまた鼻を鳴らした。今度は少し違うニュアンスで。そして、煙草をもみ消すと、立ち上がった。

「悪いが、まだ異動したてでバタバタしててな。五分の休憩が精一杯なんだ」

「Nシステムの件、お願いします」

「ダメだ」

「林堂さんが目で見るだけでいいんです。不審な点があったか無かったか。そのくらいの漠然とした答えでいいんです」

「ダメだ。Nシステムのデータがほしいなら正規のルートと正規の手続きで申し込め。おれは今、ここの室長だってことを忘れるな。今までとは、立場も責任も違うんだ」

そう言い捨てると、林堂は、元来たエントランスに戻り始めた。

「そういうの、林堂さんも気にするんですか？」

雪平は、林堂の背中にそう声をかけた。林堂はニヤニヤしながら振り返ると、

「そりゃ、おまえよりはな」

と言った。そして、

「ま、久しぶりにおまえさんの顔が見れて嬉しかったよ。たまには酒でもまた飲もう」

と言ってひらひらと手を振った。

「林堂さん！　私は真剣にお願いしてるんです！」

「……そういえば、美央ちゃんは元気か？」

「！　元気です……たぶん」

「たぶんってなんだよ。おまえさんが今考えなくちゃいけないのは、Nシステムより、美央ちゃんの親権のことじゃないのか？　自分の人生の優先順位、ちゃんと考えて行動しろよ」

「……」

美央の名前を出されて、雪平はそれ以上林堂に食い下がることが出来なくなった。林堂は、雪平が黙ったのを見て、さっさと一人、建物の中に帰っていった。と、次の瞬間には、雪平に出て行けと言わんばかりに門扉が自動でまた開いた。仕方なく雪平は外に出た。

携帯をチェックする。安藤からキックの写メが送られて来ていた。山手通りの歩道で、なぜかキックはきちんとお座りをし、潤んだ目でカメラを見ている。高速で尻尾を振っていたのだろう。尻尾だけが被写体ボケしている。雪平は安藤に「ありがとう」と短く返事を入れた。そして、苦労しながら、五分かけてそれを藤川に転送した。

4.

男が乗った仁川（インチョン）国際空港発の大韓航空便は、定刻通りに羽田空港に到着した。飛行機を降り、入国審査に向かう。「日本人」と書かれたカウンターでは、三十代くらいの目つきの悪い女性入国審査官が座っていた。男が赤い線の前に立つと、彼女は、右手の甲を見せ、二度手招きをした。男は、被っていたコーデュロイの茶色のハンチングを取り、小豆色の日本のパスポートを差し出した。パスポートの顔写真と、実際の男の顔とを、審査官はチラリとだけ見比べる。白髪まじりの短髪。シワだらけの顔。それから、パスポートの個人情報欄をざっと眺める。

佐藤弘。

六五歳。

本籍東京都。

審査官はパスポートに無言でスタンプを押し、にこりともせずに男のほうに押し戻した。

「ありがとう」

男はショルダーバッグの側面ポケットにパスポートを入れ、それから、手荷物受け取り所の近くにあるトイレに向かった。用は足さず、ただ、鏡を見る。それから、預けていたナイロンの黒いナイキのボストンバッグをピックアップし、到着ロビーに出た。

ロビーでは、四十代のスーツ姿の男が、「佐藤弘様」と書かれた紙を胸元に掲げて待っていた。

佐藤は男に歩み寄った。

「佐藤弘です」

「わざわざのご足労痛み入ります。私、鮎沢(あゆさわ)と申します」

紺色の上等なスーツ。白の無地のワイシャツにシルバーと濃紺のストライプ柄のネクタイ。コートを羽織っていないということは、どこかに車を待たせているのだろう。

「飛行時間は三時間も無いからね。ご足労というほどのことは無いよ」

「それにしても、佐藤弘さんですか」

「おかしいかい？」

「あまりにもわかりやす過ぎますよ」

鮎沢は軽く笑った。

「日本で一番多い姓と、日本で一番多い名前ですからね」

「だからいいのさ。いちいち頭を捻って考えなくていい」

それから二人は、鮎沢の車に向かった。

都心に向かって、品川方面に一時間ほど走る。ホテルは新宿と聞いていたが、方角が違う。佐藤がちらちらと道路標識の看板を見ていると、

「少し寄り道させてください。佐藤さんをぜひお連れしたい場所がありまして」

と鮎沢が言った。

「日本橋に、ちょっとした店を見つけまして」

「まさか、こんな時間から料亭で芸者遊びかい？」

「まさか、まさか。そういう遊びはあまりお好きじゃないということは存じあげてますよ。あ、もうすぐ到着します」

車は、大通りを逸れ、更に小さな路地に入ると、そのままいくつかの角を曲がってから、とあ

る小さな古い商店の前で停車した。「箸　ＨＡＳＨＩ」と書かれた青い暖簾がかかっている。

「箸か！」

佐藤は、車を降りると、木枠のガラスドアを自分で開けた。一〇坪ほどの店舗内の壁一面に、様々な素材で作られた、色とりどりの箸が並んでいる。店舗の真ん中の長いテーブルには箸置きや箸箱、箸袋が美しく展示されていて、佐藤の頰が思わず緩んだ。店主と思しき初老の女性が、「いらっしゃい」と言いながら奥から出て来た。鮎沢が、店主に手をあげて挨拶をする。店主とは気安い関係のようだった。彼が店主と立ち話をしている間に、佐藤は箸を手にとっては眺め、また別のものを手に取っては眺め眺め、を繰り返した。

「いかがですか？」

鮎沢が佐藤に訊いてきた。

「いやあ。実に素晴らしいね！　どれもこれも」

「実は、僭越ですが佐藤さんにプレゼントをご用意しておきました」

「え？」

鮎沢は、店主に笑顔で合図した。

「はいはい。ちょっとお待ちを」

店主は一度レジの奥に引っ込むと、すぐに木箱を持って現れた。

「佐藤さんが、日本の箸をお好きと伺いまして……」

佐藤は、店主からその木箱を受け取ると、そっとその蓋を開けた。

「おお！」

中には、金色に輝く夫婦箸が入っていた。男性用の箸は先端部分が黒く、そして少し短い女性用の箸は、先端部分が赤い。

「なんと、美しい！」

佐藤は、金箔の箸を手に取り眺めた。

「これは、輪島塗、ですか？」

「ご名答です」

店主が横から口を挟んだ。

「それはね。福寿箸とも言うんだよ。使っていれば幸せになる。使い続ければ長寿になるってね」

「福寿箸……」

「実は、佐藤さんが今回を最後にお仕事を引退されると聞きましてね。それで、まあ、それならば、こういう箸がよいかと」

そう鮎沢が言葉を継いだ。

「そうか。知ってたんですか……」

佐藤は、今回の「帰国」を最後に引退を決めていた。「社長」も了承済みだ。

「まさか、こんな素敵なお祝いをいただけるとは。女房もきっと感激します。ありがとうございます」

箸を丁寧に包んでもらうと、佐藤と鮎沢は、宿泊予定の新宿のハイアット リージェンシー 東京に向かった。日本にはどれくらい滞在することになるだろうか。短ければ短いほど嬉しいが、急ぎ過ぎるのは危険だと自分を戒めた。ホテルの玄関で鮎沢と別れ、一人でチェック・インをした。案内はスムーズで、すぐに四三階の客室に案内された。希望していた部屋より、ちょっとランクが高過ぎる。スイートではないが、角部屋で二方向が大きな窓になっている。キングサイズのベッドは、足側が窓際に面しており、寝ながらでも東京の街を一望出来る。鮎沢が、予約の際にホテル側に何かしらリクエストしたのだろう。ちなみに、この部屋は念のため一週間予約してある。そんなには時間はかからないと思うが。

窓際のソファーに座り、ふと先ほどの箸を思い出し、バッグから取り出した。素晴らしい箸だ。包装を解いてもう一度眺めようか。そう思って木箱を手に取った瞬間、佐藤はおやっと思った。店で見た時より、いつの間にか木箱が少しぶ厚くなっている気がする。

まさか……この私に盗聴器を仕掛けたのか。いや、それは考えにくい。そんな稚拙な手をあの鮎沢という男が使うとは思えない。だが、確認は必要だ。

佐藤は、包装紙を剝がし、注意深く木箱を開けた。二つの箸は、箱の下に敷いてある赤い和紙の上に糸でくくりつけられている。二つとも取り出し、和紙も取り出し、更に木箱の底を点検する。なんと、二重だ。木箱は二段になっている。佐藤は、バッグからペンケースを取り出すと、愛用している小さなペーパーナイフの先を使って、ダミーの役割をしている木の板を取り外した。もう一つの空間が現れる。そして、そこには小さな子供用の箸が三つ、メモと一緒に入っていた。

「来月、三人目のお孫さんが誕生されるとも伺いまして」

そう、達筆な日本語で書かれていた。そして、その先の言葉を読み、佐藤は思わずふき出した。

「決して盗聴器ではありません」

面白い男だ。佐藤はメモを手にしたまま、しばし笑った。

と、佐藤の携帯電話が鳴った。表示には、先ほど登録したばかりの「鮎沢」という文字が出ている。

「もしもし」

鮎沢の申し訳無さそうな声が聞こえてきた。

「着いたばかりの日に慌ただしくて恐縮ですが、例の仕事、今日の夜ということになりそうです」

「！」

望外の知らせだった。一週間どころか、今夜にもすべてが終えられる！
佐藤は、両手をもむようにこすった。

5.

電話を受けてから一〇分後、佐藤弘はランニングウェアに着替え、新宿の街に出た。ナイキの黒いTシャツに黒いハーフパンツ。鮮やかなブルーのランニングシューズ。このランニングシューズは、今年の誕生日に娘夫婦からプレゼントされたものだ。履き心地は、正直言うと彼には少し柔らか過ぎる感じだったが、それでも彼はこれを履き潰すまで使用するつもりでいた。

ランニングは毎日の日課だ。

何もない日には、朝、走る。朝食前。空腹のまま軽く五キロ。それで、身体の隅々まできちんと目覚める。それから、今日のような大事な仕事の前。特に、飛行機や自動車などに長時間揺られた後には、必ず走る。人間は、座る時間が長ければ長いほど、勘が鈍る。第六感と言ってもいい。これは、仕事にとても大切なものだ。それに、身体が温まっていないと、不測の事態が起きた時、反応が遅れる。コンマ一秒の遅れが、時には取り返しのつかないことになる場合もある。だから、佐藤は走る。念入りに。身体と対話しながら。これは、二〇歳の時からのもっとも大切な習慣だ。

金曜日の夜のせいか、まだ夜は浅いというのに新宿の街には酔っ払いが多かった。彼らをうまく避けながら走る。駅前のロータリーから、靖国通りに。それからすぐに山手線沿いの道に入り、新大久保の方角に向かった。一時期、Ｋ－ＰＯＰなどの人気で新大久保の街はずいぶん賑わったと聞いている。今はどうだろうか。そんな好奇心もあった。

新大久保の駅前までは、彼の足だとたったの二〇分しかかからなかった。大久保通りの両脇には、確かに韓国料理の店が多く並んでいる。ハングル文字の看板もいくつか見える。韓流スターのポスターが貼られている店もある。ただ、人の数は想像以上に少なく思えた。日韓の仲が悪いのは政治家レベルだけの話。一般市民は互いの文化を、芸能を楽しみ、交流しているのではなかったのか。

と、ちょうどいいタイミングで、大久保駅の方向から喧しい大集団がやってくるのが見えた。デモだ。機動隊のものと思しき青い車が、あたかも先導しているかのように集団にくっついている。佐藤は、フォアフット・ランニングで軽やかにデモ隊のほうに走っていった。

「韓国人を追放せよ！」

「朝鮮人は死んでよし！」

「朝鮮人は首を吊れ！　毒を飲め！」

「日韓国交断交！」

プラカードを持った数十人の団体が、制服警官たちを周囲に引き連れ、大久保の街を行進していく。

（これが噂の！　まさか、実物を見られるとは！）

佐藤は、プラカードを持ち、大声をあげて歩いている人間たちの顔を間近から観察し、大いに笑った。

なんて滑稽なやつらなんだ。

本当に殺したいと思っているなら、デモなんかしていないで黙って殺せばいいじゃないか。これから殺す相手に向かって「今からあなたを殺しに行きますよ」と事前に教えるバカがどこにいる。

だいたい、こいつらはわかっているのだろうか。「殺す」というのは「殺されるリスク」と常にセットだということを。「殺せ」というプラカードを持った瞬間に、自分がいつ殺されても文句の言えない立場になっているということを。や、もちろん、こいつらはわかっていない。たとえば、「朝鮮殺せ」と書かれたあのプラカードを持つ男。なんてみっともない腹だ。ウエスト一〇〇センチ・オーバー。まるで豚だ。そんな身体で、いったい誰を殺せるというのだ。銃を持つことの出来ないこの国で。あの男に教えてやりたい。自分は、やつより二〇歳は年長だが、殺(や)ろうと思えば三秒でやつを殺せる。それから「チョン死ね」というプラカードを持つ、マスク姿の細身の若造。マスク一枚が、いざという時にどれほど人間の運動能力の足かせになるのかわかっているのか？　今ここで、おれの同胞がおまえたちを襲ったとしたら、おまえはそのマスクのせいで、本来の半分の時間で息が上がってしまうのだぞ。こいつの命も、奪うには二秒で充分そうだ。ああ、まったく。今、やつらのデモの前に立ちはだかり、

「おれは韓国人だが、何か？」

と問いかけたらどんなに楽しいだろう。実際におれを殺そうと立ち向かってくる人間は何人いるだろう。数をたのんでのしかかってきたとして、最初の一人か二人を自分が瞬殺した後、それでもまだ立ち向かってくる人間は何人いるだろう。正規の訓練一つ受けたことの無い、ひ弱で贅肉まみれの、それでいて安全な場所から「殺せ」「殺せ」と叫ぶのだけは好きなこいつらのうち、いったい何人がおれに立ち向かってくるだろう。

そんなことを、デモの横で、その場足踏みをしながら佐藤弘は考えた。もちろん、実行はしない。今夜はこれから大事な仕事があるのだ。こんな連中にかかずりあっている暇はない。ひとしきり笑わせてもらったところで、そろそろUターンをしてホテルに帰らなければ。シャワーを浴び、着替え、鮎沢たちと再合流するのだ。

と、その時だった。

視線だ。

自分を見ている視線がある！

ハッとして、辺りを見渡した。知った顔は、近くには一つも無かった。気のせいか。最後の仕

事を前にして、気がつかないうちに少しナーバスになっているのかもしれない。落ち着こう。落ち着くことが大事だ。

佐藤は、そっとデモ隊から離れた。来た時と同じスピードで走る。ただし、先ほどより慎重に周囲に目を配りながら。

自分を尾行している人間はいなかった。知った顔にも会わなかった。やはり、異国の地でナーバスになっていただけのようだ。ホテルに帰り、部屋に戻る。部屋にも、留守中に誰かが侵入した痕跡は無かった。もっとも、侵入されたところで、取られて困るものは一切置いてはいない。

よし。予定通りシャワーを浴びて、そして鮎沢たちと最後の仕事に出かけよう。この仕事を無事に終えたら、自分は引退するのだ。ああ、この日をどれだけ楽しみにしていたことか。

6.

夜の目黒川沿いの遊歩道を、安藤はキックとともに、きっちり一時間散歩をした。雪平に写メを送った後も、何度かキックの姿を携帯で撮影した。キックは、カメラを向けられると、必ずきちんとお座りをする。そのふわふわの頭を撫でてやると、気持ちよさそうに目を細める。かわいい。こうして犬の頭を撫でるのは何年ぶりだろうか。大学時代までいた実家では、雑種の黒い犬を飼っていた。名前はクロ。両親にはネーミング・センスというものがなかった。そのクロが死んだのは、安藤が警察学校に在籍していた頃だ。全寮制だったので、クロの死に目には会えなかった。急にそんなことを思い出した。

「腹減っただろ？　家に帰るか？」

安藤の問いに、キックは「ワン」と答えた。

「おまえ、いい子だな。誰の子だ？」

と続けて訊いた。キックは「ワン」と答えた。

どうして、雪平の家に犬がいるのか。どうしてわざわざ安藤に散歩を頼んだのか。その経緯はわからなかったが、とにかく雪平は今夜、帰りが遅いのだろう。もしかすると他所に泊まりなのかもしれない。プライベートな用事だろうか。それとも、何か新たな事件を追っているのか。わからない。そういえば、雪平が自分用の携帯を買っていたのも意外だった。娘の美央ちゃんと関係があるのだと思うが、どうだろう。

キックを連れて雪平のマンションを目指す。渋谷の店ではビール二杯と枝豆をつまんだだけだったので、ずいぶんと空腹感が強くなってきた。何か弁当でも買って帰ろうか。駅近くのスーパーの前の電柱にキックのリードを繋ぎ、店内に入った。弁当売り場に行き、あまり美味そうに見えない唐揚げ弁当を手に取ってみて、

「や。こんなの買うより何か作ればいいじゃないか」

と思いついた。弁当を棚に戻し、じゃがいも、にんじん、玉ねぎ、キャベツ、ニラ、豚ひき肉と薄切り肉、餃子の皮、にんにくとしょうが、それから缶ビール半ダースを買い物カゴに入れた。とりあえず、腹が減っている自分のために。それと、ろくなものを食べていない可能性の高い雪平のために。そして、安藤は、大急ぎで電柱で待つキックの所へ戻り、雪平家のキッチンを借りるべく、二人で夜道をダッシュした。

リビングはきちんと片付いていた。キック用のケージが目に入ったが、キックの行儀がいいので、とりあえずは入れないことにした。ケージの横にある「子犬用」と書かれた餌袋から、床の小皿にドッグフードを入れる。キックは即座に豪快にそれをむさぼり食う。こいつが大きくなるのはあっという間だろう。

それから安藤は、スーパーのビニール袋を持ってキッチンに向かった。ここもリビング同様、以前とは比べ物にならないくらい片付いている。多少、水垢が気になるくらいだ。これをまず、安藤は手早く掃除した。

雪平は今、どのくらい自炊をしているのだろう。左腕が動かないのだから、自炊も何かと不自由に違いない。それでも、キッチン上の棚には、おたまやフライ返し、さいばしなどの最低限の調理器具がぶら下がっている。シンクの横の小さな棚には塩やコショウといった調味料も揃っている。

安藤は、ワイシャツの袖を肘まで捲り上げた。調理開始だ。

スーパーのビニール袋からにんじんとじゃがいもを取り出した。シンク下のベージュの扉を開ける。中を覗き込む。左側には、シルバーのボウルとザルが入った鍋。その下にフライパン。右側には、油や醤油、酒、ごま油、みりん。これだけあれば充分だ。

扉の包丁差しから一本抜き、ボウルを二つ取り出す。それから鍋とフライパンを二口のコンロにそれぞれ置く。シンクの隅には、プラスチックのまな板があったので、それをシンクの上に敷く。じゃがいも洗い、薄く皮をむく。ボウルに水を張り、剝き終わったじゃがいもを四等分に切ってから、あく抜きのためにそこに放り込む。にんじんの皮を剝く。こっちは乱切りにしてもう一つのボウルに入れる。玉ねぎも皮を剝く。実は安藤は、皮剝きという行為が好きだ。豚肉は一口大に。鍋が置いてあるコンロに火をつけ、油を鍋にひく。炒める。じゃがいもとにんじんも突っ込む。実は安藤は炒めるという行為も好きだ。じゃがいもの端が透明になるまで炒めたら、蛇口をひねり水を加える。それからもう一度、鍋をコンロに戻す。こいつが沸騰するまでの間に、餃子のタネを作る段取りである。ビニール袋からキャベツを取り出し、マックス・スピードでそれをみじん切りにする。包丁をリズミカルに叩きつけていると、ふと、取調室での関口葉子が言った言葉を思い出した。

「生物学的に劣ってるものは、殺したっていいじゃん！」

小学生の吐くセリフとは、未だに思えない。

「生物学的に劣ってるものは、殺したっていいじゃん！」

「劣ってるんだもん！　劣ってるやつは死ぬのが自然でしょう？」

「だって、アレルギーなんかで死ぬんだよ？　生き物として明らかに劣ってるわけでしょう？」

そのくせ、安藤と平岡の襟元のバッジを見て、

「うわっ！　赤いバッジだ！　やっぱ恰好いいね、それ！」

などと、ミーハーにはしゃぐ子供だった。こちら側と同じパイプ椅子では椅子が低過ぎるので、キャスター付きの椅子で座高を上げていた。目線の高さを同じにすると、今度は足が地面につかず、彼女は取り調べの間中、ずっと足をぶらぶらさせていた。

「お姉ちゃんは、ギリギリお姉ちゃんでいいかな。安藤さん？　安藤さんは、お兄ちゃんって言うよりおじさんかな」

葉子は、両手を口にあて、くすくすと笑った。少し、ませたところのある、普通の小学生の女の子だった。その子が、殺人犯。過失致死ではなく、明確な殺意を持った殺人犯なのだ。

誰が、この子を殺人者にしたのだろう。

両親だろうか。所轄の志摩刑事の話では、両親はごく普通の会社員と主婦で、夫婦仲も良好と

いう。学校だろうか。しかし、葉子の通う小学校が、取り立てて何か特殊だったり問題があるとは思えなかった。では何だ。社会か？　世の中か？　連日、殺人事件の報道を嬉々として垂れ流すテレビか？　残酷な描写を売りにしているゲームか？　グロテスクな写真を嬉々として拡散させるSNS？　インターネット？　大人も子供も、何かというと「死んでほしい」「死んでくれ」「死ねばいいのに」……日本をそういう世の中にしてしまった何か……

餃子のことを忘れていた。みじん切りはこの程度で充分だろう。ひき肉に下味をつけて混ぜよう。そう思った時、玄関のほうから、微かな音がした。

手を止めて、耳をすます。

外から、誰かが鍵を開けようとしているようだ。雪平に違いない。左腕が動かないので、バッグを持ったまま鍵穴に鍵を挿すのにも苦労があるのだろう。安藤は包丁を置き、キッチンを出て玄関に向かった。そして、錠のつまみを左に回してドアを開けた。

「お帰りなさい、雪平さん」

が、外に立っていたのは雪平ではなかった。

第三章

1.

時刻は二〇時。

玉川いづみは、ドコモショップのカウンター内で立ち上がり、

「ありがとうございました」

と言いながら、頭を下げて今日最後の年配の男性客を見送った。

中目黒店では、平日の夕方と、土日、祝祭日が混雑する。駅前に店舗を構えている店はどこもそうだ。今日も一八時頃からどっと人が来た。客が全員外に出るのを待って、「ふう」とため息をつき、キャスター付きの椅子が後ろに動くほどの勢いでドカリと腰を下ろした。

「じゃあ、シャッター閉めるよ」

若き男性店長の石川が、いづみたちに声を掛けた。シャッターが閉まってからも一時間近くは事務作業が残っている。いづみは、制服のポケットから個人の携帯を取り出した。画面を見る。着信は無い。今日も雪平夏見から連絡は無い。雪平は、あの事件を捜査してくれているだろうか。もちろん、彼女が何もしていなくても、いづみにそれを責める権利は無い。世の中的には、既に終わった事件なのだ。犯人は捕まり、被害者の葬儀もとっくに終わっている。結局、この割り切れない釈然としない気持ちを抱えたまま、私は結婚することになるのだろうか。

ＬＩＮＥのトーク画面を開く。こちらには、婚約者の木間塚良太(きまづかりようた)からのメッセージがあった。一五分ほど前のメッセージ。

「お疲れ。おれ、今日も残業だわ。韓国ってマジでバカ」

そして、メッセージの後に、太った猫がオンオンと泣いている動画スタンプが入っていた。

「何、婚約者？」

シャッターを閉めるための細い棒を持った石川店長が、笑顔でいづみに話しかけてきた。

「ええ、まあ」

「羨ましいよ、ラブラブで」

「そんなことないですよ。普通です」

「普通の人は、外務省のエリートなんかと結婚出来ないと思うぞ」

石川はそう言って、ポンポンといづみの肩を叩いた。

石川の態度はいつもと変わらない。ということは、少なくとも雪平から個人情報乱用についてのクレームが、店や本社に入っていないということだ。もし入っていたら、いづみは即刻クビ。店長である石川も本社からかなり重たい処分を受けるはずで、こうして笑っていづみに話しかけてくるなんてことは無いはずだ。

「韓国で何かあったの？」

とＬＩＮＥで返事をする。と、それはすぐに既読になり、

「キム・ソンホがまた記者会見で、日本バッシングをちょっとね。や、かなりね」

と返信が来た。木間塚と付き合うようになってから、いづみも多少意識して韓国関連のニュースは読むようにしていたので、キム・ソンホの名前はもちろんもう知っていた。今、韓国で人気急上昇中の若い政治家。財閥出身。長身に甘いマスク。弁舌爽やか。そして、日本嫌い。彼が日本を叩くたびに、彼を次の韓国大統領に！という世論が加速する。そして、それに対応しなければならない外務省・韓国担当である木間塚の残業が増え、彼の人事考課が微妙にマイナスされる。

あの轢き逃げ事件の夜から、木間塚からは以前よりマメに連絡がくるようになっていた。既読も早ければ返信も早い。だが、二人の仲がより親密になっているかというとそうではない。木間塚は、轢き逃げ事件の話になると、露骨に話題を逸らすか不機嫌になるかだ。いづみがあの事件について何か言い始めると、

「また、その話？　それはいづみの勘違いだって言ってるだろ！」

と声を荒らげる。だから、いづみが顧客の個人情報を勝手に利用して、雪平夏見という刑事に連絡を取ったことはもちろん木間塚にも内緒だ。もし知ったら烈火のごとく怒るに違いない。でも……あれ以来何百回も同じことが頭をよぎる。

（あの車を運転していたのは、捕まった人とは絶対に違う人だった）

（私が言うことを、どうして木間塚はきちんと聞いてくれないのだろう。どうして頭ごなしに「勘違い」と決めつけるのだろう）

いくらふだんは優しくて、社会的にはエリートと言われる人でも、いざという時にきちんと話を聞いてくれない相手と結婚してしまっていいのだろうか……そんなことをつい考えてしまう。

「今日は無理っぽいから、泊まり、明日でもいいかな」

木間塚から続けてメッセージが入る。

「ＯＫ」

そうスタンプを入れた時、閉まりかけたシャッターの下をくぐって、四十代後半と思しき女性が、怒りの表情で店内に入ってきた。

「？」

見覚えがあるような気がしたが、誰なのかとっさには思い出せなかった。白いフリルのついたブラウスに紺色の膝丈スカート。白いヒールに、なんとエルメスの白いバーキンを持っている。

それなりに裕福なマダムのようだ。

石川が慌てて、

「すみません、もう閉店なんですよ」

とその女性に声をかける。が、女は石川を無視して、店内にいた女性従業員四人の顔を一人一人睨むように確認した。

いづみを見たのは最後だった。

「……あなたね。玉川いづみ」

女は、いづみにそう言った。そして、次の瞬間、女性は目を見開くと、手元に持っていた携帯をいづみめがけて投げつけた。

「！」

携帯はいづみの肩にヒットし、そしてカウンター内の床に落ちた。パリンという画面が割れる音がした。店員たちが驚き、悲鳴を上げる。何が起きているのか、いづみにも意味がわからなかった。最近応対した客だろうか。ここまで乱暴なクレームを受けるような対応を私がしたのだろうか。そもそも、いつ来店したお客様なのか。まるで思い出せない。

「玉川はわたくしでございますが、お客様、どうなされましたか？」

必死に自分を落ち着かせながらいづみはそう言った。女は、カウンターにドンと両手をつき、いづみを睨みながら言った。

「客じゃないわよ！」

「は？」

「あんたが付き合ってた男の妻ですけど！」

「は？」

店長の石川も、他の従業員たちも、突然の修羅場に圧倒されて、ただ黙って事の成り行きを見守っている。

「あの……何のことでしょうか？　私にはさっぱり意味がわからないのですが」

それは本当だった。妻子持ちと付き合った経験は無い。彼女のいる男と二人で食事をしたことすら無い。

「まだ、私のこと、思い出せないの？　鵜内の葬儀で会ったじゃないの」

「え？」

記憶がサッと蘇った。顔に見覚えがあるはずだ。この女は、死んだ鵜内の妻だ。

「！　鵜内さんの奥様……」

「あんたってすごい女だね。妻子持ちと不倫を楽しんで、そしていい歳になってきたら、今度は、外務省の若い男を紹介して貰って玉の輿に乗りますってこと？　不倫相手にしゃあしゃあと仲人を頼んで？　恐ろしいわ、あんた」

いづみはますます混乱した。私が鵜内と不倫？　鵜内と会ったのは、あの轢き逃げ事件のあった夜が初めてだ。木間塚から、自分の上司に仲人を頼んだから、一回まずは三人で酒でも飲もうと言われたのだ。

「奥様、何か誤解されてるんじゃないですか？　私は鵜内さんとはあの事故の日に初めてお会いしたんですよ？」

驚きとショックで声が多少震えてはいたが、とにかくいづみは反論した。と、鵜内の妻は、ふふんと鼻を鳴らして、

「不倫の証拠があるのよ」

と言った。

「は、はい？」

そして、床に落ちている携帯をあごで指し、

「それ、鵜内の個人の携帯なの。その中に、あんたとのデートの写真が山のように入っていたわよ」

とにっこりと微笑んだ。

「……え？　ええ？」

次の瞬間、目の前に星が飛び散った。鵜内の妻に平手で頰を叩かれたのだと理解するのに数秒かかった。鵜内の妻は、石川や他の従業員たちのほうに振り返ると、

「お騒がせしました」

と頭を下げ、茫然としているいづみを置き去りにしたまま、足早に出口に向かい、シャッターの下を中腰で潜り抜けていった。

いづみは、左の頰が熱くなってくるのを感じながら、ただ立ち尽くしていた。

「玉川さん、大丈夫?」

最初にいづみに声をかけたのは、店長の石川だった。その声で、いづみは我に返った。慌てて、床に落ちている鵜内の携帯を拾い上げ、カウンターを出た。シャッターをくぐり、外に出る。鵜内の妻を追いかけるために。追いかけて、この理不尽な誤解を解くために。

外には既に鵜内の妻の姿は無かった。いづみは路地を走り、山手通りまで出た。左右を見る。やはり鵜内の妻はいない。右に折れ、中目黒駅の改札付近まで行ってみた。大勢の人、人、人。そこでいづみは、制服姿で、壊れた携帯を手にしたまま、しばらく鵜内の妻の姿を探し続けた。

2.

雪平が、若干の失意とともに晴海から中目黒駅に帰ってきた時には、既に二一時近くになっていた。駅を出ると、ショルダーバッグから携帯を取り出し、LINEの緑のアイコンをタップした。美央から返信は無い。藤川からは、犬のイラストを使った「スタンプ」というものがいくつも送られてきている。これには別に返事をしなくていいだろう。

足早に家路を急ぐ。家が無人ではなく、いや無人ではあるが、キックという命あるものが待っていてくれることに、少しだけ慰められている自分に気づく。谷中が、雪平こそ犬か猫を飼うべきだと言った理由が少しわかってきた。少なくとも、家に帰ろうという気持ちを強めてはくれる。

マンションに着く。エレベーターに乗り込む。廊下を歩き、自分の部屋のドアの近くまで来た時、部屋の中に人の気配があることに気がついた。雪平の部屋は、マンション中央部の吹き抜けの横にあり、その吹き抜けに面した廊下の小窓から、リビングの照明の光が見えたのだ。

誰だろう。安藤がこの時間まで待っていた？　キックの散歩をしたら、そのままさっさと帰ったのだと思っていた。なぜか、そう思い込んでいた。

安藤だろう。安藤しかあり得ない。が、ふと昨夜あった、携帯への無言電話を思い出した。新規で購入したばかりの、ほとんど誰にも番号を教えていない携帯への非通知着信。電話に出たにもかかわらず、無言のまま切れた。

雪平は、ショルダーバッグを引き寄せ、その中から音を立てないように注意しながら鍵を取り出した。鍵穴に押し込む。なるべく小さな音しか立てないよう、慎重にゆっくりとそれを回す。ドアを引く。玄関は暗いが、閉まっているリビングのドアの向こうには、電気が点いている。下に目をやると、安藤がいるならあるはずの男物の革靴は無く、代わりに見慣れぬピンクの小さなスニーカーがあった。

「！」

もしやと思い、靴を脱ぐと、そのままスリッパも履かずに雪平はリビングに直行した。ドアを開ける。

「お帰り。遅かったね」

そこにいたのは、安藤ではなく、美央だった。

「美央？」

美央は、ピンクのパーカーにジーパンという姿で、長い髪を後ろで一本に束ねていた。そして、リビングのテーブルに教科書とノートを広げ、その横に餃子と肉じゃがを置き、鉛筆と箸を交互に持ち替えながら行儀悪く夕食を摂っていた。

「美央、来てたんだ……」

美央の足元では、たっぷりと散歩をさせて貰って満足したのか、キックが前々から懐いていたかのように、幸せそうに眠っている。美央はロクに顔を上げず、淡々と勉強を続けながら、手だけを雪平のほうに突き出した。

「これ。安藤くんから」

美央はいつからか、安藤のことを「安藤くん」と呼ぶようになっていた。美央の手には、メモ用紙が握られている。受け取ると、ペン字のお手本になりそうな綺麗な字で、

「気分転換になりました。ありがとうございました」

と書いてあった。

「会ったの？　安藤と」

「うん。楽しそうにご飯作ってたよ」

「で、彼は食べずに帰っちゃったの？」

「味見はしてったよ。でも、そんなにお腹は空いてなかったみたい」

「そうなんだ」

たぶん、それは嘘だ。美央が訪ねてきたのを見て、久しぶりの親子の対面の邪魔にならないよう、気を利かせて帰ったに違いない。空腹でもないのにわざわざ食材を買ってきて料理なんて、いくら優しくてもそこまでするとは思えない。

「お母さんの分は、冷蔵庫に入ってるよ。多めに作ったから、もしもう食べてきたんなら、明日の朝ご飯にしてください、だって」

「そうなんだ。でも、お母さんも、まだ何も食べてないの。だから、美央と一緒に食べるわ」

「そ」

相変わらず、美央はほとんど教科書とノートから顔を上げない。雪平は、キッチンに行って、冷蔵庫から餃子を取り出した。ガスコンロに置いてある鍋の蓋も開けてみる。鍋にはまだたくさんの肉じゃががあった。これもありがたく食べることにしよう。蓋を戻し、ガス栓を回して弱火をつける。

「今、何の勉強してるの？」

キッチンから大きめの声で美央に話しかける。

「数学」

「あー、そっか。もう美央も算数は卒業して数学なんだ」

「寮の部屋ってうるさいの。ルームメートが。でも、食堂も色んな子がいてやっぱりうるさいの。勉強にならないの。だから、宿題だけここでやろうかなって」

美央は、小学校六年生の時に、中学では全寮制の私立の進学校に行きたいと言い始めた。真意はわからない。美央の親権を保持している元夫の佐藤の両親もわかっていないと思う。弁護士の谷中は「あなたにも佐藤の両親にも平等に接したいってことじゃないかしら」と言っていた。全寮制の学校に行けば、どちらと一緒に暮らすのかという問題はかなり無意味になる。そうかもしれない。そうでないかもしれない。雪平はそれを美央に直接確かめたことはない。そんなことは、恐ろしくて訊けない。とにかく、美央は全寮制の私立の進学校を希望し、そのために塾にも通い、そして三重県の私立中学に見事合格をしたのだ。今日、ここにいるということは、新幹線でわざわざ東京に帰ってきたということだ。

「明日、学校は休みなの？」

そう言いながら、雪平は手に安藤の手料理を持ち、リビングに戻った。

「ゴールデン・ウィークだからね」

そうか。世の中はもうそんな時期か。

「なら、泊まっていけるんだ」

「ううん。それは無理」

「え？　どうして？」

「おばあちゃんとおじいちゃん、待ってるから」

「そっか」

「だから、宿題終わったら帰る」

「そっか」

谷中の言葉をまた思い出した。

——美央ちゃんは、とにかく、どっちにも平等でいたいと思ってるんじゃないかな
そして藤川の言葉も。

——優しい子だね
クラスメートに邪魔されずに宿題がしたいだけなら、祖父母の家でも出来るわけだから。でも、美央は雪平の部屋に来た。今は、それで充分だ。

「あ。飲み物何か貰うね」

そう言うと、今度は美央が立ってキッチンに向かった。中学一年生としては小柄だ。身長はまだ一五〇センチに届いていない。それでも、前に会った時よりは少し背が伸びた気がする。

テーブルに置きっぱなしのノートを見る。一次方程式だろうか。このくらいの問題なら、まだ雪平にも解けるだろうか。と、キッチンからアイスコーヒーを手に戻ってきた美央が、

「教えようとか思わないでね」

とぴしゃりと言った。

「どうして?」

「自力で解かないと気持ち悪いから」

「へえ」

そう言えば、まだ美央が幼稚園に行くか行かないかの頃、刑事になりたてで夢中で捜査を頑張る雪平に、夫の佐藤が軽く苦情を申し立てたことがあった。

「仕事が大事なのはわかるけどさ、何もそこまで頑張ることはないだろう?」

それに対して、雪平はこう反論した。

「だって、問題が解けないのって気持ち悪いじゃない?」

「何が?」

「わからないことをわからないままにしておくのって、私、すごく苦手なの。自力で解かないと気持ち悪いの。昔から」

なるほど。親子とは似るものだ。この子には、確かに私の遺伝子が引き継がれている。それからふと、玉川いづみに頼まれた轢き逃げ事件のことを思い返した。林堂は、Nシステムを検索し

てくれないかもしれない。そんな本来業務ではない件にクビを突っ込むより、きちんと親権を取れる母親になれという。彼の言うことはもちろんもっともだ。でも、ここまで調べて来て、不自然なものをいくつか感じていて、このまま放置するのは嫌だった。美央の言葉がしっくりくる。そう、気持ちが悪いのだ。

美央と向かい合わせにリビングのテーブルに座り、安藤の餃子と肉じゃがを、冷凍保存していたご飯とともに食べながら、

(明日の朝、事件の現場に行ってみよう)

そう雪平は心に決めた。

3.

翌朝。早朝五時前。雪平は、出勤前に西新宿二丁目にある横断歩道の前に立っていた。

昨夜、美央から「今、無事におじいちゃんちに着いたよ」的な連絡はなかった。そんなものだろう。気にせず寝ようと思ったがなかなか寝付けず、少しまどろんだだけで、早朝の四時には目がさめてしまった。

出かけよう。すぐにそう決め、素早く身支度をすると中目黒駅に向かったが、駅に着いてから、

始発電車まで、まだかなりの時間があることに気がついた。それで、タクシーを捕まえ、山手通りを北上して貰った。夜明け前の道はガラガラで、中目黒から新宿まで、たったの二〇分しかかからなかった。

新宿の街も、特に歌舞伎町などとは少し距離のある西新宿の辺りは、さすがに夜明け前は眠っているようだった。裏通りでは車はほぼ通らず、人通りもない。気持ちのいい静けさだ。右の七階建てのビルを眺める。その一階に、金色をふんだんに壁に使った目立つ外装の店がある。窓から店内を覗く。事件当日、この店で、玉川いづみ、鵜内貴文、木間塚良太の三人は酒を飲んでいた。窓際に、座り心地のよさそうなワイン色のソファー席が並んでいる。ここから玉川いづみは轢き逃げ事件を目撃した……そう報告書には書いてあった。

店内の入口前に移動する。

大きなガラスのドア。店名の下に「一七時から翌朝三時まで営業」と白いテープで記されている。ガラスドアから中を覗く。ソファー席の奥にカウンター。背の高い椅子がちょうど一〇個並べられている。カウンターの後ろには、おそらくは有名な銘柄のワインやシャンパンなどがズラリと並んでいる。安い店ではなさそうだ。

轢き逃げのあった横断歩道の方向に向き直る。そのまま、実際に横断歩道を渡ってみる。店から向こう側に。反転して、向こう側から店の前に。それを何往復も雪平は繰り返した。

あの日。あの夜。この横断歩道の真ん中で、鵜内貴文と身元不明の男性が、東側から猛スピードで突進してきた車に轢かれた。鵜内貴文は、三メートル近く跳ね飛ばされて、頭からアスファルトの道路に落ちた。もう一人のことはよくわかっていない。

鵜内が倒れた場所に、ゆっくりと這いつくばる。それから、動かぬ左腕に気をつけながら、今度は大の字になって仰向けに寝転がった。

空を見る。早朝と夕刻のほんのわずかな時間にしか見られない、淡い青に染まった空だった。もちろん、この空を鵜内は見ていない。彼は、深夜〇時に、光害でまるで星の見えない空か、何の変哲もないアスファルトの路面を見ながら死んだ。その直前、運転手の顔は見ただろうか。自分の命を一秒後に奪う運転手の顔。それは、本当に生駒悟志の顔だっただろうか。警察はそうだと言い、玉川いづみの婚約者である木間塚良太もそうだと言っている。でも、いづみは違うと言う。絶対に違う男だったと彼女は言っている……

と、いきなり男の声で話しかけられた。

「あの……大丈夫ですか!」

「?　はい?」

声の方向に顔を向けると、店の中から若い男が出て来て、心配そうに雪平を見ていた。黒いTシャツにぶかぶかのジーパン姿で、あごひげを生やしている。厨房で掃除でもしていたのだろうか。さっき覗き込んだ時には中に人がいたのに気が付かなかった。

「具合、悪いんスか?!」

「いえ、そういうわけじゃ……」

雪平は、慌てて立ち上がろうとしたが、左腕が動かないせいで、機敏にというわけにはいかなかった。

「あの、具合悪いんなら、店で休みます?」

と男は、背後の店を指さした。

「え?　いいんですか?」

この時間に来て、店内も見られるとは思わなかった。あのソファー席からもこの横断歩道を見たいと思っていたのだ。

「このレストランの店長さんですか?」

「や、ただのバイトっス。でも、そこで寝てるのはマジで危ないスから!」

男は言いながら雪平の所まで来ると、脇に手を入れて雪平をさっと立たせた。

「!　ありがとうございます……」

「とりあえず、店で休んでください。今、おれしかいないんで」

男はそう言うと、ガラス張りのレストランのドアを開け、雪平を中に招き入れた。

「適当に座ってください。今、何か飲み物持ってきますんで」

「ありがとうございます」

薄暗い店内をぐるりと一周回り、それからいづみが座っていたと思われる窓際のソファーに座った。バイト男が、奥の厨房から水の入ったペットボトルを持ってきてくれた。

「これ、どうぞ」

そして、すとんと雪平の対面の席に座った。

「それにしても、めっちゃ驚きましたよ。あそこで何してたんスか？　お姉さん」

雪平はバイト男をもう一度しっかりと見た。それから、シンプルに知りたいことを質問した。

「そこの横断歩道で起きた轢き逃げ事件のこと、まだ覚えていますか？」

そう言いながら、雪平は警察手帳を取り出し、男に見せた。

「警察？」

「新宿署の雪平と言います」

あえて、所属部署は言わなかった。

「マジすか！　や、それはちょっと嬉しいかも！」

男は笑顔を見せた。

「嬉しい？」

「や、あの轢き逃げ事件の時、当然おれだって警察からいろいろ事情聴取？そういうのされるかなとか思って、それなりにドキドキしてたんスよ。でも、見事に何もなくて……それがちょっと残念で」

「何にも？」

「そう、何も訊かれなくて。でも、おれだってあの日の事故は目撃したし、轢き逃げされて死んじゃったおじさんとも、いろいろ会話とかしてたんスよ?」

事件を目撃しているのに、事情聴取がされていないという事実に雪平は少し驚いた。単純な轢き逃げ事故と断定し、なおかつ運転者がすぐに逮捕されたことで、担当の捜査官たちは労力を節約したのだろう。かなり、大幅に。

「そのうえおれ、捕まった犯人のことを知ってたし」

「え? 犯人と顔見知り?」

「やや。違うっス。違うっス。犯人のことはあとでTwitterで。逮捕されたのは、ネットでは神って言われてたあいつらしいぜって。それ、おれもレスとか付けたことあるやつで、マジびっくりでしたよ」

「ごめん。犯人って、生駒悟志のことよね? どう有名な人だったの?」

バイト男は、雪平のほうにぐいっと顔を近づけ、にんまりと笑みを浮かべた。

「『カーセックス王におれはなる!』」

「は?」

「『カーセックス王におれはなる!』ってアカウントの動画、おれけっこうお世話になってて。コメント欄にリクエスト書くと、しばらくすると、それに合わせた新しい動画をアップしてくれたりして、マジで神。ていうか、勝手にセックス隠し撮りされちゃう女の子からしたら、マジ悪魔」

「……」

「で、あの犯人がそうらしいぜってなったのと同時に、当たり前だけど動画もまったく更新されなくなっちゃって。すみませんね、女の人にこんな話」

「……」

雪平は話を変えることにした。

「それはいいんだけど、出来れば、目撃した事件の話とか、亡くなられた鵜内さんやその連れの方たちがどんな様子だったかとか訊きたいわ」

「何でも訊いてください」

バイト男は嬉しそうに胸を張った。

「事故の時の、車を運転していた人の顔は見た?」

「顔? あ、それは無理ス。おれ、音聞いてから外に出たんで、車も見てないっス」

「そうなんだ」

「でも、ショックでしたよ。おれ、あのおじさんから五〇〇〇円もチップ貰ってて。いい人だったなあ」

「五〇〇〇円? チップにしては高くない?」

「協力代だって。女の子の誕生日のサプライズ」

「誕生日？」

「そ。おじさんと一緒にいた女の子。おれ、ケーキに名前も入れたから。えっと、確か、いづみ！」

いづみ。玉川いづみのことだ。そうか。彼女は事件の夜が誕生日だったのか。しかし、ケーキの準備だけで五〇〇〇円はやっぱり高いと思う。雪平の考えていることがわかったのか、バイト男は「チッチッチ」と言って指を立てた。

「それだけじゃなくてね。そのおじさんが、『これからサプライズのゲストが来るから、君、こっそり案内よろしくね』って。ケーキもその人に運ばせたいからって。『その人、〇時のちょっと前には店の裏口に来るから君頼むね』って」

「サプライズのゲスト？」

誰だ、それは。そんな話は、いづみからもまったく聞いていない。

「そのゲストはどういう人だったんですか？」

やや緊張してきたのを相手に悟られないようにしつつ、雪平は訊いた。が、バイト男の答えは残念ながら、

「来なかったっス」

だった。

「来なかった？」

「そう。こういうのってタイミングが大切じゃん？　一応さ、〇時の五分前ぐらいにおじさんに声掛けたんスよ。『ゲストさん、来ないけど、どうしますか？　ケーキはおれが出しますか』って。そしたら、『あ、もうちょっと待っててくれ』って。『必ず来るはずだから』って。でも、その直後には煙草吸いに外に出てって、そのままバーン！」

「……」

「バーン」

バイト男は、両手を大げさに叩きながら、もう一度擬音だけを繰り返した。

いづみに内緒で招待されていたサプライズ・ゲスト。ということは、彼女に関係のある誰かか。しかし、その人物は結局来なかった。なぜだろう。いや待て。本当は来ていたのではないのか？鵜内と一緒に車に撥ねられ、なのにそのまま現場から消えたもう一人の男こそ、そのサプライズ・ゲストだったのではないか。

いや、待て。

雪平は脳をフル回転させた。

玉川いづみは、撥ねられたもう一人の男のことも目撃している。それが彼女の知り合いなら、当然彼女はその話もするはずだ。だから、もしその撥ねられた男がサプライズ・ゲストだとすると、いづみの関係者でありながら、いづみが顔を知らない男ということになる。そんなこと、あるだろうか。

「ありがとう。すごく参考になったわ。もしかすると、またあなたの話を聞きたくなるかもしれないから、連絡先教えて貰ってもいいかしら」

雪平はそう言いながら、ソファーから立ち上がった。

「マジスか？　じゃあ、ＬＩＮＥでいい？」

とバイト男はなぜか甘えた声を出した。

「ＬＩＮＥ？」

「そのほうがラクでしょ、お互い。あ、おれ、木梨（きなし）って言います」

ＬＩＮＥの新規登録の仕方がわからなかった。それを正直に言うと木梨は、

「大丈夫。ふるふるすれば一発だから」

「ふるふる？」

木梨は、雪平の買ったばかりのスマホを借りると、何やらいろいろと操作をした。そして、自分の携帯と一緒に、突然それを振り始めた。

「はい、これでＯＫ。簡単でしょ？」

「そうかな」

少なくとも、雪平には、一連の作業が簡単には見えなかった。世の中はどんどん複雑な方向に進んでいく。

「とにかく、ありがとう」

もう一度、礼を言って、雪平は店の外に出た。出るとすぐに、警視庁から支給されている、業務用のガラケーが鳴った。画面を見る。ショート・メールだった。シンプルに一行だけ。

「おい。今夜、鳥福で飲まないか?　林堂」

4.

同じ日の朝、安藤は、市ケ谷駅から徒歩七分の場所にある1DKの自宅マンションにいた。八畳の壁際にあるシングルサイズのベッドから手を伸ばし、フローリングの床にある小さな横長のデジタル時計を手に取った。

六時二五分。

最近はいつもこうだ。目覚ましのアラーム設定より三〇分以上早く起きてしまう。濃紺のカバーが付いた布団をはねのけ、パジャマ代わりに着ているグレーのスウェット姿で窓際まで歩く。そして、ベージュのカーテンとレースのミラーカーテンの二枚を同時に数センチほど開けて外を見た。

いる。しかも、予想より人数が多い。

マンションの前にある電柱にもたれるように立つ、濃紺のスーツにノーネクタイの男。その横に、チェックのネルシャツと白いTシャツ、ベージュのチノパンでリュックを背負っている男。更に、黒いパンツスーツに大きなビジネスバッグを抱えている女。それから、マンション前の通りの先の角で、白いシャツにジーパン姿の男。全員、顔に見覚えがある。警視庁の捜査一課で何年も働いていると、彼らの顔は嫌でも覚えてしまう。

新聞記者。

週刊誌の記者。

そして、テレビのワイドショーのスタッフ。

いつもなら、朝起きたらすぐにカーテンを開け、窓も開ける。ここは四階で日当たりがいいし、安藤は部屋の空気の入れ替えが大好きだ。が、今朝は、そんなことをした瞬間に、やつらが一階エントランスにあるインターフォンを押すだろう。そして、物ほしそうにこう訊く。

「その小学生の女の子、どんな子なんですか？　何か面白いエピソード、教えてくださいよ」

子供たちが死んでいるのに、面白いとはどういう言い草だ。そう安藤は思う。でも、彼らを責めることは出来ない。小学生が小学生を計画的に殺した事件を、多くの人間が「面白い」「興味深い」と感じていることは事実なのだ。だから、テレビが特集を組み、週刊誌が煽り、関口葉子を直接取り調べた刑事の名前を調べ上げ、こうして自宅マンションにまで夜討ち朝駆けの取材に来る。

カーテンと窓を開けるのは諦め、テーブルの上に置いてある充電中の携帯を手に取った。雪平から何かメールくらいあるかと思っていたが、何も無かった。昨夜のキックの散歩。そして、餃子と肉じゃが。それから、予想外の美央との再会。あの後、雪平は、美央とはうまく話せただろうか。

安藤は携帯を充電器から外すと、それをポケットに突っ込み、二畳ほどの狭いキッチンに向かった。

朝食は、きちんと摂るほうだ。性格的に、規則正しさというものに落ち着きを感じる。そんな自分が、刑事という不規則な仕事に就き、雪平という規則正しさとは無縁な女性とずっとコンビを組んできた。人生とは不思議なものだと思う。

ガスコンロが二つ。その一つにフライパンを載せ、冷蔵庫から卵を二つとベーコンを取り出した。ベーコンを先に敷き、卵を片手で手際よく割って落とす。火にかけたまま、水を少々入れて蓋をする。それと同時に、冷蔵庫の上のオーブントースターに食パンを二枚。バターととろけるチーズを載せて焼く。自分のマンションにマスコミが来ているということは、平岡のマンションにも同じように来ているのだろうか。たぶん、そうだろう。やつに電話して大丈夫か訊こうか一瞬考えたが、すぐにやめた。大丈夫に決まっている。電話なんかしたら、「バカにしてます？私のこと」くらい言われてしまいそうだ。

ベーコンエッグとトーストが焼けるまでの間に、安藤は出勤の準備を手早く済ます。ベッドの頭側にある二畳のウォーク・イン・クローゼット。ここに安藤は、スーツ、普段着、下着、ノートパソコン、本、掃除機、トイレットペーパーやティッシュの買い置き、その他あらゆる物を突っ込んでいる。そのおかげで、安藤の部屋の床は、いつも広々とモノの無い美しい状態に保たれている。そのウォーク・イン・クローゼットの一番奥にある白い四段のプラスチック収納棚から、最近愛用し始めた五本指の靴下と白いTシャツを取る。それから、パイプハンガーにかけてあるスーツ。そして、その上の棚に重ね置きしてあるクリーニング済みの白いワイシャツを取った。いつもと同じ足でクローゼットの木のドアを閉め、スーツやワイシャツをソファーの上に置く。いつもほど、このタイミングで、トーストが焼けたことを知らせる「チン」という音が聞こえる。いつもほど、この音に心が躍らないのは、やはり階下で安藤を待ち受けているマスコミのせいだろう。

ゆっくり三〇分かけて、安藤は朝食を摂る。トースト二枚とベーコンエッグ。ヨーグルト。一〇〇パーセント野菜ジュース。それから皿を洗い、キッチン脇にあるユニットバスの洗面所で歯を磨く。そして、スーツに着替え、黒いビジネスバッグを手に取る。

さあ、出勤しよう。

一階までエレベーターで降りる。そして、徒労の可能性は高いと思いつつ、一応、正面玄関ではなく、ゴミ収集場がある裏口のガラスドアから外に出て、裏手の駐車場を抜けて大通りに出るという作戦を取ることにした。

が、予想通り、この作戦は二秒で失敗した。ゴミ収集場の前にも、男が二人張り込んでいたのだ。

「おはようございます、安藤刑事」

毎朝新聞の記者の加納という男が、大きな声で挨拶をしてきた。

「やめてくださいよ。ここの人は、自分が刑事だっていうことは知らないんですから」

ムッとした口調で安藤は言った。

「わかってますよぉ。でも、今は我々以外に誰もいなかったから、やっぱり挨拶をちゃんとしたいなと」

加納の話し方はいつもどこかいやらしい。取材に協力しなければ、このマンションの住人に安藤の職業をバラすと脅しているようにも聞こえる。

「どうしてこんな所にいるんですか。ここにゴミを出していいのは住人だけですよ」

「安藤さんならこっちから来るかと思ってね。ドンピシャでした。ふふふ」

もう一人の男が言った。この男は週刊誌の記者だ。名前は忘れた。

「あなたたちに話すことなんか、何にもありませんよ」

そう言いながら、安藤は歩き出した。駐車場を抜け、大通りに出て、市ケ谷駅に向かって早足で歩く。その横を、二人の記者がぴたりと付いてくる。

「昨日、電話にお出にならないから、体調でも悪いのかと心配しましたよ」

「……」

「どうですか、あの事件。何か新情報は無いですかねえ」

「……」

「安藤刑事と平岡刑事の二人が、あの女の子を自供させたって聞いてますよ。所轄じゃ全然手に負えなかったのに、お二人が登場したら一気にって」

「……」

「ところで、女の子の親とはどのくらい話しました？　やっぱりこういう事件を起こす子の場合、親に問題があったりするんですかね」

「……」

「母親には不倫の噂があったりしますけど、そこらへんはどうなんですか？」

「……」

安藤は、市ケ谷駅の改札まで、彼らの質問の全てに対して完全な無視を押し通した。そして、改札まで来るといったん立ち止まり、

「では、ここで別れましょう」

ときっぱりと言った。

「いやいや。ぼくらもご一緒に桜田門まで行きますよ」

加納がオーバーに両手を広げながら言った。

「電車の中で今みたいな質問を少しでもしたら、ぼくはあなたたちを公務執行妨害で逮捕します

よ」

「またまた」

「本気です」

「またまた。そんなの無茶苦茶ですよ」

「知らないんですか？　ぼくは、型破りな人間と長くコンビを組んでいたので、多少の無茶ならやれるようになってきたんです」

「またまたぁ」

「でも、出来ることなら、皆さんとは仲良くしていたい。ぼくだって、話せる事件の時はちゃんと話しますよ？　その関係性は、キープしておいたほうがよくないですか？」

そこまで安藤が言うと、加納ともう一人は仕方なさそうに肩をすくめた。安藤から今朝の段階で聞ける話は無いと諦めたのだろう。一緒に改札に入っては来なかった。安藤は一人で、地下鉄のホームへの階段を降りた。


地下鉄を乗り終え、桜田門の駅から地上に出た瞬間、

「安藤さん」

とまた声を掛けられた。振り向くと、黒いパンツスーツ姿の平岡が立っていた。

「おはようございます」

やけに元気のない声だ。

「何かあったの？」

「昨日の夜は最悪でした」

そう平岡は憮然とした様子で言った。

「私、嫌なことがあった日は、ハーゲンダッツのアイスを食べることに決めているんです」

「は？」

「だって、嫌なことを嫌なままにしておくとずっと嫌で気分の悪い一日になってしまうけど、嫌なことがあった日はハーゲンダッツが食べられるのよってしておくと、『わ！　じゃあ、今日はハーゲンダッツを食べてもいいの？　ありがとう、嫌なこと！』ってなって、何か実は今日でいい日なの？みたいに考えることが出来るじゃないですか」

平岡は一気にそうまくしたてた。

「ふーん。ま、それは前向きでいいんじゃない？」

安藤は当たり障りのない言葉を選んだ。本題はこの後話されるのが明らかだったからだ。

「で、マスコミがギャーギャーあの事件のこと騒いでるのがとにかく不快だったんで、今夜はハーゲンダッツを食べてしまおうと思ったんです」

「そうなんだ」

「で、本当に食べたんです」

「そうだろうね」

「期間限定のやつにも惹かれたんですけど、ここは手堅く、定番のクッキー&クリームにしようと思って。すごく美味しかったんです」

「それは良かった。クッキー&クリームは美味しいよね」

「ところがですよ。そのハーゲンダッツのクッキー&クリームを食べ終わったところで、やつから電話が来たんです」

「え？　誰？」

「山際」

「あー、山際さん」

「あんな男に『さん』付けとかやめてください」

「でも、おれにとっては普通にただの先輩だし」

「それでも私の前であの男に『さん』付けはやめてください」

　警視庁の建物に到着した。ＩＤパスを使って中に入る。安藤は、キリは悪いが平岡の話はここでいったん中断だろうと思った。建物の中で大声で話していたら誰に聞かれてしまうかわからない。山際本人に会ってしまう可能性もある。が、平岡はそのリスクは気にならないようだった。

安藤のことをジロジロと見て、

「先、聞いてくれないんですか？」

と言ってきた。

「え？　何が？」

「だから、山際の話ですよ。先、聞いてくださいよ」

「平岡さんが、もう少し小さい声で話してくれるなら聞くよ」

「平岡！　相棒に『さん』付けとかやめてください」

「OK。わかった。平岡が、もう少し小さい声で話してくれるなら聞くよ」

「早く」

「……で、山際さんからの電話に出たら何を言われたの？」

「は？　電話なんか出ませんよ。出るわけないじゃないですか。あいつからの電話は無視って決めてますから」

「そか。まあ、それが平和だね」

「でも、山際って文字が携帯画面に出たってだけで、すごいストレスじゃないですか。あいつ、まだ私にしつこくするのかと思うとマジ気持ち悪くて。だから、もう一個食べちゃったんです。ハーゲンダッツ」

「そうなんだ」

「はい。チョコレートブラウニー」

「そうなんだ」

「はい」

「でも、美味しかったんだろ？　なら、いいじゃないか」

と、平岡はここで、世界で一番大きいんじゃないかと思うようなため息をついた。そして、安藤の察しの悪さを嘆くように、首をいやいやと横に振った。

「全然、良くないです。チョコレートブラウニーを食べ終わった後に、今度はメールが来たんです。山際から」

「そうなんだ」

「はい。それも、写真付きの」

「写真？」

平岡は、ポケットから携帯を取り出すと、とある写真を表示させてそれを安藤の顔前に突き付けた。

「？」

仕事中の平岡の写真だった。視線がこちらを見ていない。撮られていることに気づいていないようだ。

「で、メール本文は『写真のこと、説明させて♡』って。で、また直後に電話ですよ。もう携帯、布団の上に投げつけましたよ！」

その後の平岡の行動は予想出来た。

「今度は何味？　ストロベリー？」

「違います。期間限定のマンゴーオレンジです」

「いいね。それも美味しそうだ」

「何がいいんですか。いくら好きでも一晩にハーゲンダッツを三つは食べ過ぎですよ！　朝、体重計乗ったら八〇〇グラムも増えてて！　悲し過ぎます！」

安藤は、平岡が一晩で八〇〇グラム体重が増えたことよりも、自宅の冷蔵庫にハーゲンダッツの買い置きがいったいどれだけあるのかについて突っ込みたかった。

「ってか、殴っていいですかね？」

「は？　誰を？」

「山際」

「やめろって」

物騒な話になってきたところで、エレベーター・ホールに着いた。五基あるエレベーターのうち、一番左がすぐに来た。乗り込む。捜査一課のある六階のボタンを押したところで、一人、歓迎出来ない客がエレベーターに走りこんできた。

「やった！　間に合った！」

なんと、話題の山際だった。平岡は、山際の顔を見るなり、顔色がさっと白くなり、次に赤くなった。

「わーお。平岡ちゃんじゃん！　おっはよ♪」

山際は、年齢や容姿とかけ離れた口調で朝の挨拶を平岡にした。

「おはようございます」

平岡はきっと無視すると思ったので、その前に安藤が山際に挨拶をした。

「平岡さん、携帯、サイレントになってない？　昨日、電話もしたしメールもしたのに」

山際は、安藤のことは空気のように無視して、平岡に話し続けた。

「送った写真のこと、説明しようと思ったのにさ」

それから、急にエレベーター内の鏡を確認しながら、

「どう？　このメガネ」

と右手でメガネのフレームを自慢気に上下させながら訊いてきた。

平岡は、当然何も答えない。そこで、またしても代わりに安藤が、

「山際さん、メガネかけてましたっけ？」

と質問した。

「見える？　普通のメガネに？」

「ええ、まあ」

「実はこれ、盗撮メガネなんだよ♪」

そう山際が嬉しそうに言った途端、平岡が大声で、

「はああ⁉」

と叫んだ。同乗していた他部署の人間が、ギョッとして山際と平岡のほうを振り返った。

「まさか、昨日送りつけてきた写真って……」

「そう、これで撮ったんだよ」

平岡は、顔を真っ赤にして拳を握り締めている。安藤は、

「どこにカメラあるんですか?」

と言いながら、さりげなく平岡と山際の間に身体を入れた。

「昨日、取材があってね。『SUUPA』って雑誌。知ってる? 安藤くん」

「知りません」

「嘘。有名な雑誌だよ? で、そこが盗撮をテーマにした特集するからって、広報に取材依頼があって。実際に事件で使われて押収された『盗撮グッズ』を紹介して読者に注意喚起をするっていう企画でね」

「はあ。で、それとうちの平岡に何の関係が?」

「ふふふ。そこの記者がさあ、そういうのってどれくらい鮮明に写真が撮れるのか知らなきゃ記事が書けないって言うからさ。これも警察広報の仕事の一環ってことで、それでまあ、平岡さんをこっそり撮ってみたというか♪」

平岡がすっと立ち位置を移動させた。そこからなら右ストレートを山際の顔面に飛ばせる、と

いう位置に。だが、安藤がほぼ同時にまた体を入れたので、平岡は拳を更に強く握る以上のことはしなかった。

「で、あとでモニターで確認したら、平岡さん、すっごくかわいく撮れてたから、これはやっぱりプレゼント……」

チン、という音とともに、エレベーターは広報のある階に到着した。

「山際さん。山際さんはこの階でしょう?」

と言いながら、安藤は素早く相手をエレベーターの外に押し出した。そして、やつが更に何か言う前に、「閉」ボタンを押してドアを閉じた。


その後二人は、捜査一課のそれぞれのデスクまで、一言も口をきかなかった。向かい合わせのデスクに着くと、平岡の携帯が鳴った。安藤のほうがドキリとした。まさか、また山際ではないだろうな。もしそうだったら、今夜、平岡はハーゲンダッツを更に食べることになる。

平岡が携帯を見る。

「……ラッキー」

「え?　誰?」

安藤が訊く。

「今夜はハーゲンダッツより酒がいいと思ってたとこだったんです」

「え？」

「林堂さんが、今夜飲まないかって」

5.

女は、重い瞼を開けた。目に入ってきたのは、まばゆい蛍光灯の光。

目を閉じる。

開ける。

また閉じる。

開ける。

蛍光灯の光に少し目が慣れ、ここが自分の部屋ではないと自覚した。天井が白い。ここが自分の部屋なら、天井は花柄のクリーム色で、大きなシャンデリアが下がっている。

起き上がろうと上半身に力を入れてみたが、それは叶わなかった。クビだけを動かし、右側を見る。点滴袋がハンガーで吊るされていて、輸液管が女の腕に繋がっている。

ドアをノックする音が聞こえた。

「はい」

女は返事をしてみる。白衣を着た六十代の男がゆっくりと入ってきた。白髪。首から聴診器を下げている。会ったことは、たぶん、無い。

「お加減はいかがですか？」

男は、そう言いながらベッドサイドに立った。

「ちょっと、失礼します」

そう言って、男は、女に掛けられている布団の右半分をゆっくりとめくった。腕に触り、脈拍を確認する。どうやらここは病院のようだ。

「あの……私は……どうしてここに？」

そう訊くと、医師は、

「事故です。あなたは、昨夜、車に撥ねられたんです」

と説明してくれた。

「事故？」

記憶を辿る。ぼやけた記憶を。昨夜。昨夜。昨夜。女は、なんとか思い出そうと天井を見た。

ああ、そうだ。昨夜はとにかく絶望していたのだった。二人で死のうかと考えていた。他に、どんな選択肢がある？

「足は痛みますか？」

医師が訊いてくる。

「足？」

「はい。足の感覚はどうですか？」

「……」

痛みは、無かった。というより、何の感覚も無かった。力を入れてみたが、まったく動かなかった。

「痛み止めがまだ効いているようですね。もう少しすると、痛みは出てくると思います。その時はまたそう言ってください」

「私、足に怪我をしているのですか？」

「左足が折れていらっしゃいます。それから腰骨にヒビが。当分は車椅子の生活になるでしょう」

「……」

「足だけではないですよ。身体中を打撲してらっしゃいます。ただ、幸いにも、脳のCT検査に異常はありませんでした。額の傷も、目立つ痕にはならないと思います」

「……」

女は更に医師の言葉を待ったが、医師はそれきり口をつぐんだ。それで、女は自分からもう一つ質問をした。

「赤ちゃんは……どうなりました？」

「……」

「車に撥ねられたんですよね？　お腹の赤ちゃんは……」

「……」

訊きながら、自分はどちらの答えを期待しているのだろうと女は考えた。と、突然、医師がフッと笑った。

「あなたは、神に感謝しなければいけないですよ」

そう言って、医師は、女の手をギュッと握った。

「お腹の赤ちゃんは、無事ですよ」

「え？」

「車に正面から撥ねられたのに、まさかお腹の子が無事なんて。これは、奇跡です」

「……」

奇跡。そうなんだ。私が生きていて、お腹の子供も生きている。それが、奇跡。

医師は、女の手を放し、バインダーに挟んで持参していたカルテに、さらさらと何かをメモした。それから女に、

「ところで、実は、あなたを待っている男の人がいます」

と言った。

「男の人？」

誰だろう。その言い方からして、父親ではなさそうだ。彼だろうか。まさか、彼なわけがない。あの男は自分を捨て、子供を捨て、何もかも捨てて逃げるように飛行機に乗った。もう二度と、女の所には帰ってこない。

「男の人って、誰ですか？」

「あなたを、轢いてしまった男です」

「え？」

「あなたの意識が戻るのを見届けたい。出来れば会って一言直接謝罪をしたい。そう言って、病院のロビーから動かないんです。でも、あなたが会いたくないのであれば、ちゃんと警備の者に帰させますよ」

「……」

「どうしますか？」

「ずっと待っててくださったのなら、会います」

女は答えた。

「わかりました」

医師はそう言うと、女の病室から出て行った。

それから数分後。

また、ドアがノックされた。

「はい」

女が返事をすると、三十代前半くらいの男が入ってきた。長身で、骨ばった顔。無精髭。目が暗く光っている。薄手のジャンパーとジーパン。黒いニット帽を深く被っていたが、部屋に入りながら、その帽子を男は取った。

「お加減はいかがですか？」

男は、そう言いながらベッドサイドに来た。さっきの医師と同じ言葉だなと女は思った。

「痛みますか？」

「いえ、大丈夫です」

「……申し訳ありませんでした」

男は頭を下げた。深く、頭を下げた。

「自分の前方不注意で、こんな大それたことをしてしまい、本当に、本当に、申し訳ありませんでした」

前方不注意は自分も同じだ。そう女は思った。私だって、前なんか見ていなかった。自分から車に飛び込んだわけではないが、それはたまたまだ。あと五分もあのまま歩いていたら、自分はきっと自殺の決意をしていただろう。

「……お顔を上げてください！」

女は男に頼んだ。

「私があなたをお呼びしたのは、謝ってほしいからではないんです。逆なんです」

女は懸命に体をねじって、男の顔をしっかりと見つめた。男の目の下に、大きなクマがあるのが見えた。

「は?」

「あなたのおかげで、私は、自分の人生を間違えずに済みました」

「子供、産みます」

「あなた……妊娠してるんですか?」

「はい。ずっと迷っていました。でも、今、私は決めました。誰が何と言おうと、私はこの子を産みます。育てます。あなたは、その決心を私にさせてくれた方です。だから、お礼が言いたかったんです」

「……」

「ありがとう」

「……」

男は、女の言いたいことがうまく理解出来ていないようだった。確かに、自分が車で撥ねた相手から「ありがとう」と言われたら、誰でも多少は混乱するかもしれない。女はそれは気にしなかった。女はただ礼が言いたかっただけで、彼女の人生そのものを理解してほしかったわけではないのだから。

「そうだ。私に怪我させたことで、警察がきっとあなたのところに行きますよね。その時は、私はあなたを訴える気持ちは無いと言っていたと伝えてください」

「……」

「お話ししたかったのはそれだけです。では、どうかもう私のことは気にせずお引き取りくださ い」

「……」

短い会話だったが、女はかなりの疲労を感じた。少し寝よう。寝て、体力を回復させよう。そう思った。男はそのままベッドサイドに立っていたが、やがて、

「……私は、あなたのために何が出来るでしょうか？」

とボソリと言った。

「あなたのおかげで、私は刑務所に行かなくても済むかもしれません。あなたは私と私の家族の恩人です。私は、その御恩をあなたに返したい」

そう男は、肩を震わせながら言った。

「何もしなくていいですよ。私と、私の子供の幸せを、時々祈ってくだされば」

女はそう言って微笑んだ。そして、眠るために目を閉じた。男の声が聞こえる。

「わかりました。でもどうか、これだけは忘れないでください。私は、あなたのためなら何でも

します。それが五年後でも、五〇年後でも、あなたが私を必要としてくれる日が来たら、私は命がけであなたのお役に立ちます」

目を開けた。

閉じた。

また開けた。

閉じた。

「ありがとう。覚えておきます」

そのまま、女は眠りに落ちた。

6.

行き先を、鮎沢は言わなかった。

佐藤弘も、訊かなかった。

車は、とあるコイン・パーキングで停まった。六台しか駐車出来ない小さなコイン・パーキングだった。

「ここで降りましょう」

そう鮎沢に言われ、佐藤は素直に後部座席から降りた。ちらりと看板を見る。二四時間営業。二〇分二五〇円。高いと思ったが、既に四台も先客がいた。

「あのカフェで待機しましょう」

助手席から降りてきた鮎沢が、コイン・パーキングの正面にあるチェーンのカフェを指さして言った。もちろん、異存はない。佐藤は、鮎沢の後ろに付いて店内に入った。右側には、カフェの商品を買うための木のカウンター。黒のエプロン、白いポロシャツを着た店員が二人。左側には、三〇席ほどの木のテーブルと椅子。スーツ姿のサラリーマンたちが三組。それと、若い女性の二人組。眉間にしわを寄せながらパソコンに集中している若い男、若い女、中年の男。満席ではないが、それなりに混雑している。佐藤は、窓際の二人掛けの席を選んだ。鮎沢は、腰を屈めながらカウンターの横にあるショーケースを見ている。透明のガラス・ケースの中に、ケーキやクッキー、サンドイッチが並んでいる。

「何か召し上がりますか?」

「いや、コーヒーだけでいい。座っていていいかい?」

「ええ、もちろん」

椅子は硬かった。気にせず腰掛ける。それから、窓の外を見る。先ほどまで乗っていた車が見える。運転手は、車の中で待機している。すぐに鮎沢が、茶色のトレーを片手で持ち、佐藤の向かい側の席まで歩いてきた。トレーには、白いカップに注がれたホットコーヒーが二つ。それと、ハムと卵の入ったサンドイッチが置かれていた。

「意外だな。君も仕事の前には食事はしないタイプかと思っていたよ」

そう佐藤弘が言うと、

「前はそうだったんですけどね。私、どうも入れ込み過ぎるタイプらしくて、少しくらいリラックス・モードにしておいたほうがいいんじゃないかと考え方を改めまして」

そう言って鮎沢は微笑み、そして、パクリとそのサンドイッチを頬張った。佐藤は、目の前の熱いコーヒーをひと口すすった。熱いだけで香りのないコーヒーだった。

「ところで、店の前に一つ。カウンターの前に一つ。客席に向けて、あの柱の上に一つ。これは大丈夫なのかな？」

佐藤はそう鮎沢に訊いてみた。

「防犯カメラのことでしたら、問題ありません」

鮎沢は即答した。

「あれは現在、ダミー・モードです」

「ダミー？」

佐藤は、身体を傾けちらりと防犯カメラを見た。黒いカメラの下に、小さな赤いライト。確かに光っている。

「おれの目には本物に見えるんだが……どこで見分けるのかな？」

すると、鮎沢は嬉しそうに笑い、

「見分けられません。でも、あの防犯カメラをこの店に設置したのが、うちのグループ会社でして」

「ほう」

「どれも本物の防犯カメラではあるんですが、バックドアってやつを仕込んでいまして、実はこっちでいろいろ使い分けが出来るんです。残しておかなければならない映像。消したい映像。別の日の映像の時間データだけ書き換えておくことも出来ます」

「なるほど。テクノロジーってやつは便利だな」

もうひと口、コーヒーをすすった。

それからしばらく、佐藤弘は鮎沢と雑談をした。鮎沢はまだ独身と知った。結婚しない理由を尋ねると、

「落ち着くっていうのが苦手なんです。逆に、落ち着かないんです」

と鮎沢は苦笑いしながら言った。

「のんびりしてたら、競争相手に出し抜かれるんじゃないかとか考えてしまうんですよね。小さい人間なんです」

「はは。君にもライバルなんかいるのかい?」

「そりゃいますよ。同じ業界にいる人間はある意味全員ライバルです」

そんな話をしていると、佐藤はまた、あの男を思い出した。軍隊では同期だった。退役時期もほぼ一緒。そして、佐藤がこれまで仕事で一度も勝てなかった男。

と、ブルブルという振動音が聞こえ、鮎沢がスーツの内ポケットから携帯を取り出した。ちらりと画面を見、すぐに佐藤に、

「行きましょう」

と言った。

ついに、最後の仕事が始まる。佐藤は緊張し始めた自分に驚きながら立ち上がった。そして、飲みかけのコーヒーをカウンターの向こうの店員に丁寧に返し、それから鮎沢と一緒にコイン・パーキングに戻った。

車は既に駐車料金を払い終えられていて、佐藤が乗るとすぐに出庫した。数百メートル移動し、エンジンをかけたまま停車している黒い車の少し後ろに停まった。通りは片側一車線の真っ直ぐな道だった。前方に、飲食店の看板が見える。鮎沢から何の説明も受けてはいなかったが、あの店にターゲットが来るのか、あるいは店の中から出て来るのだろうと佐藤は推測した。

鮎沢も佐藤弘も、運転手も、誰も言葉を発しない。

重苦しい沈黙。

が、その沈黙の時間は、唐突に終わりを迎えた。

前方でアイドリング停車をしていた車が、突然、爆音を響かせながら急発進した。フル・アクセルで猛烈な加速を見せる。

佐藤は、後部座席から少しだけ身を乗り出した。

前方。

横断歩道。

人影が一つ。

いや、もう一つ。

車がライトをハイ・ビームにした。

顔が見える。

間違いない。ターゲットだ。もう一人は誰だ。知らない顔だ。

車が突っ込んでいく。

スローモーションのようだ。

車が突っ込んでいく。

眩しそうに車のライトを見つめているターゲット。

不意をつかれて驚いた顔だ。

成功だ。

この仕事は成功だ。

もう、やつは車を避けられない。
車が突っ込んでいく。
車が突っ込んでいく。
鮎沢が、こちらの車の窓ガラスを下げた。音を聞きたいと思ったのだろう。
車が突っ込んでいく。
車が突っ込んでいく。
車が突っ込んでいく。

7.

「鳥福」は、目黒の権之助坂のY字交差点のすぐ近くにある、古くて汚い小さな焼鳥屋である。かつて、雪平は、週に七日、この店に通っては浴びるほど焼酎のロックを飲んでいた。

林堂に誘われた夜、雪平は一九時ちょうどに「鳥福」に入った。雪平の久しぶりの来店に、店員から「雪平さん！　お久しぶり！」と声がかかる。林堂は既に来ていて、店で唯一の四人掛けテーブルに座っていた。二階に昇る階段下のデッドスペースに無理やり設置されたテーブルである。

「お疲れ様です」

そう雪平が挨拶すると、林堂は既に手にしていたビールのジョッキを持ち上げ、

「異動した途端、酒の量が倍になったよ」

と言った。

「そうなんですか?」

「おう。おれはもう刑事じゃないからな。真夜中の緊急呼び出しからは卒業かと思うと、嬉しくて嬉しくて、こうやって毎日飲んじまうんだ」

と自嘲気味に林堂は言った。本当は刑事を続けたかったのだろう。だが、組織にいる以上、それは言っても仕方がないことだ。なので、雪平は何も言わなかった。

「このあと、安藤と平岡もくる。やつらには一九時半に来いと言ってある」

林堂はそう続けて言った。

「……」

雪平には一九時に来いと言った。ということは、三〇分、オフレコの話があるということだ。

「Nシステム、調べていただけたんですね?」

雪平は声の大きさをぐっと落として、そう林堂に尋ねた。

「いや、調べていない」

林堂は、焼鳥を串から直接頰張りながら、雪平の顔は見ずに言った。

「調べたから、私だけ先に呼んだのではないんですか？」

「まだ、調べていない」

「まだ？」

林堂は、食べ終えた串を雪平に向けた。そして、彼女の顔の前で、それを小さくクルクルと回した。

「おまえにはまだ、大事なことを訊いていなかったからな」

そして、林堂は串入れの筒に、それをポンと放り込んだ。

「大事なこととは何ですか？」

「これからおれが訊くことに全部、イエスかノーで答えろ」

「は？」

「イエス？　ノー？」

林堂が酔っているのかどうなのか、雪平には判断が出来なかった。酔った口調では話しているが、実はまだ素面かもしれない。

「……イエス」

雪平は答えた。

「おれ。おまえ。安藤。平岡。おれたち四人はチームだ。おれたちでいくつも難しい事件を解決した。おれたちはいいチームだった」

「……」

「イエス？　ノー？」

「……イエス」

「今、おまえはまた、よくわからん事件の捜査を勝手にしている」

「……」

「イエス？　ノー？」

「よくわからんというのではなく……」

「（遮って）イエス？　オア　ノー？」

「……イエス」

「ということは、その事件に関しても、おれや安藤、そして平岡を巻き込む覚悟がおまえには既にあるんだな？」

「え？」

「Nシステムに勝手にアクセスしたのがバレれば、懲戒免職もあり得る。そんな捜査に協力していたとなれば、安藤も平岡もただじゃ済まない。そこまで織り込み済みで、おまえはその事件の捜査をしたいんだな？」

「ちょっと待ってください。私はそこまでのことを林堂さんにお願いはしていません。Nシステムのデータは、あくまで林堂さんが目視してくださるだけでいいんです。それ以上の危険なことはしないでください。そして、安藤くんや平岡さんには何も話さないでください。私はあの二人を巻き込みたくはありません」

雪平は一気に話した。声がついつい大きくなってしまう。それを必死に自制した。雪平の言葉を聞いて、林堂は露骨に不機嫌な顔をした。

「おまえはおれたちをバカにしてるのか」

「はい？」

「おれたちはチームかと訊いたら、おまえはイエスと言ったじゃないか」

「はい？」

「それとも何か？　おまえはおれが何かを頼んだ時に、懲戒免職は困るのでごめんなさいとか言うつもりか？」

「はい？」

林堂はビールの残りを一気に飲んだ。

「正直に言う。おれ一人のことなら別にいいんだ。かみさんには死なれてるし出世にも興味は無い。でもな、おれとおまえが走り出したら、あの若い二人も必ずクビを突っ込んでくるぞ。なぜなら、やつらもチームだからだ。おれたちは、もうずっと、チーム雪平だった」

「……」

「だからおれは、おまえに訊いてるんだ。あの二人まで巻き込んでいいんだな？　その覚悟で、おまえは今、ヤバいヤマを追いかけているのか？　イエスなら、やつらにも今日話せ。その事件のことを詳しく今日話せ。ノーなら忘れろ。そのヤマに関することは全部忘れろ」

「林堂さん！」

「イエス？　ノー？」

「……」

「イエス？　オア　ノー？」

「……」

即答は出来なかった。刑事という仕事は、実は一人では何も出来ない。相棒がいて、チームがあって、初めて捜査というものは動き出す。それは雪平にもわかっていた。しかし、だからといって。だからといって、だ。

と、背後からドアのガラガラと開く音と「いらっしゃいませ！」という威勢のいい店員の声が聞こえてきた。

「あれ？　二人とも早いですね」

安藤の声だった。一九時半に呼ばれていたにもかかわらず、この男は二〇分も前に来た。

「お疲れ様です」

平岡もいる。林堂が、

「一九時半って言っただろうが。おまえら早過ぎるぞ」

としかしなぜか嬉しそうに言った。


その後は、ただの他愛もない飲み会となった。

平岡が、最近、広報の山際という男から言い寄られていること。盗撮カメラで隠し撮りされたことに激怒していること。ハーゲンダッツを食べるのにはルールがあること。安藤はデンキブランと相性が悪いこと。キックという犬がかわいかったこと。林堂はデスク・ワークが昔から大嫌いだということ。

そんな話をしながら、雪平はずっと一つのことを考えていた。

覚悟はあるのか。

解決済みとなっている事件を掘り返す。ただの事故ではなく、計画的な殺人の可能性がある。大きな闇が、事件の背後にはあるのかもしれない。それを暴く。暴くために動く。仲間のキャリアを危険に晒しながら。

その、覚悟はあるのか。

イエス？　オア　ノー？


三時間近く酒を飲み、二二時を過ぎるくらいの時刻になった。林堂はふらりと立ち上がり、

「そろそろおれは帰るぞ。明日も休みじゃないからな」

と一万円札を一枚置きながら言った。

「え？　林堂さん、帰るんですか？」

平岡が口を尖らせた。

「今夜はとことん行きましょうよ！」

「とことん行くのは若いやつらに任す。おれはもう今日は充分飲んだ」

林堂は、スーツの上着を着ると、店員に「ご馳走様」と言いながら、さっさと外に出て行った。

「私、ちょっと見送ってくる」

雪平はそう言うと、安藤と平岡をテーブルに残したまま林堂の後を追った。訊かれた以上は、やはりきちんと「イエス、ノー」の返事をしなければいけない。自分が甘い考えで林堂を訪ねたせいで、彼はすでに苦しい立場なのだ。

せめて、きちんと返事をしなければ。


「鳥福」の暖簾を上げ、店の外に出た。林堂は、二〇メートルほど坂を上がったところにある横断歩道のところで、信号が青に変わるのを待っていた。

「林堂さん。いろいろすみませんでした」

「……」

「イエスかノーかの返事、今してもいいですか?」

「ダメだ」

「は?」

「即答出来なかったってことは、迷いがあるってことだろ? そして、迷ったまま進んだってロクなことが無い。おまえさんだってそれは知ってるだろう?」

「……」

「だから、返事に迷っちまった時点で、それはノーってことなんだよ。悪いことは言わん。忘れろ」

「……」

横断歩道の信号が青になった。

「今日は楽しい酒だった。また飲もうな」

そう言って、林堂は道を渡り始めた。

「林堂さん!」

雪平は林堂に駆け寄ろうとした。

その時だった。

轟音を響かせながら、車が一台、信号を無視して突っ込んできた。ハイ・ビームのライトが林堂の顔を照らす。彼の驚く表情を、雪平は間近で見た。

「雪平！」

次の瞬間、林堂は渾身の力で雪平を突き飛ばした。雪平は歩道のほうへ転がされ、そのすぐ横を暴走車はかすめた。

林堂は避けられなかった。雪平を庇うことに、自分の時間をすべて使ってしまったからだ。彼の身体は車のボンネットに乗り上げ、次に正面のガラスにぶち当たり、高さ二メートル近くも真上に跳ね上がった。


そして、頭から、アスファルトの地面に落下した。

第四章

1.

車が突っ込んでいく。
車が突っ込んでいく。
車が突っ込んでいく。

が、ここで、佐藤も鮎沢も予期していなかった事態が起こった。
見知らぬ男が一人、猛然と道路に飛び出してきた。ターゲットをなんとか車の前からどかそうと腰にタックルをした。残念なことに、その男はふだん仕事として身体を鍛えている人間ではないらしく、ターゲットを完全に弾き飛ばすだけのパワーは無かった。

鮎沢の部下の車は、まずその闖入者を撥ね、続いてターゲットを撥ねた。だが、その闖入者がターゲットを一メートルほど押したせいで、ターゲットそのものをハードヒットすることは叶わなかった。

佐藤が叫ぶ！

「誰だ、あいつは！」

「知らん！　見たこともない！」

鮎沢もまた叫んだ。佐藤に敬語を使うのを忘れている。車はそのまま速度を緩めずに通過していく。襲撃は一度きり、そう打ち合わせをしてあった。再度引き返してまた轢いたりすると、この車がヤク中運転者による暴走車という筋書きが崩れてしまう。

闖入者は道路に倒れたままピクリともしない。あれは即死だろう。だが、ターゲットのほうはどうだ。死んだか？　死んでくれているといいのだが。

が、佐藤の願い虚しく、ターゲットのほうはよろよろと立ち上がった。そして、這うようにしながら、ビルとビルの間の小道に逃げて行った。

佐藤は乗っていた車から飛び出した。

これからの二〇秒が勝負だ。すぐに、事故の物音を聞きつけた野次馬が出てくる。そうすると格段に仕事は難しくなる。走る。多少目立つのはやむを得ない。とにかく走る。佐藤は未だに一〇〇メートルを一三秒ちょうどで走れる。ターゲットに追いつくのに佐藤の計算では一五秒。残りの五秒で殺す。可能だ。相手は格闘訓練の経験のない素人で、しかもたった今、車に撥ねられたばかりの怪我人だ。大きなストライドで、佐藤弘は走った。そして、事故現場の角を左に直角に曲がった。ここを曲がれば、ほんの一〇メートルくらい先にターゲットがいるはずだ。

曲がる。

「？」

いない。

あり得ない。

だが、いない。誰もいない。

背後で、女の悲鳴が聞こえた。通りに面した店からたった今、出て来たらしい。倒れた男を見てパニックを起こしている。連れの男が「救急車！」「救急車！」と叫んでいる。彼らのせいで、野次馬が増え始める。

落ち着け。

あれ以来、車のエンジン音はしていない。ターゲットが車でここから脱出した可能性は無い。やつは徒歩だ。しかも、歩くのがやっとという重傷者だ。遠くに行けるはずはない。行けるはずはないのだ。佐藤は頭をフル回転させた。もし、自分がやつの立場だったらどうする？　心を真っさらにしてもう一度辺りを見渡す。シルバーの、縦に細長い四階建ての雑居ビルが目に入った。

一階部分にだけ看板が無い。一階は空室だ。ビルの前に行く。自動ドアの近くの地面に小さな血痕。ドアの前に立つと、すんなりドアは左右に開いた。ビル自体は出入り自由で、セキュリティは各階の店子が各自でよろしくというシステムらしい。中の通路は壁がクリーム色で、日本語で書かれた飲食店のポスターが剝がれかかった状態のまま貼られていた。廊下は真っ直ぐに一〇メートル。途中に古い型のエレベーターが一基。一階で停止している。このエレベーターは使っていないと判断。そして、通路の終わりに、また自動ドア。そのドアが、このビルの裏口ということのようだ。つまり、このビルは、簡単に通り抜けが出来るビルなのだ。裏口から外に出る。また血痕がある。ビンゴ。おれはターゲットを正しく追えている。目の前には、更に細い路地だ。東京というのは、実に都市計画のなっていない街だ。通りの大きさは不規則だし、真っ直ぐ走っていないせいでわかりにくい。佐藤は雑居ビルの間の路地を更に左に走った。右に出たらさっきの事故の通りに戻ってしまう。だから右はあり得ないのだ。佐藤は走る。飲食店が出した生ゴミに、数匹の野良猫が群がっている。街灯は暗く、血痕を探しながら追うのは骨が折れそうだ。携帯を取り出し、モバイルライトというアプリを起動させる。血痕がもう無い。なぜだ。止血している余裕なんて無いはずなのに。

完全に見失ってしまったのだろうか。

最後の仕事の最後の詰めで、自分はしくじってしまったのだろうか。

佐藤弘の脳裏に、依頼人の低い声が蘇った。

「君に頼みがある」

ちょうど一週間前の雨の夜だった。場所は、依頼人が贔屓にしている小さなバー。一〇人入れば満席。何か内密の話をしたい時は、その店は彼の貸し切りになる。

依頼人は、ひどく疲れた顔をしていた。葉巻を持つ手が小さく震えていた。高齢のせいだけではないのでは……何かしら大きな病気を抱えているのでは……そう佐藤弘は思ったが、口には出さなかった。

「私はもう引退する身です」

佐藤弘は静かに答えた。

「引退したいと君が言ってきたことは理解している」

「……」

「でも、私はまだ許可はしていない」

「……」

それからしばらく沈黙があった。老人は葉巻を深く吸うと、ため息をつくようにその煙を吐き出した。

「この仕事をしてくれたら、それで引退ということでどうかな」

老人は言った。老人が、何かを頼んだり提案したりするのは珍しいことだった。一方的かつ高圧的に命令するのが、いつもの老人のスタイルだった。気も弱くなっているのだなと佐藤弘は思った。

「……どんな仕事でしょうか」

佐藤弘がそう訊くと、老人はシミだらけの手で写真を一枚、スーツの内ポケットから取り出した。そして、佐藤弘の前に弱々しく、それでいて叩きつけるように置いた。

「！」

その男が誰なのか、佐藤弘は即座に察しがついた。

「お嬢様は、ご存じなのですか？」

佐藤弘は訊いた。依頼人はゆっくりと首を横に振った。

「娘を守るのは、父親の仕事だ」

「守る」という言葉にはいろいろな意味が含まれているのだな、と佐藤弘は理解した。命を守る。社会的な立場を守る。娘に手を汚させない、という意味もあるかもしれない。

「日本にいるビジネスパートナーに、こいつのことを依頼した。彼らは『簡単な仕事です。どうかお任せを』と言ってきた。でもな、私はどうも日本人というやつを心からは信用出来ないんだ」

老人は淡々とそう言った。

「だから、おまえ、日本に行って私の代わりに彼らの仕事を見届けてきてくれ。そしてもしやつらが失敗をしたら、その時は……」

「その時は、私自身の手で……ですね？」

「そうだ」

「……」

老人はそこまで話すと、杖を手に取り椅子から立ち上がった。話は終わったということだ。佐藤弘は、テーブルの上の写真を手に取り、自分のスーツのポケットにしまった。老人は店を出る前に一度立ち止まり、

「おまえの献身には感謝している。これで最後だ。ありがとう」

と言った。そして、ドアを自分の手で押して出て行った。

「……」

一人だけ同席していたバーテンが、ぼそりと、

「珍しいですね」

と言った。

「あの方が誰かに『ありがとう』と言うのを初めて見ました」

その通りだった。佐藤弘が依頼人から礼を言われたのは、何十年も仕事をしていてこれが初めてだった。

佐藤弘は、西新宿の裏路地を引き返した。闇雲に走り回っても無理だ。血痕だ。血痕を探せ。あるいは、さっき通過したビルの非常階段にでも潜んでいるのか。そのビルの前まで戻る。中に入ろうとして、ふと考えた。右に動いて事故の通りに戻る選択肢は無いと決めつけたが、果たして合っていたのだろうか。おれたちの裏をかくのなら、逆に「あり」なのではないか。

佐藤は、ビルの裏口から次は右へ移動した。

あった。

横断歩道の手前に血痕。横断歩道の上にも血痕。なんてことだ。ターゲットは、さっきの轢き逃げ事故の現場から、たった一ブロックしか離れていない横断歩道を渡っている。鮎沢たちは見ていなかったのか。見ていないだろう。彼らは、野次馬が出て来た時点で、顔を見られないようサッサとこの場所から撤退したはずだ。

深夜の、人気の途絶えた裏路地を行く。と、ビルとビルとに挟まれた、小さな三角形の公園があるのを佐藤弘は見つけた。

中に入ってみる。

細長い直角三角形。長辺の部分にベンチが二つずつ。ほとんど使われていない子供向けの遊具。鉄棒。高さ二〇メートルくらいのそこそこに大きなケヤキの木。そのケヤキの木の根元に、身体をくの字形にして横たわる一人の男を佐藤弘は見つけた。

「！」

それが、ターゲットだった。身体がピクピクと痙攣している。違和感が佐藤弘の身体を突き抜けた。ほんの数百メートルとはいえ、これだけ重傷の男が自力でどうやってここまで移動した？

その時だった。

背後から、別の男の声がした。

「それ以上、おまえは動くべきではない」

「！」

佐藤弘は、振り向かなかった。動いた瞬間に撃たれるか刺されるか……そういう種類の殺気が、彼の背後にあった。

「……その声、おれの知り合いに似ているな」

両手を上にあげながら、佐藤弘はそう背後の男に言った。

「なるほど。おまえもあそこにいたのか。おまえがこの男を背負って走ったから、これだけの距離が移動も出来たし、血痕も少なかったのだな」

「そうだ。誰かに追いつかれるとは思わなかった」

「……」

佐藤弘は更に重ねて訊いた。

「おまえ、誰のために働いている？」

「……」

「まさか、日本人のために働いているのか?」

「まさか」

プライドを傷つけられたのか、吐き捨てるように背後の男は言った。その瞬間を狙って佐藤弘は動いた。身体を深く沈ませ、同時に長く伸ばした右足で、大きく、そして疾く、佐藤弘は地面を払った。

素人なら、足をすくわれ転倒する。並の相手なら、ただ上に飛んで逃げる。そこに今度は左足刀を放てば、急所であるみぞおちの辺りを蹴り抜くことが出来る。が、今、佐藤弘が相手にしている男は、転びもしなければ上にも逃げなかった。ほんの半歩だけ下がって佐藤弘の足払いを躱し、次の瞬間には顔の真ん中を狙った鋭い蹴りを飛ばしてきた。

間一髪、顔を捻って直撃を避ける。相手の靴がこめかみをかすめ、摩擦熱で佐藤弘の皮膚を焦がした。

「……やっぱり、おまえか」

「……」

「日本人のためじゃないというなら、おまえは誰のために働いてるんだ?」

「……」

目の前にいる男は、よく知っている男だった。なるほど。歳は取ったが自分の第六感もまだまんざらでもないということだ。今回、日本に来てから、なぜか何度もこの男のことを思い出した。

軍隊では同期。退役時期もほぼ一緒。そして、佐藤がこれまで仕事で一度も勝てなかった男。今、ここで戦っても、この男にはたぶん勝てない。

最後の仕事なのに。

自分はこれで引退なのに。

たとえば、妻と二人きりで優雅な船旅。たとえば娘夫婦と孫と一緒にどこか静かな山のコテージでささやかな別荘ライフ。それらはただの夢で終わってしまうのだろうか。

「おれは、国のために働いてるんだ。おれの仕事が、国のためになると信じている」

佐藤弘は言葉を続けた。相手は表情を変えなかった。

「わかった。なら、取引をしよう。おまえがここから黙って立ち去るだけで一〇億ウォン出そう。どうだ?」

佐藤弘は更に言葉を続けた。予想通り、相手はピクリとも表情を変えなかった。そして、まったく隙のない立ち姿のまま、相手の男は佐藤弘の本名を呼んだ。

「ヨンハ。おれたちには二つの選択肢しかない」

「……」

「おまえが黙って立ち去るか、あるいはおれと戦うかだ」

「……」

「この男をおまえに殺させるわけにはいかないんだ」

「……」

最後の最後に、自分の仕事運は尽きたらしい。佐藤弘は心の中で小さくため息をついた。どうやら、国には帰れそうにはない。それでも、仕事は仕事だ。無理そうだから投げ出す、そういう選択肢は佐藤には無かった。

覚悟を決めて、男は男と向き合った。

2.

「あの二人、何か隠してませんか?」

目の前に座る平岡は、頬杖をつきながら、右手に持っていた焼酎のグラスをくるくると回した。氷とグラスがカランカランと不満気な音を立てた。

「安藤さん、そう思いません?」

安藤はきゅうりの漬物を一つ手に取り、

「まあ、ね」

と曖昧に答えながらそれを齧った。安藤も同じことを考えていた。林堂から言われた時間は一九時半。それより二〇分も早く着いたにもかかわらず、林堂と雪平は既に店にいて何かを話していた。

「二人だけで何の話をしてたんですかね。安藤さん、何だと思います？」

「知らないよ」

酔うと、平岡は少しだけ面倒くさい女になる。まいったなと思いつつ、安藤はきゅうりの漬物にまた手を伸ばした。

その時だった。

ゴウンッという大きな音が店の外から聞こえた。濁った鈍い音。今まで安藤が耳にしたことが無い音だった。その直後に、つんざくような悲鳴も聞こえた。

安藤は即座に立ち上がった。平岡もほぼ同時に立ち上がっていた。あの悲鳴は雪平だ。出会ってから今まで一度も聞いたことがない雪平の悲鳴だ。カウンターの客の背中を乱暴に押しながら、安藤は店の出口に向かって突進した。おそらく二秒もかからず外に出た。

「！」

目の前のアスファルトの坂道。権之助坂のY字交差点。そのど真ん中に、男が転がっている。

林堂だ。

林堂だった。

その横で、雪平が絶叫している。何と叫んでいるのかはわからない。

「救急車！　平岡！　救急車だ！」

安藤はそう叫んだ。

「林堂さん！」

安藤のすぐ後を付いてきた平岡が金切り声を上げ、走ってくる車たちのクラクションをものともせずに、倒れている林堂に一目散に駆け寄った。

「林堂さん！　林堂さん！　林堂さん！」

落ち着け。こういう時こそ落ち着け。安藤はそう自分に言い聞かせた。まず、携帯を取り出し、自分で一一九番通報をした。それから近くにいた野次馬に駆け寄り、警察手帳を見せながら、

「何があったんですか？」

と尋ねた。

「車が突っ込んで来たんだよ」

野次馬は簡潔に答えた。

「車がすげえスピードで来て、あのおっさんを撥ねたんだ」

「……その車は？」

「そのまんま行っちゃったよ」

「行っちゃった？」

「そう。スピードとかまったく緩めずにバーッと」

「……」

轢き逃げ？　辺りを見回す。ブレーキ痕は無い。居眠り運転でも、人を撥ねた時はその衝撃で起きて慌てて無意味な急ブレーキを踏むものだが、そういう形跡も無い。

林堂のバッグを拾う。事故の衝撃で中身が散乱している。それも拾う。それからY字の道を渡って、倒れている林堂のところに安藤も行った。

「林堂さん！」

林堂の目は開かれているが、何かを見ているようには感じられなかった。ただ開いているだけだった。額から口元にかけて、大量に真っ赤な血が流れている。

「林堂さん！」


救急車は五分で来た。その間に、安藤は一一〇番通報もし、轢き逃げ事件が発生していること、被害者が現職の警察官であること、現場には不審な点が多く、ただの轢き逃げではなく故意による殺人行為の可能性もあることを的確に伝えた。なので、もうすぐ目黒署の警察車両も来るはずだ。

後部のドアが開き、マスクを装着した救急隊員が三人、素早く救急車から降りてきた。

「怪我人から離れてください！」

が、雪平も平岡も、林堂の側から離れない。救急隊員が、平岡を立たせ、代わりにその場所にしゃがみこんで、まず林堂の脈拍を確認した。安藤は、雪平を立たせ、二メートルほど彼女を後退させた。

「林堂さん！　林堂さん！　林堂さん！」

平岡がまだ叫んでいる。

ストレッチャーが迅速に用意され、救急隊員が林堂のぐったりとした身体を手際よく持ち上げてそれに乗せた。林堂の腕がぶらりと担架から落ちる。それをまた、救急隊員がすぐに持ち上げ、ストレッチャーの上に乗せ直した。

「林堂さん！　林堂さん！　林堂さん！」

平岡はまだ叫んでいる。

雪平は、林堂を見つめたまま、動くほうの右手で安藤の腕を強く強く摑んだ。その手は、血で真っ赤に染まっている。林堂の血だ。

「雪平さんは大丈夫ですか？　怪我は？」

安藤が、雪平の耳元で訊く。雪平は、首をゆっくり横に振った。

「林堂さんが、私を突き飛ばした」

「え？」

「林堂さんが、私を突き飛ばしたの」

「……」

☆

病院に着くと、林堂は即座に集中治療室に運ばれた。

手術中という赤いランプが点く。

雪平は、廊下に置かれていた背もたれのない硬く白い長椅子に座っていた。隣には、安藤が俯いたまま座っている。平岡は、雪平の正面の椅子に座り、両手で顔を覆ったまま動かない。深夜の病院はとても静かで、自分の乱れた鼓動をやけにはっきりと感じてしまう。

ほどなく、目黒署の刑事がやってきた。

「雪平警部補ですか?」

スーツを着た男が二人。四十代前半と二十代後半、という感じだろうか。

「林堂警部の捜査を担当します目黒署の寺田と申します。雪平警部補は事故の一部始終を目撃されていると伺いまして……詳しい状況をお話し願えませんでしょうか」

「そうですか。でも私、あまり役に立つことは見ていないんです」

「……」

「横断歩道にいた私のところに、車が突然突っ込んで来ました。林堂さんがとっさに私を突き飛ばしてくださり、それで私は無傷で済みました」

「……」

「ドライバーの顔を見ていません。事故のあとは、林堂さんのことが気になって、車種もチェックしなかったし、ナンバーも見ていません」

「……ちなみに、通報は安藤巡査部長ですね？」

そう目黒署の刑事が言うと、安藤が小さく手をあげ、

「自分が安藤です。私は、店の中にいたので事件そのものは目撃してないんです」

と言った。

「そうですか……」

「犯人はまだ捕まっていないのですか？」

安藤が尋ねた。

「林堂警部を撥ねた車は、雅叙園近くの裏道に乗り捨てられているのが発見されました。ただ、この車、盗難車のようなんです」

「盗難車？」

そこに、いきなり平岡が会話に割って入った。

「盗難車ってどういうことですか！　何で、そんなものに林堂さんが襲われなきゃいけないんですか！」

「ですから、それを我々も調べてるんです！　皆さんにお心当たりはないんですか？」

目黒署の刑事も声を荒らげた。

「どうなんですか？　雪平さん」

「……私には、わかりません」

そう答えた。

「……そうですか」

目黒署の刑事は、落胆の表情を隠さなかった。

「運転手は姿をくらましています。せめて、そいつの年恰好がわかればと思ったのですが……そこまできちんと見ている目撃者がまだ見つからんのです。雪平さん、ちらりとも見ていないのですか？」

「すみません……まったく見ていないんです」

雪平は素直に謝った。

「……わかりました。我々は引き続き捜査に戻ります。何か情報が入りましたら、すぐにお知らせしますので」

そう言って、目黒署の刑事たちは引き上げていった。

その間も、林堂の入った集中治療室の赤い光は、ずっと点いたままだった。


それから、一時間ほど経っただろうか。

雪平は、一つ、決断をした。

立ち上がり、歩き出す。と、すぐに隣にいた安藤から、

「どうしたんですか？」

と声が飛んできた。

「手を洗ってくる」

雪平は、血が付いたままの右手を安藤に向けた。

「手がまだこんなだからね」


白い壁の廊下を歩き、手術室から一番近いトイレの前を通り過ぎる。階段を降り、救急受付の窓口の前を通り過ぎ、病院の建物の外まで出た。ショルダーバッグから携帯を取り出す。時刻は午前〇時を少し回っている。雪平は、着信履歴から「玉川いづみ」の名前を表示させ、発信ボタンを押した。

呼び出し音。やがて、

「もしもし？　雪平さん？」

といういづみの声が聞こえてきた。

「夜分遅くにすみません」

「とんでもないです！　お電話いただけて嬉しいです！」

　といづみは弾んだような声で言った。それからすぐに、

「ごめんなさい。ちょっと移動します」

と言ってきた。よくわからないが、話しにくい場所にいるようだ。

　いづみの移動を待つ間、雪平は「嬉しい」といういづみの発した言葉について考えていた。今、自分が置かれている状況と、その「嬉しい」という単語との乖離。「嬉しい」とは何だ。反射的にそう苛立ちを覚えてしまった――いや、いづみは林堂のことなど知らないのだから、別に「嬉しい」でもおかしくはない――無理やり理性的に考え、八つ当たりに近いその苛立ちを雪平は必死に抑えた。

「雪平さん。お待たせしました」

　いづみの声がまた聞こえてきた。

「いづみさん。突然ですが、明日お会い出来ませんか?」

　そう雪平が言うと、

「え?」

　といづみが大いに驚いたので、雪平もまた驚いた。

「?　私、何か変なことを言いました?」

「いえ、そうじゃないんです。実は私も雪平さんに急ぎでお伝えしたいことがあって、こちらから電話をしようか迷っていたところだったんです」

「伝えたいこと？」

「はい。伝えたいことと言うか、渡したい物というか」

「渡したい物？」

「はい。明日、詳しくお話しします。待ち合わせ、何時にどこにしますか？　私は明日は休みなので、いつでもどこでも大丈夫です！」

やけに気になる言い方だった。が、いづみの口調から、この電話自体はなるべく早く切りたそうな気配も感じた。それで、手早く待ち合わせ場所と時間を決めるに留めた。電話を切り、林堂のところに戻るために、携帯を再び機内モードに変える。そして、ショルダーバッグに戻して振り返ると、そこに安藤が立っていた。

「手を洗いに行ったんじゃなかったんですか？」

「……」

「今、誰に電話をしてたんですか？　こんな時に、こんな時間に」

「……友達」

「友達？」

「そう、友達」

「……」

安藤は、じっと雪平を見つめている。その目は、睨んでいるというより、悲しんでいるというほうが近く思えた。

「雪平さん。あなたは今、ぼくと平岡に内緒で、何か事件を追っているんじゃないですか？」

「！」

「林堂さんは、マスターデータ管理室の室長になった。それで何か、林堂さんにだけ協力を頼んだんじゃないんですか？　違いますか？　それが原因で、今夜の事件は起きたんじゃないんですか？」

「……」

ドンピシャである。たぶん、何一つ間違っていない。雪平の中で、今日、林堂に言われた言葉が蘇る。

「正直に言う。おれ一人のことなら別にいいんだ。かみさんには死なれてるし出世にも興味は無い。でもな、おれとおまえが走り出したら、あの若い二人も必ずクビを突っ込んでくるぞ。なぜなら、やつらもチームだからだ。おれたちは、もうずっと、チーム雪平だった」

「……」

「だからおれは、おまえに訊いてるんだ。あの二人まで巻き込んでいいんだな？　その覚悟で、おまえは今、ヤバいヤマを追いかけているのか？」

「……」

「雪平さん、答えてください」

――イエス？　ノー？

安藤が、少し苛立ったように声を大きくした。

「雪平さん、答えてください！　もしそうなら、ぼくにもそれを聞く権利はあると思います！」

――イエス？　オア　ノー？

しばし気持ちを整え、それから雪平は答えた。

「安藤。考え過ぎだよ。私はもう、一課でバリバリやってた頃の私じゃない」

「雪平さん……」

「残業を減らし、リハビリを頑張り、娘の親権を取り返すことにしか興味は無い。今の私はそういう人間だよ」

「……」

「さ……戻ろう」

雪平は、安藤の横を通って病院の裏口から再び中に入ろうとした。

「じゃあ、あのキックの散歩を頼んだ夜！　あの夜、雪平さんはどこで何をしていたんですか？」

安藤が我慢の限界といった雰囲気で吠えた。

「！」

「今、電話で話していた相手は、どこのどういう友達ですか？」

「……」

雪平はゆっくり安藤のほうに振り返り、言った。

「それは、私のプライベート。あんたに報告する義務は無い」

「は？」

「安藤。あんた、耳、悪くなったの？　なら、もう一回言うね。『それは、私のプライベート。あんたに報告する義務は無い』」

「……」

「そうだ。いい機会だから、あともう一言だけ」

「……」

「私の腕のことで同情してくれてるのはわかるけど、そういうの、正直、ありがた迷惑なんだよね。あんたは元相棒。それ以上でもそれ以下でもない。人事異動で今はもう別々の所属なんだから、いつまでもベタベタしてくるのはやめてよね。以上」

安藤からベタベタされたことなど一度も無かったが、あえて雪平はそう言った。彼がこの言葉をどんな顔で聞いたか、それは見なかった。とにかく、言い捨てるだけ言い捨てて、雪平はその場を離れた。

林堂のいる集中治療室の前では、まだ平岡が両手を顔で覆ったまま座っていた。

安藤は、しばらくの間、そこに戻って来なかった。

3.

林堂の手術が終わったのは、午前四時近く。夜明け近くの、もっとも空が暗い時だった。

「手術は無事に成功しました」

医師は、疲労を滲ませながら雪平たちに告げた。

「だからといって、命の危機を脱したわけではありません。〇パーセントに近かった確率が、一五パーセント程度に上がっただけに過ぎません」

集中治療室には、普通、家族しか入れない。が、林堂に子供は無く、妻も他界して久しい。それで、特例として平岡を林堂の側に置いて貰えることになった。林堂も平岡も警察官だというのが特例を認めてもらう後押しになった。平岡なら、事件の被害者を護衛するという役割も担える。林堂が担ぎ込まれた東京共済病院は、雪平の住むマンションからは徒歩圏内だった。安藤は市ケ谷まで、一人タクシーで帰っていった。雪平は部屋に戻ると、林堂の血がべったりと付いたスーツをゴミ袋に押し込んだ。熱いシャワーを浴びたかったが、キックが盛んに吠えているので、まずは彼を散歩に連れ出すことにした。きちんと考えなければ。状況を整理しなければ。そういう意味でも、キックとの散歩はいいかもしれない。適度にクールダウンしながら物事を考えるのに、犬の散歩は適している気がする。

夜明け前の目黒川遊歩道で、キックの一一回の排尿と四回の排便に付き合いながら、雪平はずっと事件のことを考え続けた。

あの車は、ただの暴走車だったのだろうか。

ノー。そうは思えない。

では、あの車が狙っていたのは、林堂だろうか。

ノー。林堂は雪平を庇って巻き込まれただけだ。

あの車はなぜ私を狙ったのだろうか。今、調べている外務省職員の轢き逃げ事件に関係しているのだろうか。

それはわからない。断定は出来ない。でも、それ以外に今、自分をわざわざ狙う人間がいるとも思えない。あれは警告だったのではないか。そんな気がしてならない。これ以上調べると危険な目に遭うぞという警告。そこに飛び込んでしまった林堂……

それから雪平は、更に思考を前に進めた。

では、あれが、雪平への殺意、あるいは警告だったとして……

「なぜ、敵は私の捜査のことを知っている？」

雪平が今何を調べているのか、知っている人間はごく限られている。


玉川いづみ。

林堂航。

定年で退職した黒澤という刑事。

あるいは……


キックと散歩をした後は、睡眠を取らずにそのまま出勤することにした。動かない腕でラッシュ・アワーの電車に乗るよりは、そのほうが身体への負担が少ない。

新宿署。組対課での出勤一番乗りだった。椅子に座り、目を瞑ってみたが、車に撥ねられる瞬間の林堂が何度もフラッシュバックしてしまうのですぐにやめた。携帯に平岡からの着信は無い。

林堂はまだあの集中治療室で頑張っている。自分も頑張らなければ。そう言い聞かせる。そもそもの原因は自分なのだ。ここで頑張らなければ林堂に対して申し訳無さ過ぎる。

雪平から三〇分遅れて、玖島が出勤してきた。

「相変わらず、あんたは早いな」

「すみません」

「すみませんって、別に謝ることじゃないだろ。遅刻じゃないんだから」

そう言って玖島は笑った。

「玖島係長。今日、私、昼の休憩を少し長めにいただいてもいいでしょうか」

「ん？　何で？」

玖島の問い返し方に、特段気になる部分は無かった。普通の問い返しだった。

「私用なんですけど、もしかしたら一時間ではちょっと終わらないかもしれないので」

そう雪平は答えた。何の説明にもなっていないのは重々わかった上での答えだったが、玖島は、

「ま、多少のことは気にしなくていいさ。今はたいしたヤマも無いし」

と言って、ことさら雪平の「私用」について質問してこなかった。

正午。雪平は新宿から一駅だけ山手線に乗り、代々木の街に来た。玉川いづみと待ち合わせをしているカフェ・レストランは、代々木駅から目と鼻の先の距離だった。店の指定をしたのは雪

平だった。新宿署の管轄内では誰が見ているかわからない。今は、いづみと一緒にいるところを誰かに見られたくはなかった。

三階建ての縦長のビルの一階。スタイリッシュなステンレス・シルバーのドア。その重いドアを開けて店内に入る。

「雪平さん」

奥の一番角の四人掛けテーブルの席に、既にいづみは座っていた。立ち上がり、雪平に向かって深々と頭を下げた。ボーダーの長袖のシャツに、青いスキニーパンツ。

「お待たせしましたか？」

と雪平が訊くと、

「あの、とにかくこれを先に預かってください」

とすべての説明を飛ばして、いづみは携帯電話を雪平に渡した。

「は？　これは何ですか？」

「これは、鵜内貴文さんの携帯です」

「え？」

慌てて携帯を開いてみる。液晶画面に無数のヒビ。電源は入らない。

「この中にある写真を見ていただきたいんです」

「ごめんなさい。ちょっと意味がわからないんですが。いづみさんがどうして鵜内さんの携帯を持っているのですか？」

「奥さんがいきなり店に来て、これを投げたんです。私に」

「は？」

「でも、私には全然意味がわからなくて」

「私にもその説明じゃ意味がわかりません。ゆっくり順を追って話していただけませんか？」

「そうしたいんですけど、でもたぶん、すぐに彼も来てしまうと思うんです」

「は？　彼って？」

「婚約者です。私の」

「は？」

「昨日、雪平さんからお電話いただいた時、実は彼が一緒にいたんです。で、誤魔化そうとしたんですけど、結局問い詰められてバレてしまった。それで彼も今日来て雪平さんに会いたいって」

「は？　婚約者というのは、外務省にお勤めの方ですか？　確か、亡くなられた鵜内さんの部下の」

「はい。木間塚良太って言います」

「で、この携帯の件は、木間塚さんには内緒にしたいということですか？」

するといづみは「あ！　来ました」と、窓の外を指さしながら小声で言った。雪平もその方向を見た。太い黒縁のメガネに濃紺のストライプのスーツを着た男性が、通りを渡ってこちらに向かっている。彼が木間塚なのだろう。よく事情はのみこめなかったが、雪平はとりあえず、いづみから渡された携帯をバッグにしまった。

カフェのドアが開き、木間塚が入ってきた。いづみが立ち上がり、何も訊かれていないのに、

「今、来たところ。私も、雪平さんも」

と言った。

木間塚は、雪平の前に来ると、

「いづみの婚約者の木間塚良太です。このたびは、いづみが非常識なお願いをして、大変申し訳ございませんでした」

と深々と頭を下げた。そして、いづみの横の席に腰を下ろした。

「いえ、全然。それより、私、近いうちに木間塚さんからもお話を伺いたいと思っていたのです。なので、今日お目にかかれて嬉しく思っています」

そう雪平は言葉を返した。

「ぼくの話ですか？　どんなことでしょう」

雪平は木間塚の目をじっと見ていた。昔から、取り調べの時は必ず被疑者の目の動きを追うようにしてきた。挑戦的に見返してくるか。逃げるように泳ぐか。チラチラとこちらの顔色をうかがうか。頻繁にまばたきはするか。木間塚は最初のパターンだった。微かに挑戦的な気配があっ

た。雪平は、その理由が気になった。

「事件当日のことを、もう一度、当事者のお二人から直接伺いたかったんです」

「そんなことですか?」

「はい。お手数なのはわかっていますが、ぜひ」

木間塚は、店員にアイスコーヒーを頼んだ。雪平も「同じものを」と言った。それから木間塚は話し始めた。

「ぼくといづみが結婚するにあたって、仲人を上司だった鵜内さんご夫妻にお願いしました。鵜内さんは快く引き受けてくださって、それでまずは、鵜内さんとぼくといづみの三人で顔合わせしようという話になりました。それで、鵜内さんが、二〇時から新宿にあるレストランを予約してくださいました」

「鵜内さんの奥様は出席しなかったんですか?」

「ええ。まずは、三人でということでした」

「なぜ、まずは三人なんでしょう」

雪平は重ねて訊いた。

「さあ。そこはよくわかりません。鵜内さんが『まずは三人で』と仰ったので、そういうものかとぼくは思っていました」

「わかりました。続けてください」

「はい。で、その日はけっこう楽しく盛り上がりました。ただ、そのお店、店内が禁煙で、ヘビー・スモーカーだった鵜内さんはそれがちょっと辛かったらしく、時々外に煙草を吸いに出てました」

「煙草を？」

「はい。いづみは煙草が嫌いなので、気を遣ってくれてたんだと思います。事故直前にも、ぼくにそっと、『ヤニが切れてきた』と囁いてトイレに立ちました。なので、トイレの帰りに外で煙草も吸ってくるんだなとぼくは思いました」

「……」

「ぼくはそれから、ぼんやりと外を見ていました。猛スピードで走ってくる車が一台いて、でもぼくもかなり酔っていたので、何か変だなあ、くらいにしか思いませんでした……その直後です。悲劇が起きたのは……」

「……」

木間塚は沈鬱な表情になった。「悲劇」という言葉が、少し芝居がかって雪平には聞こえた。

「煙草を吸いに行く。それだけですか？」

雪平は訊いた。

「はい。それだけです」

木間塚は答えた。

「ところで、事件当日はいづみさんの誕生日だったとか」

「え？」

初めて木間塚の表情に変化が出た。

「そういえば、そうでした。雪平さん、どうしてそれを？　私まで忘れてたのに」

そういづみが声を上げた。

「レストランの店員さんから聞いたんです。二四時になったら、いづみさんにサプライズで、バースデー・ケーキを運ぶ予定だったと」

「え、そうなの⁉」

いづみは木間塚を見た。雪平も木間塚を見ていた。そして、一瞬だが木間塚が目を泳がせたのをチェックした。

「そうでした。鵜内さんのことがショックで、いづみの誕生日のことは忘れてしまってました」

「そのサプライズのケーキを運ぶのは誰の予定だったんですか？」

「鵜内さんです。ケーキの手配も鵜内さんがしてくれたんです」

木間塚は即答した。

「あれ？　でも店員さんは、もう一人あの席にゲストが来る予定だった、その人がいづみさんにケーキを運ぶ予定だった……そう証言してくれましたけど」

「え？　何？　誰？」

いづみは、心底その話に驚いたらしく、盛んに木間塚の顔を覗き込むようにして尋ねた。が、木間塚は、

「それは、その店員、絶対他の客と勘違いしてますよ。ケーキは鵜内さんが運ぶ予定でした。で、その前に、ちょっと煙草を先に吸いたいと言ってトイレに立ったんです」

「そうですか……」

木間塚は堂々と言いきったが、雪平は彼が嘘をついていると確信していた。新宿の店のアルバイトくんは、ちゃらい男ではあったが嘘つきには見えなかったし、雪平に嘘をつくメリットも無い。それに、五〇〇〇円のチップを貰ったという話は、細部までしっかりとしたリアリティがあった。嘘をついているのは木間塚の方だ。だが、それを正面から問いただしても水掛け論になるだけだ。この話からはそろそろ撤退した方がいい。雪平は、別の質問に移った。

ドライバーの人相については、木間塚は逮捕された生駒悟志で間違いないと断言した。いづみはもちろん異論を唱えたが、木間塚は、

「ぼくの方が君よりお酒は強いし、視力もいいんだよ？」

と再反論した。

「事故の直前、何か変わったことは無かったですか？」

という質問もしてみた。木間塚は即座に、

「何もありません」

と言った。

「どんな小さなことでもいいのですが」

と雪平が重ねて訊くと、いづみが、

「事故の少し前、木間塚さんと鵜内さんの携帯が、二人同時に何度も鳴った」

と言い出した。

「本当に、まったく同じタイミングで鳴るから私、笑っちゃって」

それに対して木間塚は、

「ぼくと鵜内さんは同じ部署ですから、メールの同報送信で携帯が同時に鳴るのはいつもの出来事です。その時のメールの内容？　全然覚えてないです。普通に仕事のメールですよ。自分は外務省の人間なんで、さすがにメールの内容を外部の人に教えることは出来ません」

と説明した。


昼休みとして使える時間はあっという間に過ぎた。雪平もそうだったが、木間塚も同様だった。四〇分ほど経ったところで、木間塚は時計を見た。

「いづみ、そろそろぼくは行かないと。会計を先にしてきて貰ってもいい？」

そう言って、木間塚はスーツの内ポケットから革の長財布を取り出し、テーブル脇の伝票と一緒にいづみに渡した。

「わかった」

いづみが立ち上がる。雪平は、自分の分だけは払おうとバッグに手を伸ばした。と、木間塚が急に小声で
「雪平さん。あなた、何が目的でいづみと付き合ってるんですか?」

と言ってきた。

「え?」

「本当に生駒が犯人じゃないなら、警察全体で大騒ぎして再捜査になるはずだ。それなのに、あなたが一人で、いづみの妄想?に付き合って私立探偵の真似事みたいなことをしている理由がぼくにはわからない」

「……」

「ぼくは婚約者として、あの悲惨な事故の記憶をなるべく早くいづみから消してあげたい。ぼくらはこれから結婚するんです。ゴールデン・ウィークが終わったらすぐに。あの轢き逃げ事件に固執することで、いづみの未来に良い影響があると思えない」

「……」

「それともあなたは、警察の捜査が全部間違っていて、ぼくの目撃証言も間違っていて、あれは殺人事件だといういづみの妄想が正しいと本気で思っているんですか? それを証明出来るような証拠を、何か一つでも見つけているんですか?」

「……」

雪平は正直に現状を答えた。

「警察の捜査が間違っていたという証拠は、今のところ一つもありません」

「だったら、もういいじゃないですか。適当なタイミングで、あなたからも彼女に言ってやってください。もうあの事故のことは忘れろって」

「……」

雪平が言葉を探している間に、会計を終えたいづみが席に戻ってきた。木間塚を帰して、いづみと二人だけでもう少し話をしたい気もしたが、それはまた後日でもいいと思い直した。今はそれより先に確認したいことがある。

「ご馳走様でした」

それだけ言って、雪平は、木間塚といづみの二人と別れた。

4.

新宿駅に戻り、東口の改札を出たところで雪平は立ち止まった。

新宿署に戻る前に、いづみから受け取った携帯電話を調べたい。彼女は壊れた携帯を、鵜内貴文のものだと言っていた。そして「この中にある写真を見てほしい」と言っていた。

なぜ、鵜内の携帯を彼女が持っているのか。

なぜ、最初の依頼の時ではなく、今頃になってこの携帯の話が出て来たのか。

なぜ、この携帯の件を婚約者の木間塚良太に秘密にしようとしているのか。

正直、わからないことだらけだ。それらはすべて、「携帯の中の写真」とやらを確認すればわかるのだろうか。

人の目が多い場所で、あの携帯をいじりたくはない。署に戻っても、安全に一人で作業出来る場所は無い。そこで雪平は、生まれて初めて、客として「ネットカフェ」という場所を利用することにした。

新宿通りと平行に走る裏道を歩き、最初に目についたネットカフェに雪平は入った。グレーの古いビル。一階と二階が居酒屋で、三階と四階がネットカフェだった。エレベーターを降りたすぐ目の前が受付になっていて、小さな木のカウンターの側面には、漫画や雑誌の宣伝チラシがベタベタとセロハンテープで貼られている。カウンターの中には、髪を緑に染め、薄汚いクリーム色のエプロンをした二十代前半の男性が座っていて、こちらを見もせずに、

「いらっしゃいませ」

とやる気のない声を出した。

煙草の匂いと、汚れた油の匂い。左側の木の棚の上には、ドリンクバーがあり、その隣には、

エスプレッソマシーン、ソフトクリームの機械まである。ミルクや砂糖にスプーン、それからプラスチックのコップが積み重なって並んでいたが、清潔感というものがまるで無く、手を出そうという気分には到底なれなかった。

「飲み物、ご自由にどうぞー。時間はいかがいたしますかー？　お席はどうしますかー？」

と連続で訊いてきた。語尾をなぜ伸ばすのかよくわからない。

「初めてなので、勝手がよくわからないんですが」

すると、店員は、ラミネート加工された座席表をポンッとカウンターの上に置いた。見ると、店内はすべて個室のようだ。ありがたい。三階は男性専用。四階は女性専用とカップル用が半々。その上で、各階とも喫煙と禁煙に分かれている。

「禁煙で、女性一人用で、三〇分」

雪平がそう言うと、

「では、５番にどうぞー」

と店員は一番奥の席を指した。

「五〇〇円ですー」

雪平は、ショルダーバッグを引き寄せ、小銭入れから五〇〇円玉を取り出しカウンターに置いた。そして、店の一番奥の「５番」に移動した。途中、洗面器にシャンプーやリンス、ボディソープを入れた若い女性とすれ違う。Ｔシャツにスウェットというラフな恰好。このネットカフェで寝泊まりしているのだろう。昼間はここで寝て、夜になると出かけるのか。過去に職質していてもおかしくない雰囲気の女だった。こんなところで、自分を刑事と知る人間に会いたくない。雪平は努めて顔を下に向けた。「5番」と白いプレートの貼られたドアはすぐに見つけられた。禁煙エリアというのは名ばかりで、ここも強烈に煙草の悪臭がする。空気の循環が悪いのだろう。引き戸を開き、中に入る。半畳の小さな個室。左の棚に、ゲーム機とテレビ一体型パソコン、そのキーボードなどが置かれている。椅子は固定された小豆色のソファー。ところどころ破けており、その部分にはビニールテープが貼られている。雪平はそのソファーに座り辺りを見回した。防犯カメラの有無がなぜか気になったのだ。見たところ、個室の中を監視するカメラは無いようだ。

鵜内貴文の携帯を取り出す。

電源ボタンを押すが、起動しない。液晶画面がクラッシュした時に、本体内部も壊れたのだろう。では、どうやって中の画像を見るか。玉川いづみは、どうやって中の画像を見たのか。しばし考えてから、雪平は苦笑した。何を難しく考えているのだ。ＳＤカードだ。この携帯が起動しないのなら、あと、データが確認出来る物といえばＳＤカードしかない。

携帯を裏返し、電池パックが入っている場所を開けた。充電池を取り除くと、ＳＩＭカードの横にマイクロＳＤカードが挿入されているのが見えた。押す。取り出す。こいつの中のデータを確認しよう。

テレビ一体型パソコンは、既に起動はしているらしく、キーボードのエンターキーを一度叩いただけで、すぐにホーム画面になった。パソコン側面のカードリーダーに鵜内の携帯から取り出したものを入れる。

ホーム画面に新しいフォルダが一つ、フワッと出現した。それを開く。また開く。それから「PHOTO」と書かれたフォルダをクリックする。と、画面いっぱいに、写真が古い日付順で続々と表示され始めた。海外の風景写真と花の写真ばかりが続く。人物写真は無い……

と思ったら、突然、女の写真が何枚も出て来た。

「え？」

すべて、玉川いづみの写真だった。笑顔で食事をしているアップ写真。連写で撮られたらしく、似たような構図の写真が二〇枚近く続く。それから、今度は別のカフェでの写真。これも連写で撮られたらしく、似たような構図で一〇枚。どれも彼女の笑顔はとても自然で、愛する人に向けられた笑顔なのは間違いなかった。

これらの写真はいったい何だ。そもそもなぜ、鵜内の携帯に玉川いづみの写真があるのだ。二人は今年の二月に初めて会い、そして会ったその日に鵜内は死んだ。いづみの写真を撮る機会など、鵜内には絶対に無かったはずだ。

ただ、これらの写真を見て、

「奥さんがいきなり店に来て、これを投げたんです。私に」

といづみが言っていた理由は理解出来た。鵜内の妻は、何かの時に、携帯のこの画像を見たのだろう。そして、玉川いづみが夫の愛人か何かだと思ったのだろう。愛人が、いけしゃあしゃあと自分の結婚の仲人まで頼んできた……そんな想像をしたのだろう。それで、腹を立てて店に乗り込み、この携帯をいづみに投げつけた……

しかし……いづみは本当に鵜内の愛人だったのだろうか。そんなわけはない。本当に愛人だったなら、この携帯をわざわざ雪平に渡す理由が無い。一度しか会ったことのない人間の携帯に、自分の画像が何枚もある。それが不気味だったからこそ、いづみはこの携帯を雪平に託したのだろう。

冷静に写真を観察すれば、鵜内の妻も気づけたはずだ。写真の中の笑顔のいづみは、カメラを見ていない。おそらく、いづみの正面には木間塚がいたはずだ。そして、この写真の撮影者は、木間塚の背後から、隠しカメラか何かでこれを撮ったに違いない。

雪平は、画面のスクロールを続ける。

自宅のマンションに帰ってきて、ポストを覗いている彼女の横顔。それから、ドコモショップで働いているいづみの写真。仕事を終え、ショップから出てくるいづみの写真。いずれも、遠くから望遠レンズで狙っている。

間違いない。これは、興信所の探偵が撮影した写真だ。刑事として、この手の写真は今まで山のように見てきた。興信所の探偵がいづみを調べ、それらのデータを鵜内に送信していたのだ。

つまり、興信所を雇ったのが鵜内だ。

どういうことだ。

部下が結婚するというだけで、その相手を興信所を使ってまで調べる上司がいるとは思えない。警察でもそこまでのことはしない。いや、雪平が知らないだけで本当はしているのか？　外務省という特殊な組織の場合は、この鵜内の行動も普通のことなのか？

雪平は、画面のスクロールを続ける。

唐突に、古い集合写真が出て来た。そしてこれが、人物の写っている最後の一枚だった。それは、二〇歳前後と思しき若い女性たちが、一人の三〇歳くらいの男を囲んで、緑色の黒板の前に集合している写真だった。全員が幸せそうに微笑んでいる。学校の教室で、真ん中の男は教師なのだろう。いつの時代だろうか。彼女たちの服装に微妙な違和感がある。

そして、この写真がなぜ玉川いづみの写真と一緒にあるのか。

雪平は、その大勢の若い女性の中に、いづみと面影の似た女性がいないか注意深く探してみた。が、特にそのような人物はいなかった。

雪平は、他のフォルダも片端から開いた。一番見たいのは、メールの保存フォルダだ。だが、そのデータはＳＤカードの中には無かった。

と、部屋に備え付けの電話が鳴った。出る。と、さっきの受付の男が、

「三〇分経ちました。延長しますかー？」

と訊いてきた。長めの昼休みといっても、これ以上はさすがにやり過ぎだろう。

「今、出ます」

ＳＤカードを抜き取り、開いた画面が全部閉じたことを確認して、雪平は立ち上がった。

5.

同日、夕方、一八時。

雪平は、その日の勤務を終えて新宿署を出ると、鵜内貴文の妻・祐子(ゆうこ)を訪ねるために、南北線の白金高輪駅に向かっていた。鵜内家の住所は、元々轢き逃げ事件の捜査資料に書かれていた。白金高輪駅から桜田通り沿いに五分ほど歩き、一度、左に折れてから細い坂道を登る。途中、林堂の様子が知りたくて、平岡の携帯に電話をかけたが、電源が入っていないというアナウンスが聞けただけだった。便りが無いのは良い知らせ。そう雪平は自分に言い聞かせた。

坂を登った突き当たりに鵜内家はあった。マンションではなく、一戸建て。一〇〇坪近い敷地。白い壁の建物はなんと三階建てで、一階の駐車場にはベンツが白と黒と色違いで二台並んでいた。オセロのようだ。雪平は、「鵜内」と書かれた表札の横にあるインターフォンを押した。しばらく待つと、

「はい」

とようやく女性の声がした。

「鵜内祐子さんでしょうか?」

「……どちら様かしら?」

「新宿署の雪平夏見と申します」

「……新宿署?」

「はい。突然で恐縮ですが、奥様に少しお伺いしたいことがありまして。五分ほど、お時間をいただけませんでしょうか?」

「……」

新宿署は、夫の死亡事故の管轄署である。なので、署の名前を名乗れば、たとえノーアポでも、祐子は必ず会ってくれるだろうと雪平は考えていた。ガチャリと受話器を乱暴に置く音が聞こえ、それから数秒して、重厚な木のドアがゆっくりと開いた。そして、ベージュのニットに白いパンツを穿いた中年の女性が、訝しげな表情を隠しもせずに門の前まで来た。

「……何かしら?」

雪平は、ショルダーバッグから警察手帳を取り出すと、祐子に見せた。

「新宿署の雪平です」

祐子は顔をしかめ、

「そんな物騒なものはおしまいになって。ご近所の目というのがあるんですから。さ、どうぞ、中へ」

そう言って、祐子はさっさと中に戻る。

「失礼します」

そう言って、雪平は祐子の後に付いて鵜内家に入った。案内されたのは、三〇畳はありそうな豪奢なリビング。ソファーやテーブルなどの家具もすべてオフ・ホワイトで統一されている。窓が少し開けられていて、白いカーテンが風でゆらゆらと揺れていた。外務省の課長というのは、こんな暮らしが出来るほど高給取りなのだろうか。

(いや、違う。これは妻の祐子の経済力だ)

捜査資料の備考欄に、妻の祐子の父は政治家で、外務副大臣を務めたこともある地元の名士だと書かれていた。そして、祐子の親族も皆、政治家か高級官僚らしい。いわゆる閨閥(けいばつ)というやつだ。なら、これくらいの暮らしをしていてもおかしくはないのだろう。

「おかけになって」

「ありがとうございます」

雪平は、四人掛けの白いソファーに腰を下ろした。祐子は、雪平の右側、一人掛けのソファーに腰を下ろした。薄く化粧はしているが、目の下にあるクマのせいか、四四歳という実年齢よりやけに老けて見えた。

「まさか警察に通報するとはね」

「？」

「あなた、玉川いづみの件で来たんでしょ？　私がお店に怒鳴り込んだことで被害届か何か出したってわけね。ったく、あの女が悪いのよ。性悪でしょ？　携帯を投げたからってそれが何だっていうの。営業妨害ですらないわよ。あれは閉店した後だったんだから」

祐子はいきなりまくし立てるように言った。

「だいたい、あの男が課長程度でグズグズしていたせいで、私はずいぶん肩身の狭い思いをしてきたのよ。ずいぶん恥をかかされたの。それなのに、どう？　死んでからもまだ私に赤恥をかかせるなんて。だいたい、私はね、一般人の小娘の結婚式の仲人だって反対だったのよ。人にはそれぞれ格っていうものがあるのに、なんで好き好んで自分からその格を落とさなければならないの？　そしたらまあ、なんて破廉恥な。その女とそもそも出来ていたなんて！　でもまあ、ある意味すっきりしたわ。なんであの人が私の反対を強引に押し切ってまで、落ちこぼれの部下の仲人をしようとしてたのか、その理由がはっきりわかったから」

雪平は祐子の自説には賛同も反論もしなかった。ただ静かに、

「木間塚さんという部下は外務省では落ちこぼれなのですか？」

と質問した。

「それはそうですよ」

と祐子は即答した。

「刑事さんは知らないでしょうけど、外交という仕事は血筋がモノを言う世界なんです。上に行く人は、そこらへんの一般人と結婚なんて絶対にしません。しかるべき方を間に立て、しかるべき相手と見合いをして結婚する。それが外交官の常識です」

「あなたと鵜内さんのように？」

祐子の目がきらりと光った。雪平の言葉の中に、微かな皮肉を感じたのだろう。

「そうよ。私と鵜内のように」

祐子は、鵜内のことを、主人とも夫とも呼ばず、鵜内と言った。それが元々なのか、彼の浮気を疑ってのことなのかは雪平にはわからなかった。

「ところで奥様、私が今日お伺いしたいのは、いづみさんに携帯を投げつけた件ではありません。ご主人の轢き逃げ事件のことです」

「は？　轢き逃げ？」

祐子は、驚いて目を見開いた。

「……今更、どうして？」

雪平は努めて淡々とした口調で話した。

「あの轢き逃げ事件では、鵜内さんともう一人、通りすがりの男性が暴走車に撥ねられました。鵜内さんはその場で亡くなられましたが、もう一人の方は重傷だったはずなのにそのまま現場からいなくなり、今も行方がわかっていません」

「そのことはとっくに知ってます。あの鵜内が見知らぬ人間を庇って死ぬなんて、私、心底びっくりしたんですから。あの男は、自分の利にならないことは絶対しない男だったのに」

「そこなんです、奥様」

「？　何がよ」

「実はその後の捜査で、鵜内さんと行方不明のその男とは、知り合いだったという可能性が出て来ました」

「え？」

「深夜〇時にその店で会おうと、鵜内さんとその男は約束をしていたようなのです。そして、到着の遅いその相手の様子を見に外に出て、そしてその相手を庇って鵜内さんは亡くなりました」

「は？」

「奥様。その相手って誰でしょう。お心当たりはありませんか？」

「……」

鵜内祐子は、雪平の話に心底驚いたようで、しばらく口を開けたまま盛んに首を振っていた。

そして、ようやく、

「心当たりなんか無いわ。さっぱり訳がわからない話よ」

と言った。

「だいたい、鵜内の知り合いだったなら、何でその場から逃げるようにいなくなるの？　鵜内を助けようと、救急車とかを呼ぶべきでしょう？　おかしいじゃない！」

「そうなんです、奥様。いろいろとおかしいんです。それで、何か奥様にお心当たりがあればと」

「無いわよ。全然。そもそも私たちは、あんまり会話の無い夫婦だったし」

雪平はめげなかった。

「奥様。では、質問を変えます。亡くなられる前、鵜内さんに何か変わったことは無かったですか？　機嫌が悪かったとか、イライラしていたとか……」

「別に」

「……」

「あー、ただ、ちょっと気持ち悪かったことはあったわ」

「気持ち悪かった？」

「事故の二週間前ぐらいかしら。今度の結婚記念日は温泉旅行に行こうなんて言い出して」

「？　それが気持ち悪いんですか？」

「気持ち悪いわよ！　結婚以来、そんなこと一度も言ったことないのよ？　それだけじゃないわ。急に携帯を肌身離さず持ち歩き始めて。何で風呂場にまで携帯を持っていくわけ？　って私が訊いたら、鵜内はこう言ったの。『今、受賞の連絡を待っている気分なんだ』って。上機嫌に。

ね？　気持ち悪いでしょう？」

「……」

祐子は、突然、立ち上がった。

「そうだ。あなた、何か飲む？　私、さっきからビールが飲みたいと思っていたのよ」

そう言って、さっさと祐子はアイランド・キッチンにある冷蔵庫に向かった。

「どうしてそんなに機嫌が良かったんだと思いますか？」

雪平は、飲み物の件はスルーして、祐子に質問を続けた。祐子は、缶のバドワイザーを取り出すと、きちんとそれをビール・グラスに注いでから飲み始めた。

「さあね。その時も、若い愛人でも出来たのかしらって、そんなことを思ったけれど……でも、違うんでしょう？」

「はい？」

「さっきからあなたの態度を見ていて、玉川いづみのことは私の早とちりだったんじゃないかという気がしてきたんだけど」

雪平は、改めて鵜内祐子を見た。祐子は不機嫌そうにビールを飲んでいる。おそらく、毎日一人で飲んでいるのだろう。不機嫌そうなのは、悲しみや寂しさを隠すシールドのようにも思えた。

「……奥様がご覧になった写真、私も見ました。あれは興信所の仕事です。ご主人は、木間塚さんのご結婚相手がきちんとした人かどうか、興信所に依頼をして調べたのだと思います」

言葉の後半には、少し嘘を交えた。興信所に依頼したのは間違いないが、それが木間塚のためとは雪平には思えなかった。裏に別の理由がある気がする。が、それが何かはまだわからない。

「興信所？」

「はい」

「主人が？　木間塚くんのために？」

「はい」

「……」

祐子は肩をすくめた。

「そこまで部下思いの男だったかしら。それはそれで、私には信じられないんだけど」

「木間塚さんの仲人をする件で、ご夫婦で意見は割れていたんですよね？　貴文さんは、どうしてそこまで木間塚さんの仲人をしたかったのでしょうか」

「さあ。わからないけど、とにかくその件では頑固だったわよ」

「……」

「さっきも言ったけど、閨閥以外の結婚はタブーなのよ。私たちの世界では。そしたら鵜内ったら、木間塚くんのお相手だってただの一般人じゃないって。お父さんは韓国の大学で教授をしてたくらいの人なんだぞって。屁理屈もいいところ。大学の先生なんて、世の中に掃いて捨てるほどいるじゃない」

「いづみさんの、お父さん？」

「そ。くだらないわ」

「……」

雪平は、鵜内の携帯に入っていた集合写真のことを思い出した。女生徒に囲まれて立っていたあの三〇歳くらいの男。あれが玉川いづみの父だったのではないだろうか。女性たちの服装に違和感を覚えたのは、ただ昔の服装だからというだけでなく、日本と韓国のファッションの違いがあったからではないだろうか。


それからいくつか、当たり障りのない質問をして、雪平は鵜内家を辞した。夜道を駅まで歩きながら、玉川いづみに電話をかけた。彼女はまだ勤務中だったが、雪平からの電話なので無理してカウンターでの仕事を中座して出てくれた。

手短に、いづみの両親について尋ねた。いづみはその唐突さに驚いていたが、両親は幼い頃に離婚していて父のことは顔も覚えていないこと、そして母は三年前に病気でなくなったことを雪平に伝えた。

「お父さんとは会ったことがない？」

「はい。物心ついてからは一度も」

「今、どこで何をしているのかも知らない？」

「はい、全然」

「名前は？　名前も知らない？」

「名前は、確か、草刈だったと思います」

「お父さんがどんな仕事をしていたかも、知らない？」

「全然知りません」

勤務中の通話はそれで限界だった。いづみは、

「今度、またゆっくりお話を聞かせてください」

と言って電話を切った。


白金高輪の駅から都営三田線で目黒に出て、そこからは歩いて自宅マンションに帰った。ドアに鍵を差し込む前から、キックが嬉しそうに鳴く声が聞こえた。

「ごめんね、キック！　すぐに散歩行こうね」

「ワン！」

キックを預かるようになってから気づいたのだが、雪平のマンションの一階には、「エントランスでは愛犬は抱っこでお願いします」という貼り紙があった。なので雪平も、マンションの外まではキックを右手で抱きかかえて移動した。

「キック。あんた、かなり重くなってない？」

雪平家に滞在しているほんの数日の間に、キックの体重は確実に増えている。育ち盛りなのだ。片腕しか使えない雪平では、あと一ヶ月もしないうちにキックを抱きあげられなくなるだろう。

散歩をしながら、また頭を整理する。

鵜内は、いづみの父親のことを知っていた。

鵜内は、外務省の韓国担当課長だ。

鵜内の妻曰く、鵜内は自分に利の無いことでは動かない男だった。

そして、いづみの父親は、韓国の大学で教鞭を取っていたことがあるという。

「韓国」というワードが重なるのはただの偶然だろうか。

それに、あの集合写真。なぜあんなものを鵜内は手に入れていたのだろう。

携帯を肌身離さず持ち歩き、『受賞の連絡を待っている気分』とはいったいどういうことなのだろう。鵜内の妻の話を素直に受け取るなら、鵜内がそこまで浮かれる事案は、やはり仕事関係という気がする。韓国。韓国との外交に関する何か。違うだろうか。

それからまた、あの事件の夜のことを考える。

あの夜、玉川いづみにバースデー・ケーキを運ぶのは、父の草刈の役目だったと仮定してみる。それなら、わざわざサプライズ・ゲストとしたこととの辻褄が合う。木間塚良太はそれを知っていて、なぜかそれを隠している。

鵜内貴文が庇った相手も、もちろんそのいづみの父だ。その草刈という男は、鵜内が命がけで庇うほど価値のあった人間ということになる。

なぜだ。なぜ閨閥結婚をするような外務省の人間が、そこまでその男を大切に思うのだ。そこに、この事件の鍵があると雪平は思った。

では、この先、どう捜査を進めるか。

木間塚から攻めても、外務省に直接乗り込んでも、何か成果が得られるとは思えなかった。雪平の手にある微かな手がかりといえば、草刈とその生徒たちが微笑むあの古い集合写真しかない。

キックは雪平の前を力強く歩き、時々後ろを振り返って雪平がバテてしまっていないかを確認してくれた。

「キック、ごめん。ちょっと休憩」

「ワン!」

「電話休憩」

「ワン!」

雪平の言っていることを理解出来るのか、キックは素早く雪平の足元でお座りをした。雪平は携帯を取り出すと、谷中絵里に電話をかけた。

若手弁護士の谷中は、携帯の呼び出しには常に三コール以内に出るのをモットーにしていた。この時も、ジャスト三コールで彼女は電話に出た。

「もしもし」

「私、雪平」

「表示出てるから、わかりますよ」

そう言って、谷中は電話の向こうでクスクスと笑った。

「あれ？　この番号、教えてたっけ？」

「藤川さんから聞いたの。雪平さんがキックの世話で大変になったら手伝ってあげてって。で、もちろん私は、『雪平さんは約束したことはちゃんとやる人だからそんな心配いらないですよ』って言っておきましたけど」

「そうなんだ……でも、ごめん」

「え？」

「何日か、東京を離れようと思うの」

「へ？　なんで？　雪平さん、今は所轄でしょう？　出張なんて無いでしょう？」

「その理由は、今はまだ言えないの」

「はい？」

「でもね。手詰まりになった時はとにかく現場に行く。私はそういうやり方しか知らないのよ」

「……現場？」

谷中の声のトーンが変わった。雪平が刑事として捜査に没入する、あのモードに入っているのだと気がついたからだ。

「期間はどれくらいですか？」

「わからない」

正直に答えた。

「どこに行くんですか？」

「韓国」

「韓国？」

谷中は思いっきり驚いたようだった。

「韓国って、大きな声じゃ言えないけど、警察内部では仮想敵国の一つになってませんでしたっけ。現職の刑事は中国や韓国への渡航は禁止されてるって私は聞いてましたけど」

「それは正確な情報じゃないわ。あくまで、中国や韓国への渡航を自粛するよう求める『空気』みたいなものが警察の中にあるだけで、どこにも明文化されてはいないの。だから、私みたいな空気の読めない女が勝手に韓国に行ってしまっても、それは職務違反には当たらないのよ」

「当たらないのよって……雪平さんは空気をわざと読まないだけですよね」

谷中の言葉には、微かに非難めいたニュアンスがあったが、雪平はそれはスルーした。

「それでね。谷中さん、確か、旅行代理店の顧問弁護士も担当してるよね？」

「え？　まさか、犬アレルギーの私にキックを頼むだけじゃなくて、航空券まで取れと」

「そう。それも、可能な限り早く」

「マジすか……」

「うん、マジ」

「韓国に、一人で？」

「そう。一人で」

「……」

それから谷中は、あなたの頼みなら聞くけれど、そもそも捜査というのは二人一組というのが基本なのではないか、何をしているのか知らないが、せめて安藤くらいには相談したのかと、口やかましく言ってきた。雪平はそれに対して、これは正式な捜査ではないし、安藤には安藤の仕事があるのだから邪魔はしたくないのだと返した。谷中は最後に大きなため息をつき、

「雪平さんって、本当に頑固ですよね」

と言って、電話を切った。

頑固、か。自分ではそんなつもりはまったく無いのだが。

足元では、まだキックが行儀よくお座りをしている。

「キック。私って頑固なのかな」

そう彼に尋ねてみた。

キックは勢い良く立ち上がり、「ワン！」と吠えた。それが犬語の「イエス」なのか「ノー」

なのか、雪平にはわからなかった。

6.

雪平が、あの古い写真だけを手がかりに韓国に行こうと決意した夜。

そして、林堂がまだ生死の境を彷徨っていた夜。

新宿に本拠地を置く倉石組の幹部である鮎沢勲夫は、あえて職場からも愛人のいる住居からも不便な場所にある、日本橋のスポーツ・クラブにいた。赤と黒のツートンカラーのドライタイプの半袖Tシャツに、同じ素材のハーフパンツ。ランニング・マシーンで汗を流す。実は、昨日一つ、大きな仕事を終えた。後処理に多少時間がかかったが、それでもまあ、なんとかその仕事は無事に終わったと判断していいだろう。それで、久しぶりに汗を流そうと、わざわざこのスポーツ・クラブに来たのだ。ここは全国にフランチャイズ展開していて、実を言うと同じ会員権で新宿にある店舗を利用出来るのだが、鮎沢は、気分転換をする時はいつも新宿から離れるようにしていた。

全面ガラス張りの窓際に、ランニング・マシーンがずらりと一五台並んでいる。場所は、ビルの一〇階。日本橋の夜景を楽しみながら走れるところが鮎沢のお気に入りだった。今日も、既に一時間以上走っている。距離メーターが一五キロになったらマシンを降り、ジャグジーにゆっくり浸かろう。その後は、三越前駅まで歩き、適当なバーで一杯だけ酒を飲む。そう、鮎沢はこの日のプランを思い描いた。

と、同世代のやや小柄な男が、右隣のランニング・マシーンに乗ってきた。ちらりと周りを見る。今日はかなり空いている。一五台のマシーンのうち一〇台は空いている。鮎沢の乗っているマシーンも、両側は三つずつ空いている。普通なら、一つは離れた場所をセレクトするものだ。この男は、なぜ自分のすぐ横に来るのか。鮎沢は、正面のガラスの反射光を注意深く見た。オレンジの蛍光色のTシャツとハーフパンツ。首にも、黄緑の蛍光色のタオル。センスが無い。男は、まるでチンドン屋だ。男の顔を見る。知り合いではなさそうだ。が、どこかで見たことがあるような気もする。

「いい景色ですね。ここは」

男が言った。独り言か。それとも、鮎沢に話しかけたのだろうか。鮎沢は、あえて聞こえないフリをしてみた。男はドタドタと走っている。時速の設定はわずか八キロ。それでもすぐに息を切らし始めた。体力の無い男だ。

「しんどいな。でも、走りながら見る日本橋の夜景はいいものですね。ねえ?」

男は、走りながら、今度は鮎沢を見て話しかけてきた。

「日本橋って、有名なわりにあまり来るチャンスが無かったんですが、うん、来てみるといい感じの街ですね」

そう男は言葉を続けた。やけに引っかかる話し方だ。

「お住まいは、この辺ではないんですか?」

鮎沢は、そう質問してみた。

「住まいは、新宿です。職場の決まりで、新宿に勤務の間は新宿に住まなければいけないんですよ。でも、いつかはこの辺に引っ越して来たいですね。なので、ま、今日は体験入会という感じです」

新宿!　そこまで聞いて、鮎沢はようやく隣の男が誰であるかを思い出した。直接会うのは初めてだが、写真は何枚も入手していた。間違いない。新宿署の若き新署長、白迫一生だ。その白迫が、今、日本橋のスポーツ・クラブで自分の隣を走り、自分と世間話をしようとしている。

「どうですか?　この辺は住みやすいですか?」

「……まあまあ、ですよ」

なるほど。この男は、愛人と住んでいる新宿の自宅マンションとは別に、鮎沢がこの近くにも一部屋マンションを持っていることまで知っているらしい。そのマンションのことは、ほとんど誰にも話したことがないのだが。

「いつも、何時間ぐらい走ってらっしゃるんですか?」

「どうでしょう。その日の気分で一時間だったり二時間だったり」

「おお。それはすごい！　誰かコーチについたりしたのですか？」

「まさかまさか。気分転換に走っていたら、自然と少しずつ長く走れるようになっただけです」

と、白迫は、自分のランニング・マシーンのスピードを更にガクンと落とした。ほぼ歩く速度だ。

「ところで、最近、何かの本で見たんですが、『人生を変えるたった三つの方法』って、あなた、ご存じですか？」

「は？　いえ、知りません。何ですか、それは」

白迫は、これを教えられるのが嬉しくてたまらないという感じで笑顔を見せた。そして、鮎沢に向かって指折数えながら、

「一つ。時間配分を変える。二つ、住む場所を変える。三つ、付き合う人間を変える……です」

と言った。

「ほう」

「でもね、時間配分ってやつは生活習慣そのものだから、これを変えるのは実はとても難しい。わかります？」

「そうでしょうね。わかりますよ」

「住む場所を変える。これも実は難しい。みんな、仕事の都合ってやつがありますからね。人によっては家族の都合もある。国が変わったりすると言葉の問題もある。だから、住む場所を変え

るっていうのも実に難しい」

「そうですね。難しいですね」

「ということは、わかります？」

「？」

「人生を変える方法は、実は一つしか残らないんです。付き合う人間を変える。これしか無いんです」

「……」

それから白迫は、更に、鮎沢にこんな提案をしてきた。

「ところであなた、お酒は飲めますか？　私、今日は一人なんで、よければ一杯一緒にいかがですか？」

「ええ？　私とですか？」

思わず、大きな声が出た。新宿署の署長ともあろう人間が、現役のヤクザである自分を酒に誘っている。

「私、最近、人生を変えてみたくなってきましてね。予定調和の人生はつまらないでしょう？　人間、思い立ったら即、実践です。いかがですか？」

「それは……同じスポーツ・クラブの会員同士ということで誘っていらっしゃるんですか？」

言いながら、マヌケな質問だと鮎沢は思った。白迫はハハッと軽く笑うと、

「それ以外に何の理由がありますか?」

と答えた。自分が誰であるかをあえて明かす気は無いようだ。

「異業種間コミュニケーションというものを積極的に実行していこうと思っているだけです。あ。酒代は割り勘ですよ。念のため」

そう言って白迫は微笑んだ。その余裕ある雰囲気が、鮎沢には気に入らなかった。このまま付いて行くと、何もかも相手のペースで事が運んでしまいそうだ。とはいえ、警察の、それもキャリア組と繋がるチャンスはとても貴重だ。うまくウィン・ウィンの関係に持ち込めれば、今付き合っている「友達」より、はるかに有意義な「友達」にこの白迫はなるだろう。

「いいでしょう。なら、一杯だけ」

鮎沢は決断した。ただ逃げるよりは、もう少し、相手の出方を見てやろう。そう考えたのだ。ランニング・マシーンをゆっくりと止める。今日の目標数値に、わずか一キロ届いていない。仕方ない。これから仕事なのだ。気分転換はまた別の日にしよう。

その時は、ここ日本橋ではなく、更に遠くの街のランニング・マシーンで。

7.

林堂の事故のあった昨日の夜から、平岡は、勤務時間以外はすべて林堂が入院している東京共済病院で過ごすと決意した。見舞い客は面会時間を順守しろと言われた時は、自分は林堂の護衛としてここにいるのだと言い張り、護衛の仕事は所轄が担当するから大丈夫だと言われると、自分はただの見舞いだと開き直ることにした。幸運なことに、今、安藤と平岡は大きな事件を抱えておらず、それで、朝はギリギリまで病院で粘り、夜は定時で仕事を上がって病院に直行するということが可能と思われた。

林堂の容態は、ずっと非常に危険な状態のままだった。医師は「ギリギリで踏み止まっているだけで奇跡に近い」という言い方をしていた。

そして、林堂の事件の捜査は、遅々として進んでいないようだった。車は盗難車でめぼしい遺留品は無く、目撃者も見つかっていないという。

相棒の安藤は、職場では林堂の名前を出してこなかった。勤務中、平岡はデスクの上に常時携帯を置くことにした。万が一にも病院からの連絡を取り逃すことがないようにだ。安藤もそれはわかっていたらしく、時々その携帯をチラチラと見ていた。そして何か、平岡には言わずに行動しているようだった。それが林堂の轢き逃げ事件のことなのか、それならなぜ平岡と別行動を取ろうとしているのか、彼女にはよくわからなかった。ふだんの平岡なら、

「安藤さん、一人で何してるんですか」

とすぐに突っ込むところだが、今日の安藤には何か、言葉をかけづらい雰囲気があった。

つい先ほど、安藤は、誰かからの電話を受けて、そのまま外に出て行った。上着とバッグを持っていたからこのまま直帰するつもりなのだろう。平岡は時計が五時になるのを待って、また病院に行こうとその準備をしていた。

と、上司の岐部が、平岡と安藤を呼んだ。

「安藤さんは帰りました。ついさっきです」

そう平岡が答えると、

「あ、そう」

と岐部は少し頭を掻き、それから、

「じゃあ、平岡さん一人でいいや。申し訳ないけど、これからまた洗足南署に行って貰えませんか」

「え？　洗足って、まさかまだあの件ですか？」

「関口葉子が、もう一度あなたに会いたいと言って聞かないらしいんだ」

「は？　何ですか、それ。だいたい彼女は、とっくに家庭裁判所に送致されて、今は児童自立支援施設にいるんじゃないんですか？」

「そうだったんだけどね……」

岐部は、面倒臭そうにもう一度頭を掻いた。

「あの子がね。とんでもないことを言い始めたんだ」

「とんでもないこと？」

「ああ。みんなが気づいていないだけで、実は過去にも一人、殺していると言うんだ」

「！」

それから平岡は、一人で洗足南署に向かった。事情聴取については、所轄の志摩と二人でやればいいだろう。なぜだか、わざわざ安藤を呼び戻す気にはなれなかった。それは、課長の岐部の、

「ただね、所轄はそれはただの嘘だと思っている」

という一言が付いていたからでもある。

「犯罪を犯して、一躍時の人になった。でも、あっという間に、自分に当たっていたスポットライトは別の人に移動してしまう。それで、今度は虚偽の殺人行為を言い始めた。それが所轄の見解だ」

あり得る話だ。

だが、殺人の可能性が〇・一パーセントでもあるなら、それはきちんと調べるのが平岡たちの仕事である。


平岡が着いた時、既に取調室に関口葉子は座っていた。青いジャージの上下を着て、髪は一つにまとめている。平岡の姿を見ると、葉子の顔に、パッと勝ち誇ったような笑みが浮かんだ。

「本当に来たんだ、お姉さん」

そして、足をバタつかせ、きゃっきゃっとまるでサルのおもちゃのように手を叩いた。

「実はさ、すっごく退屈してたのよ、私。若いくせに腹の出たメガネの男が、『これが何に見える?』とか言って絵を見せてきたり、安い柔軟剤の匂いまみれのおばさんが、砂が入った箱を持ってきて『なんか作ってみて』とか言ってきたり。マジで苦痛だったの、私」

平岡は、葉子の言葉にほとんど耳を貸さなかった。ドスンと彼女の正面の椅子に座ると、葉子の目をぐっと睨んだ。

「葉子ちゃん。私、今、一分一秒が惜しい状態なの。だから、あなたと雑談をしている暇はないの。私の言いたいことはわかるわね?」

葉子は、平岡の質問には答えず、しげしげとただ彼女を観察した。そして、

「お姉さん、今日、ちょっと臭くない?」

と言った。確かに、葉子の言う通りだろう。林堂の事故以来、平岡はシャワーを一度浴びただけだ。でも、そんな説明を葉子にする気は今日の平岡には無かった。

「人、前にも殺してるんだって?」

ダイレクトに本題に入った。

「それ、本当? それとも嘘?」

葉子は平岡のほうに、その小さな身体を乗り出してきた。

「お姉さんは、どっちだと思う?」

バチン!

その瞬間、平岡は葉子の頬を、手加減せずに引っ叩いた。

「!」

葉子は、頬に手を当て、驚きであっけに取られている。と同時に、平岡の背後のドアが開き、志摩が「平岡さん? いったい……」と言いながら慌てて入ってきた。平岡は、志摩のことはきっぱりと無視して、葉子をただ睨み続けていた。

「ナメるなよ、このクソガキ」

「!」

「私はね、あんたのご機嫌を伺うつもりなんかこれっぽっちも無いんだ。警察相手に、新たな殺人をほのめかしたんだ。ただで済むと思うなよ」

「！」

葉子の目に涙があふれ始めた。もしかしたら、大人に手を上げられたのは今日が初めてなのかもしれない。いや、そうとは言いきれない。この根性の腐ったガキは嘘泣きの一つや二つ、容易くやれるビッチなのかもしれない。どうでもいい。そんなことは、平岡の興味の中に無かった。

「もう一回、訊く。人、前にも殺してるってあなた話したみたいだけれど、それは本当？　それとも嘘？」

葉子は、涙をボロボロとこぼしながら、それでも歯を食いしばって平岡に言い返した。

「だから、お姉さんはどっちだと思うのって訊いてるんじゃない！」

バチン！

再び、平岡の右手が葉子の頰に飛んだ。

「あなたのこと、児童虐待で訴えてやるから！」

葉子が叫ぶ。

バチン！

また、平岡の右手が飛ぶ。葉子の顔は、左半分がもう真っ赤だ。

「質問に答えなさい。前にも人を殺したことがあるの？　無いの？」

葉子は沈黙した。

バチン！

それでも、平岡の手は飛んだ。

「殺したの？　殺してないの？」

五発目の平手を振るおうとした時、葉子がたまりかねて叫んだ。

「嘘をつきました！」

「……」

「退屈だったから……誰かにかまってほしくて……」

その一言を聞くと、さっさと平岡は立ち上がり、志摩のほうに振り返った。

「だそうです。後はお任せしていいですね」

そして、葉子のことを振り返りもせずに、その取調室を平岡は出て行った。時間は三分もかかっていなかった。今日のことは、後日、何らかの懲戒の対象になるだろうとは思ったが、それも平岡には気にならなかった。


洗足南署の前でタクシーを拾い、東京共済病院に平岡は向かった。林堂がまだ入っている集中治療室の前の廊下に陣取り、すっかり身体に馴染んだ長椅子に座る。通りかかった看護師を捕まえ、林堂の容態を訊く。未だに危険な状態を脱してはいない。でも、本人は頑張っている。朝聞いたのと同じ答えが返ってきた。

椅子の上で、平岡は目を閉じる。初めて林堂の部下になった日を思い出す。初めて林堂と組んで、信用金庫にアル中の男が立てこもった事件の現場に向かった日のことを思い出す。林堂の妻の葬儀の日、受付をしていた平岡のところに林堂が来て、

「こんなこと、刑事の仕事じゃないのに、悪いな」

と言いながら、平岡の背中をポンポンと叩いた日のことを思い出す。

それから、雪平と安藤と林堂と自分で、猟奇連続殺人犯を追った。自分が囮役となって、山手線に一人乗り込んだ時の緊張感。緊張で実は吐きそうになっていたというのに、林堂はあっさり、

「平岡なら楽勝さ。あいつはおれが鍛えたんだから」

と笑って言った。


バタバタと、急に辺りが騒がしくなった。平岡は目を開けた。いつの間にか眠ってしまったようだ。今、何時だ。いや、それより、目の前を慌ただしく行き交う看護師たちの、この硬い表情は何なのだ。

すると、看護師長と呼ばれている、少しだけ年配の女性が平岡のところに来た。

「平岡さん。林堂さんのことで、先生からの伝言があります」

「……え?」

いい話ではない。その確信が、ショックとなって平岡の視界をぐにゃりと曲げた。

「林堂さんの容態が急変しました。もしかすると、危ないかもしれません」

「……」

「親しい方を……呼ばれたほうがいいかもしれません」

「……」

「もちろん、私たちは最後まで全力を尽くしますが」

「……」

看護師長は、それだけ言うと、集中治療室の中に戻っていった。

残された平岡は、混乱する頭で必死に考えていた。

自分はたぶんまだ寝ていて、これは夢の中の出来事なのだ、これは、夢の中の出来事なのだと。

第五章

1.

谷中に韓国行きのチケットを頼んでから、わずか一〇時間後。

雪平は、成田国際空港に向かう京成スカイライナーの窓側の席に座っていた。ゴールデン・ウィークに突入したせいで、車内は満席。楽しそうな話し声。笑い声。皆、これから旅立つことへの期待で浮かれているように見えた。

無理を言って頼んでおきながら、雪平自身は、こんなにも早く航空券が予約出来ると思っていなかった。早くて三日後。普通はゴールデン・ウィークが終わるまでは無理だろうと思っていた。

ところが、キックの散歩を終えてマンションに戻ると、もう谷中から電話が入った。

「明日の九時便で予約取れました」

「え？　明日？」

「そう、明日。だって、雪平さん、なるべく早くって言ったじゃないですか」

「うん。言った。わ、すごいね。予約、大変だったんじゃないの？」

と、谷中は冷たい口調で、

「雪平さんがどうして韓国に行くのかは訊きません。だから、私がどうやって予約を取ったのかも訊かないでください」

と言った。それから、

「あと、もう一つ。どうせ雪平さんは何も考えてないだろうから、ホテルも勝手に予約しました。ただし、ゴールデン・ウィークだから普通の部屋は満室です。唯一とれたのは、明洞（ミョンドン）の高級ホテルのスイート・ルームです。とりあえず二泊予約しました。超高いですから覚悟してくださいね。金額に対する苦情は受け付けません」

と言われた。雪平はテキパキと説明する谷中の声を聞きながら、

（谷中さんみたいな人がお嫁さんなら、結婚って楽しいだろうな）

などと思っていた。

「ありがとう」

「あと、アレジオンをたくさん入手したので、キックもいつでもどうぞ」

「アレジオン?」

「抗アレルギー薬ですよ」

「あ……ごめんね。犬アレルギーなのに」

「いえいえ。どういたしまして」


それから出発のぎりぎりまで、玉川いづみの父「草刈」のことを調べようと努力した。こちらは、たいした成果は出なかった。いづみからは、草刈の下の名前が「耕一郎」だという情報と、いづみが生まれた頃は予備校の先生をしていたらしいというくらいのことしか聞けなかった。ネットの検索では、「草刈耕一郎」はまったくヒットしなかった。彼については、韓国の大学で教授をしていた、という又聞き情報と、あの写真しかない。これからソウルにとりあえず向かうわけだが、もちろん彼が勤めていたのが地方の大学という可能性もある。そうなったら、かなり絶望的な状況だ。

雪平は、窓枠に肘をつくと、外の景色を眺めた。何の成果も得られないようなことが無ければいい。


「すみません」

隣に座っていた紺のスーツ姿の男が、突然、雪平に軽く頭を下げてきた。

「はい？」

「あ、今、肘が当たっちゃったから……」

と、男は雪平の左腕をちらりと見た。

「あー、大丈夫ですよ。お気遣いすみません」

どうやら、手に持っている雑誌をめくる時に、雪平の左腕に男の右肘が当たったらしい。感覚が無いせいでまったく気づかなかった。男は、もう一度軽く会釈をして、また自分の雑誌を読み始めた。雪平にも、男の雑誌が目に入る。見開きページで、

「実はここまで進化している！　盗撮グッズの危ない現実！」

とドーンと派手な赤文字で見出しが書かれている。そして、ボールペンや時計、マウスなどの写真が掲載されている。全て盗撮グッズなのだろう。ご苦労なことだ。幸せとは、いかに醜悪なものを目に入れないでいられるかだと、雪平は思っている。刑事という職業は、そういう意味では最初から負け戦だ。

と、突如、雪平はあの新宿の店員のことを思い出した。

轢き逃げ事件のあった横断歩道で、雪平を心配して声をかけてくれた店員。彼は確か、生駒悟志のことをこう言っていた。

「『カーセックス王におれはなる！』ってアカウントの動画、おれけっこうお世話になってて。

コメント欄にリクエスト書くと、しばらくすると、それに合わせた新しい動画をアップしてくれたりして、マジで神。ていうか、勝手にセックス隠し撮りされちゃう女の子からしたら、マジ悪魔」

「で、あの犯人がそうらしいぜってなったのと同時に、当たり前だけど動画もまったく更新されなくなっちゃって。すみませんね、女の人にこんな話」

「勝手にセックスを隠し撮り」というのは、どう考えても盗撮ということだ。生駒悟志は、カーセックス専門の盗撮マニアとしてネットでは有名人だった。そうか。だから彼はクラブに遊びに行く時、飲酒運転で捕まる危険があるのに自分の車で行っていたのだ。車が無ければカーセックスは出来ないからだ。当たり前のことだ。ということは……

雪平の中で、思考がどんどん先に進み始めた。

生駒に関する捜査資料には、一つ、大きな謎がある。あれは、どうなっているのだ。なぜ、生駒の車に、あるいは持ち物に、あれは無かったのか。

「あの……」

雪平は、隣の男性に声をかけた。

「失礼ですけど、その雑誌、何ていう雑誌ですか？　どこで買えますか？」

「え？」

明らかに成人男性向けの雑誌だったらしく、男はずいぶんと驚いた。

「月刊『ＳＵＵＰＡ』です。今ならどこででも買えますよ。コンビニでもキオスクでも。今日発売なんで」

そう言って、男は雑誌の表紙をわざわざ見せてくれた。

「そうですか。ありがとうございます」

よし。成田に着いたらまずそれを買おう。そう雪平が思った時、

「あの、よかったらこれ、どうぞ。差し上げます」

そう言って、男は雑誌を雪平に差し出した。

「え？」

「どうせ、成田着いたら捨てちゃうつもりだったんで」

「いいんですか？」

「ええ、全然」

「ありがとうございます」

雪平は、素直に雑誌を受け取った。男は一つ大きな伸びをして、それから今度は腕を組み目を閉じた。成田までは寝ることにしたようだ。

雪平は、雑誌の中の、先ほどの盗撮グッズの写真を眺めた。生駒から押収した物の中に、盗撮グッズ的なものはなかった。どんなに精巧な盗撮グッズでも、警察の目を完全に欺けるとは思え

ない。警察官は、その手の怪しい品は、匂いで見破るものだ。

「カーセックス王におれはなる！」

そのアカウント名で検索をしてみよう。もしかしたら、生駒が過去にアップした動画が見られるかもしれない。そう思って、携帯を取り出すためにショルダーバッグを引き寄せた時だった。

携帯が震え始めた。電話が着信している。表示を見ると、相手は平岡だった。

「！」

このタイミングで、平岡から電話……それの意味する恐怖に雪平は凍りついた。電話は一度切れた。が、すぐに再び、携帯は振動を始めた。また、平岡だった。また「通話」だ。嫌な予感はますます強くなったが、それを即座に雪平は強く強く打ち消した。そんなはずは無い。絶対にそんなはずは無い。携帯だけを手にして雪平は席を立ち、車両と車両の間のデッキを目指した。

「もしもし？」

一五コール目くらいで、雪平はようやく電話に出た。

「雪平さん。すぐに病院へ来てください」

平岡の声は、少し上ずっていた。やはり良くない知らせなのだと即座に理解した。それでも、
雪平は訊かずにはいられなかった。

「林堂さんに、何かあったの？」

「……」

平岡はしばらく黙っていた。必死に呼吸を整えているように、雪平には感じられた。やがて、悪い予感通りの言葉を平岡は言った。

「林堂さんが、危篤です」

あまりの衝撃に、平岡は携帯を持ったまま倒れそうになった。

☆

「雪平さん。すぐに病院へ来てください。林堂さんが、危篤です」

その言葉を聞いて、雪平はこう言った。


「ごめん。それは無理」


は?

それは無理?

何が無理?

それは無理?

どうして無理?

仲間が危篤なんだよ。あと、どれだけ命があるか予断を許さない状況なんだよ。だから病院に来いと言っているんだよ。

それなのに……

「ごめん。それは無理」

雪平さん。
あなた、それでも人間ですか？

☆

午前七時ちょうどに、雪平は成田国際空港の第1ターミナル・4F南ウイングに到着した。全日空のチェックイン・カウンターを目指して歩く。空港内はゴールデン・ウィークの出国ラッシュで、こんな朝早くから既に混雑していた。雪平は羽織っていたベージュのカーディガンを脱いだ。ショルダーバッグの中の携帯は、電源を切っている。警視庁支給の携帯も、プライベート用の新しいスマホも、両方とも。

すぐに病院に来いという平岡に、

「ごめん。それは無理」

と断った。そして、絶句している平岡に申し訳ないと思いつつ、自分から電話を切った。しばらくしてまた携帯が鳴ったが、今度は雪平はそれを取らなかった。上司の玖島に、「風邪を引いたので数日お休みさせてください」と、出社拒否に陥った非常識な新入社員の書くようなショート・メールを送った。そして、携帯を二台とも電源をオフ。

全日空のカウンターで、残存有効期間が三ヶ月のパスポートを見せ、谷中から携帯に転送されてきた予約番号を伝える。

「行き先は韓国の仁川国際空港でお間違いないですね？」

係員は手元のパソコンを操作しながら言った。

「はい」

「雪平様、お席は窓際になさいますか？　通路側になさいますか？」

「選べるなら、通路側で」

「では、通路側で手配させていただきます」

「ありがとう」

「お荷物は？」

「ありません」

係員は、チケットとパスポートをカウンターの上に載せた。

「では、全日空ＮＨ６９７７便の３２席Ｃにてお席をご用意させていただきました。出国ゲートには、出発の四〇分前までにお越しくださいませ」

それから雪平は、出国までのこの時間を利用して、先ほどの電車の中での思いつきの続きをすることにした。

検索である。

雪平は、携帯の電源を入れ直すのではなく、空港ロビーに設置されている三〇分五〇〇円のＰＣサービスを利用することにした。五〇〇円玉を投入すると、三〇分だけ高速の有線ネットワークに接続されているPCを自由に使えるというサービスだ。今どき、この値段は高過ぎると思うが、今はそれは気にしないことにした。

Ｃｈｒｏｍｅというブラウザ・ソフトがインストールされていて、最初からＧｏｏｇｌｅの検索画面が表示されていた。簡単でありがたい。真ん中の検索窓に、雪平はあの新宿の店員から聞いた言葉を打ち込んだ。

「カーセックス王におれはなる！」

そして、ｗｅｂ検索、画像検索、動画検索の中から、動画を選択した。

ずらりとヒットした動画が画面に並んだ。一番上の動画から再生ボタンを押してみた。すぐに、ノイズが多めの画像が動き出し、男女のカーセックスが始まった。この撮影角度からして、カメラはダッシュボードの上辺りだろうか。疑いようのない盗撮動画だ。

すると、雪平の隣の席に男が座った。そして、

「朝からなんて動画を見てるんですか、雪平さん」

と話しかけてきた。

「？」

聞き覚えのあるその声に、雪平は顔を上げた。

「！　安藤！」

隣にいたのは安藤だった。黒いナイロンのボストンバッグを持っている。

「雪平さん。出発までまだ時間ありますよね？　とりあえず、一緒に飯でも食いましょう。朝飯まだですよね？」

「……」

「あ。それから、携帯の電源切るのやめてもらえますか？　連絡取るのに困ります」

「安藤。おまえ、ここで何やってるの？」

「朝からいかがわしい動画を周囲の目も気にせずに平気で視聴している雪平さんの隣に座ってます」

「そういうことを訊いてるんじゃない」

安藤はにっこりと笑って言った。

「谷中さんから電話を貰ったんです。雪平さんが何か危ないことをしているんじゃないかって。心配だって」

「……」

谷中絵里……あのお節介。と、安藤は更に言った。

「あ。生駒悟志の轢き逃げ事件のことなら予習済みですよ。だから、前みたいに下手くそな嘘をついてとぼけるのはやめてください」

安藤の口から生駒の名前が出たことに、雪平はまた驚いた。

「え？　何でそれを……」

と、安藤は、黒い手帳を取り出し、雪平に差し出した。

「あの事故の時、林堂さんの手帳が道路に落ちていたのを拾ったんです」

「手帳？」

「生まれて初めて、他人の手帳を勝手に見ました。林堂さんと雪平さんは、絶対にぼくたちに何かを隠していると思って」

「……」

「で、見つけました。『生駒悟志』の名前。林堂さんの手帳に、『生駒悟志　Nシステムに映像無し』と、はっきり書かれていました」

「！」

雪平は手帳を開き、『Nシステムに映像無し』という林堂の手書きの文字を見つめた。そして、その字をそっと指でなぞった。

そうだったのか。林堂は、ちゃんと願いを聞いて、あの轢き逃げ事件のことを調べていてくれたのか。

生駒がクラブから轢き逃げの現場まで自分で車を運転していたのなら、Nシステムに必ずその映像が残っているはずだ。無いということは、あの車が別のナンバー・プレートを直前まで付けていたということを示している。

だから、本来のナンバーで検索しても画像が無いのだ。

だから、その下にあった本来のナンバー・プレートに血も付いていないのだ。

林堂さん。ありがとう。あなたのおかげで、やはりこの事件は計画的な殺人事件だと私は確信が持てました。

そこまで思ってから、雪平はもう一つの疑問を安藤に問いただした。

「おまえ……平岡からの電話はどうした?」

☆

あまりの衝撃に、平岡は携帯を持ったまま倒れそうになった。


「安藤さん。すぐに病院へ来てください。林堂さんが、危篤です」

その言葉を聞いて、安藤はこう言った。


「ごめん。今はしなくちゃいけないことがあるんだ」


は？

しなくちゃいけないこと？

何をしなければいけないの？

どうしてそれを今しなければいけないの？

仲間が危篤なんだよ。あと、どれだけ命があるか予断を許さない状況なんだよ。だから病院に来いと言っているんだよ。

それなのに……

「ごめん。今はしなくちゃいけないことがあるんだ」

「安藤さん？」

「おれが、病室の前の廊下にいることで、林堂さんの助かる確率が一パーセントでもあがるなら、おれは飛んで戻るよ。でも、そうじゃない。そこに戻ってもおれは何の役にも立たない。ならおれは、林堂さんが意識を取り戻した時に、少しでもおれを誉めてくれるかもしれないことをしたいんだ」

「安藤さん！」

「だから、ごめん。平岡。おまえは林堂さんに付いててくれ」

そう言って、安藤は一方的に電話を切った。


何を屁理屈を言っているのだ。平岡は思った。

そんな風に理屈で人の気持ちが割りきれるわけないじゃないか。仲間の危篤に駆けつけるより大事な用事なんて、この世にあるわけないじゃないか。

雪平と言い、安藤と言い、こいつらの脳はいったいどうなっているんだ……

☆

雪平の質問に、安藤はわざと別の答えを返してきた。

「あ、ぼくの仕事なら大丈夫です。小学生の殺人事件の捜査で、もしかしたらＰＴＳＤになってしまったかもしれません。数日有休をくださいと連絡したら、新しい上司はあっさり認めてくれました。山路さんだったら怒鳴りつけられて終わりだったと思うので、ちょっとラッキーでした」

「おまえ……まさか……私と一緒に韓国に行くつもりか？」

「はい。谷中さんにお願いしたら、奇跡的にチケットが取れまして」

「……」

「さ。そんなエロ動画はさっさと消して、朝飯を食べましょう」

安藤が立ち上がる。その腕を雪平はサッと摑んだ。

「安藤を巻き込みたくない」

「雪平さん。それはもう手遅れです」

「安藤！」

「雪平さん。林堂さんの手帳をぼくが拾ったこと、ぼくはただの偶然だとは思えないんです。

『おれの代わりにおまえが雪平を助けろ』そう林堂さんがぼくに思いを託したとしか思えないんです」

「……」

「だからぼくは、林堂さんのいる病院ではなくて、今、ここにいるんです」

「……」

雪平も立ち上がった。そして、安藤をじっと見つめ、それから、動く右腕だけで、安藤をギュッと抱きしめた。

「安藤。ありがとう」

「いえいえ。どういたしまして」

雪平の頭上から、安藤の声がする。どういう表情で言っているのかは見えない。雪平は、安藤と、そして林堂の気持ちに甘えることに決めた。

「わかったよ、安藤。私の捜査を手伝って」

2.

それから安藤は、雪平と一緒に成田から韓国に旅立ち……はしなかった。安藤自身は一〇〇パーセントそのつもりだったのだが、雪平からの頼みは日本での捜査だった。安藤はそのまま成田から東京に引き返すことになった。生駒悟志に直接会うために、府中刑務所に行くことになったのだ。

午前一〇時。面会室の奥の鉄の扉が開くと、刑務官とともに、青みがかったグレーの囚人服に身を包んだ坊主頭の男が入ってきた。刑務官は、一度、安藤に軽く会釈すると、入口脇にある小さな白いテーブルの前にあるステンレスの椅子に座った。男は、終始俯いたまま、仕切板として設けられている細かな穴の空いた透明アクリル板の向こうで、パイプ椅子にちょこんと腰掛けた。

「生駒悟志ですけど」

安藤は、警察手帳を取り出し、それを生駒にしっかりと見せた。

「捜査一課の安藤です」

生駒は顔を上げず、足の上に力なく置かれた手の甲ばかりをただ見ていた。

「ちょっと訊きたいことがあるんだけど、いいかな?」

「……はい」

生駒は、手の甲を見ながら力なく答えた。

（もしかすると、君はここにいる必要がない人間なのかもしれない）

そう言ってやりたい衝動を安藤は覚えたが、もちろんそれは我慢した。軽はずみなことは絶対に言えない。

「あの轢き逃げ事件のことで、一つ訊きたいことがあるんだ」

「おれは、何にも覚えてないです」

生駒はぴしゃりと言った。少し精神的に不安定なようだなと安藤は思った。安藤は、畳み掛けるように何か言うのはやめ、少し間をおいてみた。生駒の肌は青白かった。目に生気が無い。

と、突然、生駒がボソッと、

「安藤さんは、結婚してるんですか？」

と訊いてきた。

「え？　いや、独身だけど」

「じゃあ、ご家族は？」

「田舎に両親と妹が」

「そうですか」

「家族がどうかしたのかい？」

そうこちらから質問すると、生駒は更にうなだれた。

「彼女がいたんです。結婚してくれって、向こうから何回も言われてたんです。で、今度のことがあったから、おれ、『出所したら結婚しよう。待っててくれ』って手紙を書いたんです。そしたら、『バカにしてるの？』って。『待つわけないじゃない』って返事がきて……」

「……」

それはまあ、そうなるだろうなと安藤は思った。生駒の裏の顔が、カーセックスの盗撮魔だと知っているので尚更である。その彼女とやらは、間一髪セーフで外れクジを引かずに済んだのだ。見ず知らずのその生駒の元カノの幸運を、安藤は祝福した。しかし、一応、

「そうか……それはつらいね」

と心にも無い言葉を言った。生駒は更に、

「友達も。親も。誰も面会に来てくれません。親は、ぼくのせいで引っ越したって。おまえのせいで人生がめちゃくちゃになったって。母親からは、見たこともないようなすごい憎しみの顔で泣かれました。もう、おまえは息子でもなんでもないって」

「……そうか」

「……」

「それはつらいね」

同じ言葉を繰り返した。生駒は少し目が赤くなってきている。

「誰も面会に来ないってマジでキツくって。実は、ここの人たち、結婚してる人が多くて。ただの彼女だとみんな逃げちまうけど、結婚してるとけっこうちゃんと面会とか来てくれるんですよね。マジ、勝ち組と負け組っていう感じがしちゃって。おれも、向こうからプロポーズされてるうちにさっさと結婚しておけばよかったって、ホント、毎日後悔してて……」

何を勝手なことを言っているのかと思ったが、それも口には出せない。やはり、さっさと話を先に進めようと安藤は思った。

「ところで、生駒くんさ」

「はい」

「『カーセックス王におれはなる！』……これ、君のハンドル・ネームだよね？」

「え」

生駒は一瞬、ギョッとした顔をした。そして、次の瞬間、

「すみません！　おれ、そのこともすごく反省してて……」

としどろもどろの口調で言い訳を始めた。

「あの……まさかあれですか？　相手の女の子から、訴えられたりしてるんですか？　もし、そうなら、おれ、ほんとに謝るんで……」

「いや、違うんだ。もちろん、君のしたことは犯罪だし、機会があったら相手にはぜひ謝ってほしいと思うけれど、でも、今日君に訊きたかったのは、少し違うことだ」

「は、はい。すみません」

生駒は、もう一度頭を下げた。それから、

「あの……おれ、何を話せばいいんでしょう」

と訊いてきた。

「訊きたいのは、カメラのことだ」

安藤は、丁寧に、しかし、適当な嘘をついた時は許さないぞという威圧感も同時に醸し出しながら生駒に尋ねた。

「カメラ?」

「そう。盗撮に使っていたカメラだよ。あれはどこにあるのかな?」

「え?」

「逮捕された夜も、君は当然、うまく女の子をナンパ出来たらセックス動画を盗撮したいと思っていたはずだ。そうだろう? だから、いつチャンスが来ても対応出来るように、カメラも必ず持っていたはずだ。違うかな?」

「はい。そうです」

観念したかのように、生駒は素直にうなずいた。

「でも、逮捕後の君の持ち物にも、車から押収されたリストの中にも、カメラが無いんだ。なぜかな?」

そう安藤が訊くと、生駒は目をパチパチとしばたたかせ、そして、

「それ、おれも不思議だったんです。気がついたら、失くなってて」

「失くなった?」

「はい。クラブでは確かにカメラはありました。でも、そっからおれ、記憶が飛んでて……警察の人に車の中で起こされた時には、もう、腕から消えてたんです」

「腕?」

「はい」

「ごめん。そのカメラって、どういうカメラなの?」

「あ、すみません。えっと、腕時計です。パッと見はロレックスなんですけど」

「ロレックス!」

「もちろん本物じゃないです。バッタものをベースにして、盗撮カメラに改造したやつがあるんです。竜頭のとこがね、カチカチって押せるんですよ。それがシャッター・ボタンの代わりになるんです。ネット通販で二万円くらいで買えます。普通に検索しても出てこないけど、そういう専門の裏サイト・ショップがいろいろあるんです」

盗撮グッズのハイテク化については、平岡からいろいろ聞かされていたので、あまり驚かなかった。そうか。ロレックスに似せた腕時計型カメラか。

「で、その時計は、クラブでは絶対してたんだね?」

「はい、してました」

「で、逮捕された時には、もう失くなっていた」

「はい。ちょっとショックでした」

何がショックだ。それが、誰かと結婚したいと愚痴っていた男の言うセリフか。知りたいことが摑めたので、安藤は面会を切り上げることにした。

「ありがとう。参考になったよ」

そう言って安藤は立ち上がった。

「あの……おれ、大丈夫でしょうか」

生駒が訊く。まだ訴えられるかどうか気にしているらしい。

「大丈夫かどうかは運次第だろうね」

そう安藤は冷たく返した。

「！」

運次第。ソウルに単身で向かった雪平に、運は向いてくれているだろうか。

府中の駅前まで戻ると、安藤はいったん腰を落ち着けようと小さなカフェに入った。客は誰もいなかった。安藤は、コーヒーのMサイズを買うと、窓際の背の高い椅子に座った。韓国で三泊出来るだけの荷物の入ったボストンバッグを床に降ろし、今買ったコーヒーをひと口飲み、それからスーツのポケットから、雪平から預かった彼女個人の小さなノートを取り出した。

「捜査資料に書いてあったことはだいたいメモしてあるから」

そう雪平は言っていた。ページを開く。雪平は、字を崩さず、角、角をしっかりと書く。なので、ペン字の見本のような美しい字ではないが、実はとても読みやすい。念のため、押収品リストの一覧を再確認する。やはり、生駒の言っていた「腕時計」は無い。しかし、腕時計というのは、そんなに簡単に失くなるものだろうか。財布を落としたというのとは少し違う。腕にきちんと固定されているものだ。車内で盗撮をするために時計を外していたなら、当然、車内で見つかるはずだ。カーセックスの撮影以外で生駒がわざわざ腕時計を外すだろうか。だとしたら、それはどんな時だろう。

とにかく、想像ばかりしていても始まらない。次に進まなければ。安藤は、雪平の捜査資料メモを更に読む。事件を担当した刑事の名前が出て来る。黒澤壽一。現在は定年退職して西新井駅前のスーパーで万引きGメン。よし。まず、このコーヒーくらいはゆっくり飲もう。そして、飲み終わったら、次はこの黒澤という元刑事に会いに行こう。安藤はそう決めた。

府中駅から京王線で新宿駅に。そこで総武線に乗り換え、秋葉原駅に。更に秋葉原駅から日比谷線の東武スカイツリーライン直通の電車に乗り、西新井駅に。到着した時には、時計の針は一二時ちょうどを指していた。

駅前のスーパーに着くと、まず従業員出入口を探した。客が出入りするのとはちょうど正反対の場所にそれはあった。右側に小さな窓口があり、警備服を着た四十代の男性が椅子に座りながら大きな欠伸をしている。

「すみません。ちょっといいですか？」

安藤は声を掛け、警察手帳を取り出した。

「はい？」

「私、警視庁捜査一課の安藤という者ですが」

警備員は、覗き込むようにこちらを見て、安藤の手帳が警察手帳だと理解した途端、椅子が倒れるほど慌てて立ち上がった。

「な、なんでしょう！」

「こちらに黒澤壽一さんがお勤めですよね？」

「ええ！　はい！　お勤めでございます」

警備員はおかしな敬語で答えた。

「今日は、勤務されていますか？」

「はい！　えっと、本日は早番ですので、六時から一二時の勤務でそろそろこちらにいらっしゃるのではないかと思われます！」

「そうですか」

「はい！」

「では、外で待ってみます。ありがとうございます」

「え？　すぐに呼ばなくていいのですか？　館内放送も出来ますが？」

「いえ、そこまではしていただかなくて結構です」

そして安藤は、警備員に一礼して外に出た。


五分ほどして、慌てた様子の初老の男が中から出てきた。なるほど。確かに元刑事だ。警察に勤めていた人間は、皆、ある共通の匂いがする。

「黒澤さんですか？」

と声をかけた。

「あ、ええそうです」

と黒澤は答え、それからまじまじと安藤を見た。

「今、警備から聞いたんですが……捜査一課の方が自分に何の用でしょうか？」

と訊いてきた。安藤は、ボストンバッグを肩にかけ直しながら、

「黒澤さんがご担当された、轢き逃げ殺人事件のことでお伺いしたいことがありまして」

と言った。

「轢き逃げ？　あー、この前も女の刑事が来てそんなことを」

「新宿署の雪平刑事でしょう？」

「ああ、そうそう。もしかしてお知り合いですか？　あ、そっか。あの人、元々は捜査一課だ」

「ええ、まあ」

「あの事件に、今更何か動きがあったんですか？　おれが言うのもなんだけど、ずいぶん単純な事件だったと思うけど」

まったくもって単純な事件ではないよ、と安藤は内心思った。犯人とされた人間には事件当夜の記憶がまるで無いし、凶器となった車は、直前まで偽のナンバー・プレートを貼り付けて走っていた可能性が高い。しかも、事件現場からは、ターゲットと思しき人物が逃走しており、未だにその正体がきっちり特定されてもいない。そんな事件のどこが単純なんだ。そう思ったが、とりあえず、

「たいしたことじゃありません。念のため確認したいことが、ほんの少し出て来たというくらいで」

という答え方をした。

「そうですか……。じゃあ、カツ丼でも食べながらというのはどうですか？　ちょうど昼時ですしね」

「カツ丼？　いいですね」

「この近くに美味いカツ丼屋があるんですよ。ちょっと、高いんですけど、今日はいいことがあ

ったんでね。へへ」

黒澤は急に顔をほころばせた。

「何ですか？　いいことって」

「大きな声では言えないんだけどね。今日、一〇八円のチョコを万引きしたばあさんがいたんですよ。あれはもう九〇歳近いんじゃないかな」

充分大きな声で黒澤は喋っていたが、それを指摘するのはやめておいた。

「実はね。見逃してやったんですよ。二度とやらないって約束はさせてよ。もちろん。そしたら、涙ながらに『ありがとうございます』って言われてね」

「それが、いいこと、ですか？」

「いいことだよ。たったの一〇八円で九〇歳のばあさんを警察に突き出すのは気が引けるだろ？何でもかんでも杓子定規にやればいいとはおれには思えなくてね」

そう言って、黒澤はまた「へへ」と照れたように笑った。

「いやあ、しかし暑いなあ。こりゃ、カツ丼だけじゃなくて、ランチビールも一杯行きたいな。あなたもどうです？　ビールって言っても、ちっちゃなグラスだよ。言わなきゃ誰にもわからないって」

黒澤はそう言いながら、暑そうにカーディガンの袖を肘まで捲り上げた。黒澤の腕時計が、太陽の光を反射して輝いた。

「！」

その時計……

「黒澤さん、いい時計してますね」

そう声をかけた。

「それ、ロレックスですよね？」

「え！　あー、うん、まあ」

黒澤は、慌てて今捲り上げたばかりのカーディガンの袖を下げた。

「似てるだけの安物だよ。本物はちょっと所轄の平刑事の給料じゃ無理だったからね」

「いや、本物のロレックスに見えましたよ？　ちょうど、ぼくもそういう時計が欲しいと思ってまして。見せていただいてもいいですか？」

「え？」

黒澤の目が泳いだ。

「やめときなよ。ロレックスなんて、ジジイのする時計だよ。若い人にはもっと若い人に似合ういい時計があるよ。うん」

そう言って、黒澤は左手を自分の背中の方に回した。

「いいえ、それを見たいんです。見せてください」

そう言って、安藤は、手を出した。

「な、何だよ」

と言いながら一歩後ろに下がった。

「見せてください」

「何でだよ！」

黒澤はまた更に後ろに下がった。

「なぜそれを見たいのか、きちんと理由を言ったほうがいいですか？」

「……」

「生駒悟志は、記憶を失くしている間、自分の腕時計を紛失したと供述している。ぼくは、何らかの重要な理由で、犯人グループがその腕時計をわざわざ取り外して持ち去ったのではないかと思っていた。そのことに関して、あなたと少し話をしてみたかった」

「は？　何言ってるんだ、あんた。犯人グループ？　何の話だ。何か別の事件と混乱してるのか？」

安藤は喚く黒澤を無視した。

「ところが、真実はバカみたいな話だった。ただの窃盗だった。警察官によるただの窃盗。あなたは現場で、生駒がロレックスという高そうな時計をしているのを見て、それが欲しくなった。相手は危険ドラッグをやっていてロクに記憶が無い。腕時計が消えてもどっかで失くしたで済むだろうと考えた。そして、実際、その通りになった。それであなたは、定年退職後の職場では、自慢気にずっとその時計をしていたわけだ。生駒の持っていたロレックスを」

「……」

安藤は、そこまで言うと、黒澤の腕を摑み、強引にねじり上げた。カーディガンの袖をまくり、ロレックスを露出させる。そして、竜頭の部分を押してみた。

カチ。

押せた。間違いない。これは、生駒の言っていた盗撮用腕時計だ。

「安藤さん……安藤さん！」

黒澤が悲し気な声を出した。

「安藤さん。ここはおれの職場の目の前だ。ここではやめてくれ」

そして、その元刑事は、突然泣き出した。

「やめてくれよ。頼むから。ここではやめてくれ」

そう、ずっと繰り返しながら。

3.

時間は少し遡る。

成田国際空港を飛び立ってから二時間四〇分。雪平は、韓国の仁川国際空港に単身、降り立った。入国審査。税関。そして、ターミナル一階の到着ロビーに。吹き抜けのロビーには開放感があり、アジア最大のハブ空港にふさわしいスケール感があった。到着口の前では、ツアーの旗を振っている人や名前を書いた紙を掲げた迎えの人たちがずらりと並んでいた。その間を抜け、銀行の両替所や携帯電話レンタルショップ、コンビニ、飲食店、二四時間営業のファースト・フード店などの前を通過する。ハングル文字は読めない。そういえば、海外に来たのは佐藤との新婚旅行以来だ。あの時は、何もかも佐藤が手配してくれたので、雪平は何も心配しなくてよかった。

携帯の電源を入れる。玖島からの着信履歴が一件。これは無視する。平岡からは無い。ありがたい。まだ林堂は頑張ってくれている証拠だ。そう考えることにする。

雪平はまず、観光案内のブースに立ち寄った。ソウル市内の地図を手に入れるためだ。それから、円をウォンに換金する。外換銀行の両替所がいくつかあったので、雪平は一番手前の窓口に向かった。レートは気にしなかった。そこで、とりあえず五万円をウォンに換えた。

「リムジン・バスのチケット売り場はこちらですヨ！」

少し訛った日本語で、日本人の旅行客を誘導している男性職員がいた。空港からソウル駅に行くには、鉄道よりバスかタクシーが便利。成田でそう安藤が言っていたことを思い出し、雪平もリムジン・バスのチケットを買うことにした。

まずはソウル駅に行こう。

そこからは、運任せだ。刑事が運任せなどというと怒られてしまいそうだが、実際は、どんな事件の捜査でも、ある程度運が味方してくれないとうまくいかない。刑事たちが、やたらとげんを担いだりするのは、皆、捜査には運が必要だと身にしみているからだ。

リムジン・バスの乗車場所を目指して移動する。建物の外に出ると、熱風がムワッと雪平の顔を覆った。日本より二、三度気温が高い気がする。少し古めの青いリムジン・バスを見つけ、その横に立っていた係員にチケットを見せる。何も相手が言わないので、とにかく乗車した。通路を挟んでシートが二列ずつ。雪平は前から二列目の窓際に座った。その後方には、日本人の女性グループが固まって乗っていて、延々と好きな韓国男性アイドルの話で盛り上がっていた。

ソウル駅までは、一時間と少しかかった。

ショルダーバッグの中から四つ折りにした紙を取り出す。あの画像を、出発前に拡大してプリントト・アウトしておいたのだ。さあ、この場所を探そう。キーワードは「大学」。「かつて日本から教授を招いたことのある大学」だ。日本の警察手帳は何の役にも立たない。ここは異国であり、雪平は、単なる観光旅行者だ。

雪平は、写真の中の女性たちとほぼ同年代の、若い女性の二人組にまず声を掛けてみた。

「すみません、ちょっとお訊きしたいんですが」

「?」

そうだ。普通、韓国の人たちは日本語はわからない。雪平はスマホを取り出し、安藤が成田空

港でわざわざ入れてくれた通訳アプリを開き、

「この写真の場所、どこかわかりますか?」

と日本語で入力した。

一瞬で、同じ意味の韓国語が画面に現れる。文明の進歩はものすごい。それを彼女たちに見せた。

「この写真の場所、どこかわかりますか?」

そして次に、プリント・アウトしてきた四つ折りの紙を開いて彼女たちに見せた。

たぶん、そう言ったのだと思う。女性たちは、「全然わからない」というジェスチャーを雪平に見せ、そして去って行った。一時間ほど、雪平は同じことを繰り返した。大学生風の若者を見つけ、写真を見せながら質問をする。

「わかりません」

「この写真の場所、どこかわかりますか?」

誰かが「あ、それはうちの大学だよ」と言ってくれることを期待していた。たとえば、東大の赤門なら、東大生でなくても知っている日本人は多い。だが、そうはうまく事は運ばないようだ。そもそも、写真に写っているのは大学の外観ではなく教室の中だ。特徴が乏しい。

それで雪平は今の方法をやめ、有名な大学から順に、自分の足で回ることにした。

大通りに出て、タクシーを止める。すぐにグレーのタクシーが停まってくれた。後部座席に乗

り込みながら、

「この写真の場所、どこかわかりますか?」

と翻訳アプリの発音機能をオンにして運転手に聞かせた。三十代後半と思われる男性運転手は、しかめっ面でクビを横に振った。

「わからないね」

たぶん、そう言っているのだと思う。そこで雪平は、

「ここから近くて、なるべく有名な大学に行ってください」

と入力し、タクシー運転手に見せた。

「〇〇スムニダ」

そう言って運転手は走り出した。たぶん、「わかりました」と言ってくれたのだろう。ソウル市は、東京二三区とほぼ同じ大きさだ。近くの大学と希望を伝えたので、ほんの五分一〇分でどこかの大学に行けるだろうと思っていたが、実際は三〇分近く走ってから、ようやく大学らしき建物の前に停車した。

「ここが一番近い大学なの?」

そう尋ねると、運転手は雪平の携帯に自分で入力した。

「一番有名な大学」

そう日本語表記が出た。

「ソウル・ナショナル・ユニバーシティ」

運転手がそうゆっくり発音した。

「カムサハムニダ」

知っている唯一の韓国語を口にして、雪平はタクシーを降りた。

☆

ソウル大は、それだけで一つの街かと思うほど大きかった。雪平は、まずは正門の外で、そして、キャンパスの中で。最後に建物内の事務局の学生課に足を延ばし、写真を見せながら同じ質問をした。

「この写真の場所、どこかわかりますか？」

誰も知っている人はいなかった。

最後に雪平は、

「ここから近い、別の大学を教えてください」

と尋ねた。

移動。

聞き込み。

空振り。
更に別の大学に移動。
聞き込み。
空振り。
更に別の大学に移動。
聞き込み。
空振り。
更に別の大学に移動。
聞き込み。
空振り……

こうして、バグが起きて無限ループのエラーを起こしたコンピュータのように、雪平は何の成果も得られない努力を終日続けた。

そして、ちょうど日没の頃。

雪平は、名花（ミョンファ）女子大に来た。今日一一ヶ所目の大学だった。門から出てくる女子学生たちにまず声をかけようと思っていたが、時刻が遅くなり過ぎたのか、学生の姿は全然無かった。それで雪平は、最初から事務局の学生課で聞き込みをしてみようと、構内に入っていった。

4.

シム・ジフン（沈智勳）は、白い雑巾を片手に、廊下の白い壁に飾られている、金の額縁の中の写真を見上げていた。名花女子大学校の理事長であるパク・ウンギョン（朴恩敬）が、淡いピンクのブランド・スーツを着て椅子に座り、上品に微笑んでいる。その朴恩敬の背後に立ち、彼女の肩に手を添えて微笑んでいる若い男。背が高く、筋肉質で、爽やかで、まるで俳優だ。ウンギョンのひとり息子のキム・ソンホだ。

「……悩みなんて無いんだろうな」

この写真を見るたびに、ジフンはいつも同じことを思う。一日の始まりと終わりにこの写真と額縁を拭くのが名花女子大の事務員である彼の仕事の一つだった。

「おれも、財閥の家に生まれたかったな……」

いや、そこまで極端でなくてもいい。そこそこ裕福な家に生まれたかった。ついでに、高身長も。ルックスも。額縁の中で微笑む男と、それを雑巾で拭く男。世の中は不公平だ。息を額縁のガラスに吹きかける。曇ったガラスにベタベタとついている指紋が浮き上がる。この大学では、理事長の写真に触ると幸せになれるという噂がまことしやかに流布されている。もちろん真っ赤な嘘だ。もう二年、毎日毎日ジフンはこの写真に触っているが、未だに幸せは訪れていない。ジフンは、ため息をまた写真に吹きかける。額縁の指紋を雑巾で拭く。事務局の女性職員は、みんなババアばかりだ。三十代が一人いるが既に結婚している。ジフンと同じ二十代の女性職員はゼロだ。最初、女子大学の事務員の仕事はどうかと職安で言われた時には「ぜひ！」と手を叩いて喜んだものだ。毎日、女子大生に囲まれている職場。もしかして、そのうちの誰かと仲良くなり、付き合うことになり、ゆくゆくは結婚なんて可能性もあるかもしれない。そんな幸せな妄想を楽しんだ。だが、現実には、そんな可能性は一ミリも無かった。この大学に通う学生は全員いわゆるお嬢様だ。親は最低ランクでも大企業の部長クラス。たいていは役員か社長。有名人の娘。財閥の血筋。そんな家庭環境で育ってきた女たちは、ジフンのような下々の男に興味は持たない。こんなことなら、通りに屋台を出して安いサングラスでも売っていたほうがまだ女との出会いはあったかもしれない。

「ジフン、ちょっと来て」

同僚のババアが、事務局から廊下に顔を出し、ジフンを呼んだ。面倒臭い仕事はとにかく片端からジフンに回す女だ。ジフンはその女が大嫌いだった。

「ジフン！　早く！」

「今行きます！」

ジフンは、雑巾を手にしたまま事務局に戻った。女性が一人、受付の前に立っていた。年齢的

に生徒ではないし、しかし生徒の母親にしては若過ぎる。誰だろう。と、先ほどのババアが、

「この人、日本人みたい。ジフンあとよろしく。たぶん観光客だから」

と事も無げに言った。

「え！　ぼくも日本語話せませんよ！」

そう抗議したが、ババアはさっさと聞く耳持たずに去っていった。さて、どうしたものか。とりあえず、

「Ｊａｐａｎｅｓｅ？」

と英語で訊いてみた。女性は頷いた。綺麗な人だった。歳は四〇ちょっといっているだろうか。まったく化粧をしていない。ふだんから素っぴんなのだろうか。そんな女性をジフンは初めて見た。女性というのは、歳を取れば取るほど厚化粧になるものだと決めつけていた。目の前の女性は違う。その上、こうして向かい合って立っているだけで心が躍るほど、整った美しい顔をしている。もしかすると、あの写真に触ると幸せになるという噂は本当かもしれない。そんなバカなことを一瞬思った。

「ぼくは、シム・ジフンと言います」

訊かれてもいないのに自己紹介をした。女性は、いきなり、携帯の画面を見せてきた。韓国語の翻訳アプリらしい。

「この写真を見てください。こちらの大学内の写真ですか？」

画面にはそう韓国語で表示されていた。それから女性は、Ａ４の紙をジフンに見せてきた。手に取り、眺める。古い写真だ。でも、すぐにわかった。なぜなら、そこもまた、ジフンが毎日のように掃除をしている教室だからだ。

「これは、この大学で撮られた写真ですね。一号館の一〇一大教室です」

「？」

女性は、首をかしげた。そうだ。韓国語で言っても通じない。ジフンは、自分のポケットから携帯を取り出し、日本語の翻訳アプリを立ち上げた。名花女子大は、それほど偏差値が高いわけではないが、芸能人やセレブの息女が多く通うせいで、よく観光客も来る。それでジフンは、英語と日本語の翻訳アプリを元々自分のスマホにインストールしていた。

先ほど口で言った言葉を、今度は携帯に打ち込む。日本語に翻訳。そして、その画面を女性に見せた。

「ホントウニ？」

彼女は感動した様子で、大きく右手を広げた。それからまた、

「では、この真ん中にいる男の人が誰だかわかりますか？」

と訊いてきた。ジフンはＡ４の紙をもう一度見た。そして、答えた。

「男の人はわかりませんが、そのすぐ横の女性は知っています」

「え？」

「この人は、パク・ウンギョンさんです。かつてはこの大学の生徒で、今はオーナーであり、理事長です」

「え？」

「パク・ウンギョン。知りませんか？」

その日本の女性は、首を横に振った。それで、ジフンは彼女を廊下に連れ出し、ウンギョンとソンホの写真を見せた。日本の女性は、ソンホのほうは知っているらしく、

「あ」

と呟いてソンホを指さした。

「よかった。さすがにキム・ソンホは知っててくれましたね。彼は今はホン・テウン大統領の秘書室長ですが、きっと近いうちに我が国の大統領になります。韓国人は、みんな彼が大統領になることを望んでいます」

ジフンは少し胸を張って言った。

女性はしばらく、その二人の写真をじっと黙って見ていた。その間にジフンはウィキペディアを検索し、その冒頭部分をコピペして日本語翻訳アプリに入れた。

「パク・ウンギョン」

五五歳。名花女子大学校中退。未来財閥（未来グループ）の現社長。

二〇一〇年。父であり未来財閥創設者であるパク・ヨンシク（朴龍植）より経営を引き継ぐ。

未来財閥の当時、営業部長だったキム・ドンク（金東九）とは二二歳で結婚。そして、キム・ソンホを出産。ちなみに、ドンクは現在、未来財閥の副社長である。

二一歳の時に、階段から落ちるという不慮の事故に遭い、今も足は不自由である。


「キム・ソンホ」

三三歳。ソウル大学校出身。未来財閥（未来グループ）の現社長パク・ウンギョンと副社長キム・ドンク夫妻のひとり息子。

未来財閥の唯一の後継者だが、本人の強い意志により政治の世界に入る。現在は、ホン・テウン大統領の秘書室長。


ちょっと親切過ぎるかと思ったが、もっとこの美しい日本人女性と話していたかったので、思いつく限りの親切はしておこうと思ったのだ。ジフンが自分の携帯を差し出すと、その女性は、

「カムサハムニダ」

と訛りの強い韓国語で礼を言い、ざっとそのウィキペディアの情報を読んだ。

それからまた廊下の写真を見た。

自分の持ってきたＡ４の古い写真を見た。

そしてまた、廊下の写真を見た。

「あの……あなたのお名前は何ですか？」

ジフンは思い切って訊いてみた。日本人女性は、

「私は、ユキヒラナツミといいます」

と素直に名前を教えてくれた。そしてその後、バッグから漢字表記の手帳を取り出し、ジフンに見せた。

「私は、日本の警察で働いています」

「警察？」

「はい。日本のユキヒラという刑事が、ウンギョンさんの古い写真を持ってこの大学まで訪ねてきた。そう、あなたの上司に報告してください。あなた方は、このことを、速やかにウンギョンさんに伝えたほうがいい。理由は、ウンギョンさんご本人がよくわかっています」

「……は？」

それからそのユキヒラという女性は、自分の宿泊しているホテルの名前と部屋番号と自分の携帯番号をメモ書きにしてジフンに渡した。しかしそれは、ジフン個人にくれたものではなく、そのメモもウンギョンまで回せということらしい。

「あの……ウンギョンさんはこの大学のオーナーだけれど、滅多にここには来ない。彼女は未来グループというとてつもなく大きな財団の社長なんだ。ぼくからの伝言なんて、本人にまで届く

わけないんだ」

ジフンは懸命にそう説明した。

が、そのユキヒラという女性は、

「出来る限り努力してみてください」

という言葉をくれただけだった。そして、ジフンがまだ頷いてもいないのに、彼女はそのまま外に出て行ってしまった。

5.

朝の七時。玖島はいつも通り新宿署に出勤した。最近は雪平に出勤一番乗りを奪われていたが、今朝は玖島が最初の出勤者だった。彼は、一人きりでないと落ち着いて出来ない種類の仕事をいくつか抱えていた。なので、雪平の不在は少しありがたかった。

匿名のタレコミについての書類を開き、対応の優先順位を考える。と、胸元に入れていた折りたたみ携帯が、ショート・メールの着信を知らせてきた。開く。雪平からだった。

「風邪を引いたので数日お休みさせてください。雪平」

思わず「は？」という言葉が口から出た。なんだ、これは。玖島の知る雪平と、メールの非常識な文面が、どうにも合致しない。インフルエンザならともかく、ただの風邪では最初から数日休むと宣言するのは変だ。玖島は、すぐに雪平の電話番号に発信した。一コールも鳴らずに留守電の案内が始まった。雪平の携帯には、もう電源が入っていないらしい。あるいは圏外の場所にいるのか。ショート・メールの発信から、まだ一分も経っていないのに。

あの女、いったい何をしているのだ……

玖島は、いくつか思考実験をしてみた。あの女が、過去の事件を掘り起こそうとしていることを玖島は知っている。物証がなくて手詰まりに近いことも玖島は知っている。暴走する車に襲われ、やつは間一髪で難を逃れたが、やつの前の上司が瀕死の重傷を負ったことも玖島は知っている。雪平が今調べている事件が轢き逃げで、雪平自身が襲われたのも轢き逃げ……これがただの偶然ではないことも玖島は知っている。いや、知っているという言葉は正確ではない。そう察している。あれは「警告」だ。ただ、犯人は少しやり過ぎだ。たいていの場合、「警告」というのは捜査員の心を折るのに有効な手段だが、ごく少数、それが逆効果になる捜査員もいる。たとえば、玖島自身がそうだ。玖島が尊敬している、かつての上司もそういう人だった。

「おれはさ。街の治安を守ることにしか興味が無いんだ。自分の安全とか自分の出世とか、そういうのはどうでもいい。だから、おれにはケチな脅しは全然利かないのさ」

その上司の言葉を、玖島はそのまま自分の行動指針にしている。

そして……まだ付き合いは浅いけれど、雪平夏見という女も、玖島と同類の人間ではないかと思っている。自分の安全とか出世とか、そういうものに興味を示さない女。そして「警告」的なことが、何の効果も生まない女だ。

私用のメールを一本送信する。それから、雪平のことを頭から追い出し、自分の仕事に改めて集中することにした。今日は、午後に大事な会議がある。

新宿で、現在ナンバー2の勢力である暴力団・垂木組に、今週の土曜日に大掛かりなガサ入れを実施する。末端価格で数億円になろうかという覚醒剤を押収し、垂木組の財政を破綻させ、ついでに厚労省の麻取たちに思いっきり地団駄を踏ませてやるのだ。そのガサ入れに関しての細かな詰めが今日の会議のテーマだ。

九時前になると、続々と部下たちが出勤してきた。玖島のその日の午前は、彼らの作成する書類のチェックで終わった。刑事というと、いつもいつも外を出歩いているようなイメージが強いが、実際は、仕事の半分近くは書類の作成とそのチェックである。間違っていると思うが、仕方がない。

一二時ちょうどに、中越がこれ見よがしな大きな伸びをして、それから玖島に、

「係長。昼飯どうしますか？」

と訊いてきた。

「そうだな。ストレス解消で、焼肉でも食うか！」

「え！　マジっすか！　やった！」

部下たち全員がこの会話を聞いていて、みんなガッツポーズをした。

「よし！　おまえら全員財布は置いてけ！　あ。でも、この書類、切りのいいとこまでやるから、それまで待っとけ」

「はい！」

切りのいいところまで三〇分かかった。書類仕事は大嫌いだ。が、溜まった書類をやっつけたことで大いにすっきりはした。そこで玖島は、いまいましいノートパソコンを閉じ、部下たちと昼飯に行くために立ち上がった。玖島が立ち上がるのを見て、空腹の部下たちも全員笑顔で立ち上がった。これからみんなで焼肉を食うのだ。こういう時、玖島はみんなに、「遠慮せずに大盛りにしろよ」と言うのを、組対課の刑事たちは全員知っていた。

その時だった。玖島のポケットの中の携帯が鳴った。雪平だろうか。画面を見る。着信相手は昔の部下だった。黒澤である。黒澤壽一。悪い予感がした。この男のことはよく知っている。雪平が、着任早々会いに行った男だ。退職後は一度も連絡を取り合ったことが無いのに、なぜ、今、電話なんかかけてくるのだ。

「みんな。先に行っててくれ」

そう言って、部下たちを先に組対課から出してから電話を取った。

「もしもし？」

「すみません。玖島係長……ちょっと困ったことになって……」

黒澤の上ずった声。

「どうした？」

「大変なんだ……助けてくれ……」

「何だよ。どうしたんだ。落ち着いて何が起きてるのかきちんと言え」

「捜査一課の刑事に捕まって、西新井署に連行されちまって！」

「は⁉」

玖島は、思わず周りを見渡した。捜査一課？　捕まる？　このバカはいったい何をしたのだ？

「ちょっとした出来心だったんだ。本当にちょっとした。ちょうど時計が壊れてて、買おうかと思ってたところで、それで、車に落ちてたから……その……本当に出来心で……」

「時計？　何の話だよ。黒さん。あんた、誰の時計を盗ったって？」

と、黒澤は、想像する限り最悪の言葉を口にした。

「だから、生駒悟志の時計を……」

「生駒？」

「ああ。生駒の時計を盗んじまったんだ……だって、ロレックスなんだぜ？　ヤク中のガキが、ロレックスなんてしてやがったんだ。おれは三〇年働いても、ろくに貯金も無いっていうのに……」

「黒澤！　このクソ馬鹿野郎！」

思わず大きな声を出した。電話の向こうで、黒澤は泣いているようだった。玖島はこのまま携帯を壁に投げつけたい衝動に駆られた。が、落ち着かなければならない。

「あんたのくだらん言い訳はいい。で、捜査一課の誰が来てるって？」

「安藤ってやつだよ」

「安藤？　安藤って……あの安藤か！」

「玖島さん、あんた知ってんのか？　安藤ってやつ」

「知ってるも何も……雪平さんの元相棒だよ」

「え！」

雪平が会いに行った男のところに、今度は元の相棒である安藤が来ている。その事実が何を示しているか、玖島はすぐに理解した。

「黒さん。おれが今からそっち行く。だから、おれが行くまであんたはただの一言も喋るんじゃない。いいか？」

「来てくれるのか！　助かるよ！　ありがとう！　本当にありがとう！」

「礼はいらんよ。おれたちは仲間じゃないか。これからすぐに車で向かうから、とにかくおれが着くまで何にも喋るんじゃないぞ」

「うん。わかったよ」

玖島は、腕時計を見た。一二時四〇分。赤灯を点けて走れば、西新井まで三〇分以内に到着出来るだろう。玖島は電話を切ると、エレベーターではなく階段を一階まで駆け降りた。エントランスの前で中越が待っていたので、彼の腕を摑み、

「ちょっと用が出来たから、今日の飯はおれは欠席だ。この金で払っとけ」

と言い、びっくりしている中越の掌に、一万円札を二枚摑ませた。

最悪の日だ。

それから玖島は、新宿署の裏手にある駐車場まで走った。そして、いつも自分が使う覆面パトカーの前に立ち、ポケットからキーを取り出そうとしたところで、自分を見つめる男の視線に気がついた。

「！」

その男は、駐車場の、通りを挟んだ向かい側の歩道に立っていた。よく知っている男だ。いつもは、柔和な笑顔を崩さない。「玖島さんにご迷惑はかけませんから」というのが口癖だった。「詳しいことは知らないほうがいいですよ。大丈夫。玖島さんにご迷惑はかけませんから」そして、当たり前だが、いつもはこんな場所に来たりはしない。玖島とその男が友人なのは、ごく限られた人間しか知らないトップ・シークレットだからだ。

だが、今日は、男は別の顔をしていた。

冷たく、刺すような眼。

倉石組の若頭。

鮎沢勲夫。

鮎沢は、玖島と目が合うと、彼に向かってゆっくりと手招きをした。

☆

西新井署に連行されてすぐ、黒澤は新宿署の玖島に電話をした。そして、その後、「自分は玖島が来るまで何も話さない」と居直った。玖島が来たら、自分を助けてくれると信じているようだった。スーパーの万引きGメンが一〇〇〇円程度の万引きを時々見逃してやるように、たかが数万の腕時計泥棒くらいなら、刑事仲間ならきっともみ消してくれると信じているようだった。

一三時過ぎ。遅くとも一三時半には玖島は来るだろうと黒澤は言った。新宿署と西新井署の距離を考えれば、まあそんなものだろうと安藤も思った。それで、安藤と黒澤は、西新井署で借りた小さな取調室で、延々と玖島を待った。

一四時になっても玖島は西新井署に来なかった。

署に電話を入れると、一二時四〇分過ぎには「用事が出来た」と言って署を出たことが確認出来た。その用事とは、西新井署まで黒澤を助けに来る用事のはずだ。だが、来ない。一四時半になっても来ない。一五時になっても来ない。玖島の携帯番号を黒澤から聞き、安藤はそこにかけてみた。呼び出し音は鳴るが、誰も出ない。留守番電話にもならない。異常な事態だ。黒澤は、玖島と話した直後は少し落ち着きを見せていたが、今やパニック寸前に見えた。

「そうだ、黒澤さん。ちょっと雑談をしましょう」

安藤はそう黒澤に切り出した。

「雑談？」

「そ。と言ってもまあ、生駒の話ではあるんですけどね。でも、腕時計の窃盗の話でなければ、あなただって話してくれたっていいでしょう？」

「……」

「実は、調書を読んでちょっと不思議だったんですけどね。どうしてあなたが犯人を発見したんですか？」

「は？」

「だって、午前一時ですよ？　終電無くなる時間ですよ。何でそんな時間に、駅から遠く離れた場所で、黒澤さんはてくてく歩いていたんですか？」

「……」

「ただの雑談ですよ」

「……」

黒澤は迷っていた。頼みの玖島が来ない。それなら、少しでもこの安藤という刑事と仲良くして、彼の機嫌を損ねないほうが得策なのではないかと考え始めたようだった。

「たまたまだよ。たまたまあの日は、玖島係長と飲んでたんだ」

「へえ。玖島さんと」

「ああ」

「深夜の一時近くまで?」

「……そりゃ、いつもなら一一時半くらいにはお開きだけどさ。たまたまあの日は珍しく、玖島さんがもっと飲みたいって言ったんだ。で、おれに、『大丈夫。今日はおれ、いいもの持ってるから黒さんにあげるよ』って。それがカプセルホテルの無料宿泊券でさ」

「無料宿泊券?」

「そ。それでおれはまあ、たまにはそういうのもいいかと思って、一時近くまで玖島さんと飲んだんだ。で、カプセルホテルに向かって歩いてたら、あの車が路駐してたんだ……あの生駒の車が」

「なるほど。そういうことですか」

安藤は、パイプ椅子から立ち上がり、「ちょっとトイレに行きますね」と言って廊下に出た。

今の黒澤の供述は重い。黒澤による生駒の発見、そして逮捕は、新宿署の玖島秀康がそうなるように仕組んだのだ。おそらく黒澤は、もっとも愚鈍な捜査員として玖島に選ばれたのだろう。黒澤はその期待に見事に応え、生駒を犯人と決めつけ、丁寧に裏を取ることをしなかった。ナンバー・プレートに血痕が無いことを重視せず、Nシステムもチェックせず、現場から消えたもう一人の被害者の捜索もおざなりにしただけ。

ということはつまり、玖島は犯人側の人間だ。

ならば、一刻も早く、玖島の身柄を確保しなければ！　そう安藤は決心した。だが、残念ながら、安藤の気づきはわずかに遅かった。玖島秀康は、中越に二万円を握らせたのを最後に音信不通になり、そのまま署にも自宅にも戻らなかった。

玖島秀康は、忽然と新宿から姿を消し、以後、二度と現れなかった。

6.

雪平は、名花女子大を出ると、タクシーで明洞のホテルに戻った。ホテルの前は長い登り坂になっていて、てっぺんのロータリーには大型バスが五台、列になって並んでいた。ちょうど団体客が到着したばかりのようで、一階の広々としたロビーは中国語や日本語の会話でごった返していた。チェック・インのための長蛇の列。ロビーの椅子に座りきれずに、床の絨毯に直接座っている人もいる。併設されている三〇席ほどのオープンスペース・カフェも、観光客で満席だ。

黒スーツを着たホテルの係員が、雪平に声を掛けてきてくれた。雪平は団体客の一人ではない

と判断してくれたようだ。パスポートを見せると、それを覚えてフロントに確認に行き、そしてなんと、

「チェック・インは、お部屋にてお手続きさせていただきます」

と雪平の案内を始めてくれた。広いロビーの真ん中にあるエレベーターに乗り、そのまま三六階の部屋へ。

「どうぞ、雪平様」

部屋に入ると、ふわりとした心地良い匂いがした。以前、家族三人で住んでいた雪平のマンションよりも広い。五人掛けのL字形ベージュ・ソファー。巨大なガラス・テーブル。壁際には、シルバーのビジネスデスク。枕が四つ並んでいるキング・サイズのベッド。八〇インチもあるプラズマ・テレビ。窓からはもちろん、ソウルの街並みが一望出来る。どれだけ高い室料を請求されるか見当もつかなかったが、それは今は訊かないことにした。一通りの手続きを済ませると係員は、

「ごゆっくりお過ごしくださいませ」

と流暢な日本語で言って、部屋を出て行った。なるほど。ここは、いわゆるスイート・ルームという部屋なのだろうか。まさか、部屋でチェック・インなどという特別扱いがあるとは知らなかった。係員を見送り、鍵をかける。それから携帯電話をチェックする。安藤から、今日一日の捜査の報告がメールで来ていた。

黒澤を窃盗容疑で逮捕したこと。

生駒の盗撮用カメラが発見されたこと。

その盗撮用カメラ（腕時計）から、事件当日の動画が出て来たこと。

生駒が轢き逃げ事件の犯人でないことは、そのカメラの中にあった動画が証明してくれるであろうこと。

そして……この事件と関係あるかどうかは不明だが、玖島が突然消えたこと。

そんな内容が書かれていた。雪平と同じくらい、安藤も幸運に恵まれたようだ。そこまで判明したのなら、いづみからの依頼は、これでもう終了だ。いづみは、正しい証言をしていた。木間塚は、やはり嘘をついていた。担当の捜査官は無能で、しかも犯罪者だった。生駒は再審になり、新宿署には再捜査のための捜査本部が置かれることになるだろう。その本部には、組対課の人間である雪平は呼ばれないだろう。

よし。明日、日本に帰ろう。そう雪平は思った。

日本に帰り、まず、林堂を見舞う。それから、玉川いづみに会って一連の報告をする。玉川いづみの結婚式は、このゴールデン・ウィークがあけたらと聞いている。そういう意味でも、今回の捜査はギリギリ間に合ったと言えるだろう。今回の事件の真実を知ってから、それでも彼女が木間塚と結婚するのかどうか。それは雪平には関係の無いことだ。いづみへの報告が終わったら、キックを引き取り、目黒川沿いをどんどんどんどん歩いて、一緒に海まで行ってみよう。うん。

そうしよう。そう雪平は強く思った。帰りの航空券は持っていないが、とにかく空港まで行けば、キャンセル・チケット的なものが買えるかもしれない。そうしよう。明日の朝イチで、空港に行こう。

しかし、翌日になると、雪平はまるで違う行動を取った。

一〇時。雪平は、ホテルを出ると、ロータリー前の坂道を下った。二台の大型バスが雪平の横を追い越していく。雪平の右手には、今朝、スイート宿泊客専用のコンシェルジュに書いてもらった手書きの地図。目的地までタクシーなら五分、徒歩なら一五分と聞き、それなら歩こうと雪平は決めたのだった。

坂道を下り終え、大通りに出る。コンシェルジュは、明洞の地下商店街を抜けるルートを薦めていたので、素直に地下に入る。入口の脇にトッポギの屋台が出ていて、甘辛い匂いをそこら中に漂わせていた。中に入ると、ＣＤショップ、サングラス屋、靴屋、お土産ショップなど、どこも営業している。五〇メートルほどのその地下商店街を抜けると、別の大通りに出た。韓国のタレントの等身大のパネルや、ポスターが至るところに貼ってある。そして、右にも左にも化粧品ショップ。濃いめの化粧に白いポロシャツ、そして白いミニスカート姿の女性店員たちが、サンプルの入ったピンクのカゴを持ち、道行く女性に次々と声を掛けている。

そのうちの一人が、中国語で雪平に話しかけてきた。

「它是便宜的。这是好你的皮肤。这也解除了圆珠笔，如果现在」

中国語は話せないので無言でそのまま通り過ぎようとする。と、その女性はすぐに、

「安いですよー。肌にいいですよー。今ならボールペンもあげますよー」

と日本語に切り替えてきた。

「ごめんなさい。私、化粧はしないので」

と丁寧に断る。

「ええ？　化粧しない？　お姉さん、もっとキレイになれるのにもったいないヨ」

思いっきり驚かれたが、雪平はそういうリアクションには慣れていたので、そのまま右手を振って女性を振りきった。

明洞の街は、韓国語、中国語、日本語が入り交じるエネルギッシュな街だった。日本だとどこだろう。原宿みたいな所だろうか。もっとも、想像していたよりかなり日本人の観光客は少なく思えた。手書きによる商品説明も、日本語より中国語のほうがたいてい上に書かれている。そういう時代らしい。

交差点に出る。地下鉄の入口を素通りし、長い横断歩道を渡った。そのまま真っ直ぐ歩き続ける。じわじわと、左右のビルの高さが高くなっていく。繁華街を抜け、オフィス街へと入ってきたようだ。そのまま交差点を二つ過ぎ、三つ目の十字路で左に曲がった。と、目の前に、突如、総ガラス張りの荘厳なタワーが出現した。真っ青な空と白い雲が美しく映り込んでいる。エント

ランスには「未来」という大きな黒い漢字のロゴ。ここが、雪平の目的地である未来ホールディングス……韓国でも五本の指に入る巨大財閥、未来のグループ本社のビルだ。

敷地に足を踏み入れる。エントランス前には大きな噴水。陽の光を斜めに浴びて、小さな虹を作っている。ロータリーには、高級車が三台、間隔を空けて横付けされている。後部座席の前に、黒スーツに白い手袋をした運転手が主の来るのを待っている。入口の自動ドアの両端には、警備服を着た男性が、それぞれ腕を後ろに回して身じろぎもせずに立っていた。中に入る。吹き抜けのロビーにも、陽の光があふれていた。ど真ん中に、一〇メートルを超える大きな木がドンと鎮座している。左右には、商談スペースのための椅子とテーブルがランダムに置かれて、何組かのビジネスマンたちが打ち合わせをしている。そして、正面には「未来」と書かれた受付カウンター。その左右には、部外者の不正侵入を防ぐためのフラッパー・ゲートが六基ずつ。上階にあがるエレベーター・ホールはその奥だ。受付で許可を貰い、そのフラッパー・ゲートを抜けなければ、これ以上ビルの中には入れないらしい。

雪平は素直に受付に向かった。首に赤いスカーフを巻いた制服姿の受付女性が立ち上がり、雪平に向かって微笑んだ。雪平は、あらかじめ用意していた携帯画面を彼女に見せた。

「나는 일본의 형사입니다. 박은경 님을 만나고 싶다」

自動翻訳の韓国語なので正しい文章かどうかはわからない。雪平が入力した日本語は、

「私は、日本の刑事です。パク・ウンギョンさんにお会いしたい」

である。受付の女性は、それを見て微かにギョッとしたようだったが、それでも笑顔は崩さなかった。

何か、韓国語で質問された。もちろん、理解は出来ない。それで、もう一つ用意していた画面を相手に見せた。

「パク・ウンギョンさんか、キム・ソンホさんにお会いしたい」

女性はまた何か言う。「ヤクソ」という単語が何度か耳についた。「ヤクソ」「ヤクソ」……これはもしかして「約束」のことだろうかと勝手に推察して、雪平は新たな文面を携帯の自動翻訳アプリに入れた。

「パク・ウンギョンさんかキム・ソンホさんにお会いしたいです。でも、アポイントメントはありません」

韓国語に自動変換して相手に見せる。受付嬢は困ったように固まると、手元にある内線電話を取り上げ、どこかに連絡をした。それから彼女はブースを出て、雪平をエントランスの一番端にある商談スペースの椅子のところまで案内をした。

「여기서 잠시 기다려주십시오」

意味はわからなかったが、椅子を引かれたので素直にそこに腰を掛けた。

それからほんの五分くらいだろうか。紺のスーツ姿の男性が雪平の前に現れた。男は手にしていた名刺を雪平に差し出した。

「秘書室のチェ・ヨンウン（崔永云）と申します。日本の警察の方とお伺いしましたが」

チェ・ヨンウンと名乗る男は、ほとんど訛りの無い流暢な日本語で言った。

「日本語、お上手なのですね」

そう雪平が驚くと、

「英語と日本語と中国語は、韓国でビジネスをしていく上ではどれも必要なので」

とあっさりと答えた。

「で、日本の警察の方が、我が社の社長にどういうご用件で？」

そう言いながら、ヨンウンは雪平の正面に座った。

「ごめんなさい。私が日本の警察の人間なのは事実ですが、今日お伺いしたのは、あくまで個人的な用事なのです」

雪平はそう言って頭を下げた。

「個人的な用事？」

「はい。でも、警察の人間だと言わないと取り次いでいただけないと思い、受付では警察を名乗らせてもらいました」

「よくわかりませんね」

ヨンウンは、メガネのツルを持ち上げ、座りのいいようにかけ直した。

「あなたは、弊社のパク・ウンギョンと直接のお知り合いなのですか？」

「いいえ」

「知り合いではないのに、個人的な用事があるのですか？」

「はい」

「それは何ですか？」

「それは言えません」

「は？」

「パク・ウンギョンさんのプライベートに関することなので、秘書の方でもお話しすることは出来ません」

「……よくわかりませんね」

ヨンウンは、もう一度メガネのツルを持ち上げ、また、かけ直した。

「あなたは、弊社のパク・ウンギョンと直接のお知り合いではない」

「はい」

「知り合いではないのに、個人的な、それもとても大事な用事がある」

「はい」

「それもプライベートに関する大事な用事が」

「はい」

「……お名前をお伺いしてもよろしいですか？」

「雪平です。雪平夏見と申します」

「雪平さん。パク・ウンギョンは未来グループの社長であり、大変多忙な人間です。なので、すべての用事を我々秘書がまず最初にお伺いしています。彼女の秘書は、私を含めて八人もおります。それほど多忙なのです。おわかりになりますか?」

「……」

それほど多忙なら、アポの無い自分のような人間は無視してよいはずだ。にもかかわらず、わざわざ秘書の一人が一階まで降りてきてくれたのはなぜだろう。

「用件は何でしょうか？　ご用件の内容によっては、ウンギョンにお取り次ぎも可能かもしれません」

ヨンウンは、畳み掛けるように訊いてきた。

「用件は言えないのです。ただ、日本の刑事があなたのごくプライベートなことに関することで会いに来ていると伝えていただきたいのです。伝えてさえいただければ、ウンギョンさんはきっと私と会うと言ってくださると思います。上にあがって、ご本人にそう伝えてみてはいただけませんか?」

ヨンウンは苦笑いをし、少しだけ肩をすくめた。

「それは無理ですね。今日は、弊社のプロ野球チームの二〇周年セレモニーがありまして、ウンギョンはオーナーとして球場に行っています。デー・ゲームの前に、キム・ソンホさんが始球式をするのです」

「始球式、ですか」

「はい。ところで、あなたの今日のご来訪は、日本の警視庁を代表してのものですか？」

「まさか。まったく違います」

「しかし、ウンギョンに会いたいというのは、刑事としての仕事柄、ということなのですよね？」

「……」

それは確かにそうである。が、そうと認めることは避けたほうがいいと雪平は思った。しかし、嘘をつくのもためらわれた。嘘をつくのも避けたほうがいいと雪平の直感は言っていた。そこで雪平は、立ち上がることにした。

「帰ります」

「え？」

「ヨンウンさん。ご多忙の中、わざわざお話を聞いてくださってありがとうございました」

それだけ言うと、あっけにとられているヨンウンを置いて、雪平はさっさと歩いてビルを出た。

通りに出ると、最初に見かけたタクシーを止めて乗り込んだ。未来グループが持っている野球チームの試合を観たいと告げると、それは「未来ジャイアンツ」のことであり、今日のデー・ゲームならソウル特別市内にある球場でやっていると教えられた。それで、そのままタクシーで向かって貰った。

野球場というと、東京ドームのような建物を雪平は想像していたが、実際に着いた「未来ジャイアンツ」のホーム球場は、屋根の無い、昔ながらの野球場だった。長年市民から愛されてきた建物だけが持つ独特な威厳のようなものが感じられた。最寄りの駅から、家族連れ、カップル、若者の集団などが、川のように長い列を作って球場に向かっている。道の左右には、お菓子や酒、つまみ等、それと試合を応援するグッズを売る露店が立ち並んでいる。タクシーを降りてから球場の前まで辿り着くのに一〇分くらいかかった。チケット・ブースはすぐに見つかった。が、窓口には「ｓｏｌｄ ｏｕｔ」と書かれた紙が貼られ、四つある窓口すべて、係員はいなかった。

さて、どうしたものか。日本で言うところのダフ屋みたいな人間はいないのだろうか。あるいは、連れが来なくてその分のチケットを売りたいと思っている人はいないだろうか。雪平はしばらく球場の周りをウロウロしてみた。いいカモに見えたのだろう。すぐに、龍のイラストのジャケットを着た、チンピラ風の男が雪平に声をかけてきた。

「언니, 티켓 원하니?」

何と言っているのかわからなかったが、雪平はすぐに携帯を取り出し、

「中に入りたい。チケットを買いたい」

と打ち込んで、それを男に見せた。男は左手で「一」と人差し指を立て、右手で「〇」を六個

並べた。「一〇〇万ウォン」くれと言っているようだ。日本円で約一〇万円。そんな現金は持っていない。雪平は、ショルダーバッグの内側にある小さなポケットから、現在あるだけのウォン札と小銭を出し、それを男に見せた。

「これが全財産です」

面倒なので、日本語のまま言った。言いたいことはわかるはずだ。男は金を目視で数えた。空港で円を五万円、ウォンに両替した。これが約四六万ウォン。仁川国際空港からソウル駅までバスで一万ウォン。ソウル市内の大学を片端からタクシーで回ったせいで一〇万ウォンは使ってしまった。ホテル代はクレジット・カードで払うので現金は関係ないが、昨日、昼に食べたサンドイッチが八〇〇〇ウォンしたし、夜も軽くは何か食べてはおかないと思ってビビンバを食べた。あれが一万ウォン。そしてさっきのタクシーが二万五〇〇〇ウォン。なので、雪平の手元には、もう約三〇万ウォンしか残っていなかった。

「오늘은 특별한 날이다. 김성호의 시구가 있으니까」

と言って、不満そうに両手を広げた。「キム・ソンホ」という音だけはなんとか聞き取れた。

「これで全部です。チケットを売ってください」

雪平は日本語で言った。

「안돼!」

「お願いします」

「안돼！」

「お願いします！」

男は大きくまた手を広げた。それから片言の日本語で、

「オネエサン、ビジン、トクベツ」

と言いながら、雪平の掌の上の金を引ったくった。そして、雪平のショルダーバッグの中に、チケットを突っ込んできた。

「カムサハムニダ」

さて。これはホンモノのチケットだろうか。まあ、入場ゲートまで行けばわかることだ。既にはっきりしているのは、このチケットのために手元のウォンをすべて使ってしまったということだ。雪平は、今、晴れて無一文になった。

入場ゲートを、まったく問題なく通過。あの、ダサい龍のジャケットの男に感謝をする。スタンド下にもまた売店の立ち並ぶ空間があって、赤いユニフォームを着た各選手の大きな写真が横断幕となってぶら下がっている。「未来ジャイアンツ」のチームカラーは赤のようだ。球場の案内係にチケットを見せると、左側の白い階段を指さした。

「カムサハムニダ」

とお礼を言い、その階段で三階まで登った。

スタンドに出る。客席の大半が真っ赤な色で埋め尽くされていて、まるで球場が燃えているようだ。急斜面にそそり立つ内野スタンドの後ろから三列目。通路から右に五つ。そこにポツンと一つ空いている席が、雪平の席だった。階段を登り、四人の中年男性に足をよけてもらって、横歩きで自分の座席の場所に。青いプラスチックのベンチにストンと腰を掛ける。今よけてもらった左隣の中年男性たちは、全員同じグループらしい。全員が赤いユニフォームに赤いキャップ。左手には、棒状の風船。右手には「未来」と書かれた缶ビールを持っている。球場の屋根は、内野席とバックネット裏の一部にしか無いのだが、幸運なことに、ちょうど雪平の座席は、その時間、屋根で直射日光は遮られていた。風が適度な強さで心地よい。思えば、野球場に来たのなんて本当に久しぶりだ。刑事になる前、まだ所轄の交通課に所属していた頃、レクリエーションで明治神宮球場に大勢で野球観戦に行って以来のことだ。もう一〇年ではきかないほど前。

と、右隣の中年男性が、棒状の風船で雪平の足を叩いてきた。振り向くと、上機嫌な表情で、右手の缶ビールと左手の風船を高く上げ、何かを盛んに言っている。

「ごめんなさい。韓国語わからなくて」

と日本語で答えると、相手は、

「イルボンサラム⁉」

と大きな声を出した。イルボンが日本だということは知っていたので素直に頷くと、相手は一瞬驚いたような顔になったが、次の瞬間、両手のものをまた何か言いながら雪平にグイグイと押

し付けてきた。そして、自分は別のビールと風船を取り出し、

「오늘은 즐기자！」

と叫んだ。どうやら、ビールと応援グッズをプレゼントしてくれるらしい。

「カムサハムニダ」

唯一話したことのある韓国語で礼を言い、缶ビールと風船を受け取った。プシュとプル・リングを開け、未来ファンらしき中年男性たちと乾杯をした。ゴクゴクと一気に半分ほど飲む。快晴の日に、屋外で飲むビールは殊の外美味だった。捜査一課の頃は、不眠症にずっと悩んでいて、そのために強めの酒をロックで浴びるように飲んでいた。そういう意味ではビールはあまり役に立たないので飲まなかった。何もかもが、遠い昔のことのようだ。夫を亡くし、娘とは離れ離れになり、左腕は動かなくなり、捜査一課から外され、そして今、異国で初対面の男性からビールをご馳走になっている。人生は不思議だ。ほろ苦くも面白い。

と、その時、スタンドから大歓声が上がった。

雪平の周りの観客たちも、一斉に立ち上がって風船を振り回した。雪平も立ち上がり、グラウンドで何が始まったのか、一生懸命に見た。赤いユニフォーム姿の着ぐるみに先導されて、若い男が一人、マウンドに登るのが見える。肉眼では豆粒くらいにしか見えないが、正面の巨大モニターにもその男のアップが映った。真っ白のワイシャツとブルーのネクタイの上に、未来ジャイアンツの赤いユニフォームを羽織った若い男。事前にネットの画像検索で予習した男性だ。キ

ム・ソンホ。現・大統領秘書室長。未来の韓国大統領候補。

球場内にアナウンサーの声が響き渡る。

マウンドに立ったソンホは、観客の声援に応えるように手をあげた。そして、ワインドアップで大きく振りかぶると、見事な速球をノーバウンドで捕手のミットに投げ込んだ。

「ストライク！」

審判がコールをし、スタンドから耳をつんざくような大歓声があがった。野球をあまり知らない雪平にも、その球が見事なストライクであることはわかった。ソンホは、観客の声援に応えるために再び両手をあげた。マイクを持ったアナウンサー風の男性が、ベンチからマウンドに向かって走ってきた。そして、息を切らしながら、ソンホに何か質問をする。ソンホは、笑顔でその質問に答える。何度か「イルボン」という単語が聞こえた。

これは、雪平自身は後に知ったことだが、このデー・ゲームの前日、とあるスクープ記事が日韓の間で問題になっていた。島根県の竹島で、韓国軍が非公開で防衛訓練を実施したのだがそれをとある韓国のニュースサイトが報道したのだ。在韓国日本大使館は韓国外交部に対し「我が国の立場に鑑みて訓練は受け入れられず、極めて遺憾だ」として抗議した。そのことを、アナウンサーはあえてソンホに質問し、ソンホは「韓国の正当な領内で軍事訓練をして何が悪いのか。日本の政治家の難癖にはもう飽き飽きだ」と大観衆の前で語った。そして更に、

「ぼくは、今日、キャッチャー・ミットを日本の首相だと想像して投げました。そうしたら、な

んと、見事なストライクを投げることが出来ましたよ」

とジョークを飛ばし、球場中の喝采を浴びたのだった。


雪平は、缶ビールの残りを一気に飲み干した。そして、

「ご馳走様でした」

と隣の中年男性に日本語で礼を言った。

今だ。

今しかない。

赤い風船をショルダーバッグに差し込む。そしてまた、「すみません」と言いながら横歩きで四人の男性の前を移動して、通路に出た。スタンドの三階から、一番下の内野フェンスまで、急な階段を慎重に降りる。最初のうちは、誰も雪平を気に留める者はいなかった。単に、自分の席に向かう観客にしか見えなかったからだ。

最前列に辿り着く。雪平は、グラウンドとスタンドの間に立つ高い緑のフェンスに手を掛けた。

「ナヌン・イルボンサラム！」

雪平は、フェンスを摑んだまま、ピッチャーズ・マウンドの上にいるキム・ソンホに向かって叫んだ。

「ナヌン・イルボンサラム！」

私は日本人です！

それから、雪平は、そのフェンスを上に登り始めた。左足を突っ込み、右手と左足の力で身体を持ち上げ、左足よりも更に少し上の場所に右足を突っ込む。今度は右手と右足の力で身体を持ち上げ、更に少し上の場所に左足を突っ込む。そして、一瞬右手を離し、バランスを崩す前にパッと上方のフェンスを摑み直す。

「ナヌン・イルボンサラム！」

私は日本人です！　そう叫びながら。

もし、雪平の左手が麻痺していなければ、彼女はこのフェンスを一気に登りきれたことだろう。そして、グラウンド上に降り、マウンドにいるキム・ソンホに駆け寄れたかもしれない。そうなったら、その行動はテレビカメラで撮影され、日本人女性刑事の非常識な行為がトップニュースとして世界中に配信されたかもしれない。翌日の新聞に「日本の刑事、韓国の野球場に乱入！」と大きな見出しが出て、雪平は世界的な有名人になってしまったかもしれない。だが、事態はそこまで大きくならなかった。二メートル近く登った時には、雪平はもう体格の良い四人の男性警備員に足を摑まれ、そのまま下まで引きずり降ろされたからだ。そしてそのまま、雪平は両腕を捻じりあげられ、連行された。彼女が叫んでいた言葉も、大観衆の歓声にかき消されて、せいぜい半径一〇メートルくらいの客にしか届かなかった。物珍しそうに雪平を見た観客も、すぐに彼女のことは忘れた。彼らは、野球を観に来たのだ。あと、キム・ソンホという有名人と。奇行に走った女性観客のことなどすぐに興味の外に弾かれた。

雪平は、球場の警備員室に連れ込まれ、それからすぐ、球場の外に連れ出された。一台のパトカーが停まっていて、雪平はそれに乗せられた。助手席には三十代くらいの男性。運転席に五十代くらいの男性。二人の制服警官が乗っていた。若いほうの男は、雪平の乗車に合わせて、助手席から後部座席に乗り換え、雪平の左側に座った。

「パスポートを見せなさい。あと、所持品を全部出して」

そう日本語で命令されたので、素直に従った。パスポートを渡し、ポケットの品とハンドバッグも渡した。渡しながら、

「日本語、出来るんですね」

と雪平は尋ねた。

「被疑者は日本人のようだと連絡があったので私が呼ばれたのです。あなたには、我が国の政治家に危害を加えようとした疑いがかけられている。重罪に問われる可能性もありますよ。場合によっては、何年も日本に帰れないかもしれない」

そう、その若い男性警官は答えた。少し、雪平を脅してやろうという気持ちもあったのかもしれない。球場のフェンスを登っただけにしては、やけに重々しい容疑だなと雪平は思った。彼女

がまるで動揺しないので、男のほうが逆に動揺したようだった。

「怖くはないのですか？　牢屋に入ることになるんですよ？」

そう語気を強めて男は言った。雪平は静かに答えた。

「わかっています。それが私の目的ですから」

第六章

1.

まだゴールデン・ウィークが終わったばかりだというのに、初夏を思わせる暑さだった。安藤は、額の汗をハンカチで拭きながら、表参道駅近くのチャペルの一番後ろの席に滑り込むように座った。今日、これからここで、木間塚良太と玉川いづみの結婚式が行われるのだ。アーチ形の天井、祭壇の左右にはステンドグラスの窓。ほの暗い回廊には、年季の入った木製の長椅子が並んでいて、これから結ばれる二人のための白いブーケが飾られていた。新郎新婦の親戚や友人たちは、既にみんな着座していて、新婦の入場を静かに待っている。そして、タキシード姿の新郎も、祭壇の前で神父とともに新婦の入場を待っている。

安藤は、この場に雪平の代理として出席しているという現実に、暗澹たる気持ちになっていた。

まさか、あのまま雪平と連絡が取れなくなるとは。

単身、韓国に渡った雪平と、捜査報告のメールを一度やりとりした。その後、一度だけ、雪平から電話があった。

「もし、私の帰国が間に合わなかったら、いづみさんの結婚式には安藤が代理で出てね」

そう雪平は言っていた。だが、その時はまだ、彼女の結婚式まで一週間もあったので、本当にそうなるとは安藤は思っていなかった。

「雪平さん、今、そっちはどういう状況なんですか？」

そう安藤から質問をしたのだが、雪平は、

「私にもよくわからないんだ」

としか答えてくれなかった。そして、それ以来、雪平とはまったく連絡が取れなくなってしまった。

こんな事態になるなら、あの時もっとしつこく状況を訊くべきだった。そう安藤は深く後悔したが、後の祭りだった。

雪平の身に、何が起きたのだろう。

彼女は今、どこで何をしているのだろう。

オルガンの荘厳な演奏が始まり、安藤の斜め後ろの木の大きな扉がゆっくりと開いた。純白のマーメイド・ドレスを身にまとった玉川いづみが、安藤の知らぬ白髪の男性にエスコートされ、ゆっくりと中に入ってきた。死んだ鵜内の代役を引き受けた、同じ外務省のお偉いさんだろう。いや、本来ならば、彼女の実の父である草刈耕一郎が、いづみと一緒にこのバージン・ロードを歩いていてもおかしくはなかった。鵜内と一緒に車に撥ねられた男が草刈だ、安藤はそう考えていた。鵜内と木間塚が呼んだいづみへのサプライズ・ゲストは草刈が一番しっくりくる。もしこの想像が正しければ、草刈もまた轢き逃げの現場で重傷を負ったはずなのだが、行方不明のままだ。

草刈の身に、その後、何が起きたのだろう。
彼は今、どこで何をしているのだろう。

いづみが、ゆっくりと赤い絨毯の上を歩いて行く。キラキラと輝くティアラ。長いベール。だが、彼女の表情は、その外見の美しさとは対照的に、暗く強張っているように安藤には見えた。ただの緊張からだろうか。これから結婚する若い女性の雰囲気とは、少し違うような気がした。やがて、いづみはバージン・ロードを歩ききり、エスコート役の男性から離れて新郎の木間塚の横に立った。

「賛美歌を歌いましょう」

神父が皆を立たせる。参列者全員で、あらかじめ配られていた歌詞を見ながら賛美歌を斉唱した。それが終わると、神父が挙式開始の宣言をした。

「木間塚良太は、玉川いづみを妻とし、良き時も悪き時も、富める時も貧しき時も、病める時も健やかなる時も、ともに歩み、他の者に依らず、死が二人を分かつまで、愛を誓い、妻を想い、妻のみに添うことを、神聖なる婚姻の契約のもとに、誓いますか」

お決まりの問を神父が尋ねる。木間塚は、隣にいるいづみに微笑みかけ、そして、

「誓います」

と力強く言った。

神父は、いづみのほうに向き直った。

「玉川いづみは、木間塚良太を夫とし、良き時も悪き時も、富める時も貧しき時も、病める時も健やかなる時も、ともに歩み、他の者に依らず、死が二人を分かつまで、愛を誓い、夫を想い、夫のみに添うことを、神聖なる婚姻の契約のもとに、誓いますか」

いづみが、木間塚を見た。安藤からは、その動きが、やけに硬く見えた。いづみはしばらく木間塚を見つめ、それからそっと今度は顔を背けた。

肩が小刻みに震え始める。

新婦が誓いの言葉をなかなか言わないので、教会の中が少しざわめき始めた。木間塚の当惑した顔が、安藤の席から角度的によく見えた。

やがて、いづみはもう一度木間塚を見た。

「木間塚さん。これが私の返事です」

次の瞬間、固く握りしめたいづみの右の拳が、木間塚の顔面にヒットした。殴ったのだ。全力で、手加減無しに、いづみは自分の拳を木間塚のちょうど鼻の頭の部分にめり込ませた。

カエルが潰れたような声を出して、木間塚はひっくり返った。参列者たちが悲鳴を上げる。慌てて自分の顔を押さえた木間塚の両手の指の隙間から、鮮血がすぐににじみ出てくる。安藤は反射的に席を立つと、いづみの第二撃を止めようと教会の通路を走った。

2.

雪平が最初に放り込まれたのは一〇人ほどいっぺんに収容出来る雑居タイプの勾留室だった。泥酔して器物損壊をしたり暴力行為に走るバカを一晩入れて反省させるのによく使われる場所だ。すぐに取り調べが始まるだろうと雪平は思っていた。調書を取られ、反省の意を示し、罰金刑に同意して向こうの用意した書類にサインをする。普通ならそういう流れだと思っていた。が、取り調べはなかなか始まらなかった。三時間ほど放置された後、雪平を連行してきたあの日本語の出来る警官が来た。

「出ろ。場所を移って貰う」

「移る?　なぜですか?」

「質問に答える義務は無い。出ろ」

そして、雪平は、四畳あるかないかの小さな独房に移された。室内には、むき出しのトイレ。せんべいのように薄い布団と、昼寝に使うような小さな枕。天井には、電球が一つ。それ以外は何もなかった。薄暗い独房の、窓の無い壁に寄りかかった。物音一つ聞こえない。今は何時だろうか。そのまま、目を閉じてみた。今は、待つことしか出来ない。心静かに、待つのみだ。

どれだけの時間が経っただろうか。

やがて、別の人間が一人、やってきた。無表情な中年の女性で、警察の制服を着ていない。彼女は鉄格子のドアを開け、韓国語で、おそらく、「出ろ」と言った。大人しく出て、その女の後を雪平は歩いた。ようやく取調室に連れて行かれるのかと思っていたが、実際に案内された部屋は、なぜか応接室だった。広さは一二畳ほど。きちんと窓がある。二人掛けの黒いソファーが、木のテーブルを挟むように、二つ置かれている。雪平は、周囲を見回した。天井にも、壁にも、防犯カメラは無いようだ。大きな円形のアナログ時計が壁にかかっていて、その針は一時を指していた。今は、深夜の一時らしい。

「こんな時間に取り調べとは珍しいですね」

逮捕時に所持品はすべて押収されているので、言葉を翻訳してくれる携帯も無い。それで、雪平は日本語でそう発言した。日本語がわからないのか、それとも何も説明をする気がないのか、案内係の女性は何も言わずに部屋を出て行った。

ここで待てということか。

雪平はカーテンを開け、窓の外を見た。この部屋が三階だということがわかった。下の駐車場にはパトカーが五台並んでいる。あの駐車場に飛び降りて逃げることも、無理をすれば不可能ではない。もちろん、雪平にそんなつもりは無いし、相手もそれを疑っていないようだ。だからこそ、こんな部屋に案内をされたのだろう。

と、ノック無しに、いきなりドアが開いた。そして、白髪まじりの初老の男性が入ってきた。黒いTシャツに、ベージュのチノパン。少し汚れたスポーツシューズ。そして、片手に、日本のパスポートを持っていた。おそらく、押収された雪平のパスポートなのだろう。男は、足音も立てずに移動し、ソファーに静かに腰を掛けた。

「君も、座りなさい」

男は、自分の向かいのソファーを指さした。まったく訛りの無い日本語だった。雪平は素直に従った。男はパスポートを開き、そこの顔写真と、目の前の雪平との顔を何度か見比べて確認をした。

「雪平夏見さん」

「はい」

「君が日本の警察官というのは本当かね？」

「はい」

「ほう」

「……」

「日本の警察は、我が韓国を仮想敵国と見做していて、現職の警官だけでなく、その家族まで韓国への渡航は禁止しているはずだ。それなのに、君はなぜ韓国にいるのかな？」

男は淡々とした口調で訊いてきた。雪平も同じように静かな声で答えた。

「あなたの仰ったことは、多少、事実と違います」

「どこが違うのかな？」

「禁止ではなく、自粛、です。それも、一度として明文化されたことはありません。韓国を仮想敵国と見做しているのも、現職警官とその家族に渡航自粛を促しているのも、あくまでそれは、警察内部の無言の空気です」

「空気？」

「空気を読むという、日本独特の風習です。『はっきりは言わないが、ちゃんとわかっているよね？』という、日本独特のプレッシャーです。それを破ると、人事考課が下がり、出世は見込めなくなり、友人も減ってしまいます。なので、現役の警察官とその家族は、韓国にも中国にも自主的に行かないのです」

「しかし、君は来た」

男の目に、少し鋭さが増した気がした。

「ということは、君は、日本警察からなにがしかの命令を受けて我が国に来たわけだね？」

雪平は微笑みを浮かべた。

「いいえ。あくまで、個人的な目的です」

「ほう。個人的な目的」

「はい」

「しかし、それでは今君が言った日本の警察の空気と矛盾しているじゃないか」

「はい。でも、私は空気を読まない人間なのです。そういう無言のプレッシャーを感じると、どうしても反発してしまうタイプなのです。それで、今までもずいぶんと怒られました」

男は、まじまじと雪平を見た。雪平は、努めて柔らかな雰囲気でいるよう心がけた。

「なるほど。では、その個人的な目的について教えて貰おうか」

「……」

「日本の刑事であるあなたが、組織の方針に反して単身、仮想敵国である我が国に来た。そして、名花女子大でも未来ホールディングスの受付でもわざわざ自分が日本の刑事だと名乗り、最後には、キム・ソンホの始球式の時に、フェンスを乗り越えてグラウンドに乱入しようという非常識な行動をした」

「……」

「私には、君の個人的な目的とやらが、さっぱり想像が付かない。君は何がしたいのかな？　いったい何をしたくて、君は我が国に来たのかな？」

雪平は、少しだけ身を前に乗り出した。そして、男の目をじっと見た。

「私の目的は既に達成されました」

雪平は男に言った。

「は？」

雪平は、もう一度、ゆっくりと男に言った。

「私は、あなたに会うために、日本から来ました」

3.

「私は、あなたに会うために、日本から来ました」

女に真っ直ぐに目を見つめられて、男は不覚にも微かに動揺した。

「言われている意味がよくわからないな」

男は答えた。

「あなた、刑事ではないですよね」

「何？」

「いえ、答えていただかなくて結構です。正直に、『はい、そうです』とは言えないでしょう。ただ、私もそれなりに長く刑事をやっているので、警官かそうでないかは匂いでわかります。あなたは刑事ではない。しかし、一般人でもない。一般人では、深夜に人払いをして容疑者を一対一で取り調べるなんてことは出来ませんからね」

「……」

「私が名花女子大に行ったことも、未来ホールディングスを訪ねたことも、あなたは既に知っている。ということは、あなたはパク・ウンギョンさんに近い立場の方でしょう。あるいは、パク・ウンギョンさんの息子であるキム・ソンホさんの関係者か」

「……」

「そして、深夜の、こんなイレギュラーな取り調べを一人で任されている。つまり、あなたは、警察にそこまで非公式にせよ協力させるだけの権力者をバックに付けている。そして、その人から深く信頼をされている。だからこそ、あなたは私が会いたかった人なのです。そのバックがパク・ウンギョンさんなのか、キム・ソンホさんなのか、そこまでは私にはわかりませんが」

「……」

バカバカしい。私はただの刑事だ……そう切り返すことも出来たが、男はそれをしなかった。

そう言ったところで、この女の確信を揺るがすことは出来ないことが目に見えていたからだ。それに自分のことをどう詮索されたところで、それは痛くも痒くもない。男の目的はただ一つ。この日本から来た女刑事が、いったいどこまでの事実を摑んでいるのかを確認することだ。すべてを知った上で韓国まで来たのか。それとも、実はまだ何もわかっていなくて、はったりで揺さぶるために韓国まで来たのか。そこを正確に見極めなければならない。

「私に会ってどうしたかったというのだ」

男は尋ねた。

「質問を一つ、したかっただけです」

「質問？」

女はいたって冷静なまま言った。

「あなたは私に訊きたいことがある。私もあなたに訊きたいことがある。ならどうでしょう。お互い、正直に情報を交換するというのは」

「なに？」

「私たちは、尋問や取り調べのプロ同士です。いろいろなテクニックを用いるのは時間の無駄でしょう。それよりも、サクサクっと正直に話しませんか」

女の言い方は、あまりに気軽で、まるで、量販店で値引きを頼む主婦のようだった。

「……あんたはおれに何を訊きたいんだ」

男は尋ねた。女の目が、初めて少し光った。

「今年の二月六日の金曜日の深夜。私はあなたが日本にいたと確信しています」

「！」

「あの夜、あなたがしたことを教えてください」

「……」


あの日の夜に何があったか。それはもちろん、すべて知っている。

草刈耕一郎という日本人をマークしていた。自分とは別の指令を受けて、自分と同類の男がほぼ同時に日本に入っているのも知っていた。

男の目の前で、その草刈に向かって暴走車が突っ込んできた。一人の男が草刈を庇って死んだ。その男が外務省の官僚だと知ったのは少し後のことだ。重傷を負った草刈を背負い、現場からの逃走を試みた。が、新宿のとある小さな公園で、追っ手に追いつかれた。そして、そのほんの数分後、草刈は死んだ。真夜中の公園内で。大きなケヤキの木の下で。夜露で湿った冷たい土の上に身体を横たえて。わずかな遺言を残して、草刈耕一郎は死んだ。

男は、佐藤弘と名乗る同業者とともに、しばらく、草刈の亡骸を見つめていた。やがて、佐藤弘がボソリと言った。

「戦う理由が無くなってしまったな。ジュンテ」

「……そうだな」

男は、手袋を両手にはめ、草刈の遺体の前にしゃがんだ。ポケットを探る。薄汚れた白いシャツの胸ポケット。糸がほつれたチノパンのポケット。携帯、財布、何も所持していない。クレジット・カードも無い。ただ、更新出来ずに有効期限の切れた免許証と、裸の札が数枚。あとは小銭。それだけ。免許証は、サラ金で借金する時に使えないかと思って捨てずに持っていたのだろうか。かつてのエリート大学教授の最期にしては、哀れ過ぎる幕切れに思えた。

男は、その免許証だけを抜いて、自分のポケットに入れた。これで、目の前の死体が草刈耕一郎であることを証明するものは何も無くなった。

「行くか。人に見られたら厄介だ」

そうまた佐藤弘は言った。確かに、東京のど真ん中で、韓国の元陸軍エリート兵士と、秘密警察の諜報部員が、二人して身元不明の死体を見つめているのは、あまり第三者に見られたくない図だった。だが、男は、草刈をこのまま放置するのにためらいを覚えていた。

「公園の隅まで運ぶぞ。そして、段ボールをかけてやろう」

そう男が言うと、

「なるほど。ホームレスに見せかけるわけか。それなら、ろくに検死もせずに、死因も凍死と決めつけてくれるかもしれないな」

と佐藤弘は答えた。

確かに、それも一理はある。だが、男の本音は、草刈をこのまま野ざらしにしたくないという、いわば感傷だった。この男は、ただの日本人ではないのだ。

その時、植え込みからガサリと音がした。

「！」

二人の韓国人は、ほぼ同時に身構えた。サビ柄の痩せた猫が植え込みからひょっこりと顔を出した。猫は、二人の顔をしばし見て、そして走り去った。男は、今でもその時の猫の顔をよく覚えている。

それから、二人は草刈の遺体を公園の隅まで運んだ。男が見張っている間に、佐藤弘は手早く手頃な段ボールをどこからかくすねてきた。それを草刈に被せる。頭のてっぺんから足の先まで、すべてが見えなくなるように被せる。これで、遠目には、ホームレスが寝ているようにしか見えないだろう。この季節、死体が異臭を発するまで五日くらいはかかるだろう。そのくらい時間が稼げれば、この男と今夜の轢き逃げ事故を結びつけて考える人間も大幅に減るだろう。

すべてが終わると、佐藤弘は、横たわる草刈に向かって静かに両手を合わせた。

「何をしてるんだ？」

「やつは日本人だろ。これは、日本式の弔いだよ」

と言った。

「そうか」

男も、佐藤弘に倣って同じように手を合わせた。

それが、あの夜のすべてだ。


雪平という女は、男の心底を覗きこむような目で、じっと黙って座っていた。自分が殺人のプロであり、拷問も辞さない尋問や自白の強要のプロであるように、この女はこうした一対一の取り調べのプロであるようだ。まだわずかしか言葉を交わしていないが、既に雪平という女のペースで事が進み始めている気がする。深夜まで放置して心を弱らせ、男の持つ威圧感で一気に落とすという作戦は、この女相手には適していなかったようだ。

「煙草を吸ってもいいかな」

男は雪平に訊いた。

「どうぞ」

男はチノパンのポケットから煙草を取り出し、ゆっくりと吸った。それから、

「おれの名前はカン・ジュンテ（姜準泰）と言う」

と初めて名を名乗った。

女はジュンテの名前を聞いても、特に反応はしなかった。

「おれは、ただの傍観者だ。外務省の役人を殺した車は、日本のヤクザが運転していたと聞いている。草刈という男にも手をかけていない。やつの最期を目撃はしたが、おれが殺したわけでは

ない」

「……」

「それを信じるというなら、おれが見たことはそのまま話してやってもいい」

「……ありがとうございます。交換条件は何ですか？」

話の早い女だ。そして、ジュンテは話の早い相手が好きだった。優秀かどうかを見極めるもっとも簡単で正確な物差しだ。

「警察としての公務で動いているのでないのなら、あんたは誰の命令で動いている」

「……」

「そして、何をどこまで知っている」

「……」

女は、ふっと力を抜き、ソファーの背もたれにその身体を預けた。

「私は、誰の命令でも動いていません。私は、あの轢き逃げが殺人だと証明したいだけです。私の個人的な捜査に協力したせいで、大切な仲間が、今も病院の集中治療室で死線を彷徨っています。私は、彼のためにも、この事件を中途半端に放り出すことは出来ないんです」

「犯人は日本のヤクザだよ。新宿を根城にしている倉石組という組織の下っ端だよ」

「では、彼らはなぜ殺人を犯したのですか？　誰が、彼らに殺人を依頼したのですか？」

「……誰も依頼はしていない」

「は?」

「倉石組は、ビジネスのお得意様相手にサービスをしただけだ。とある日本人のことで困っている。良い知恵を貸してくれないか。代理の者をやるから相談に乗ってくれ。こう連絡すればいい。その代理の者というのは、言わば見届け役だ。そして倉石組は、先回りして相手の望むことをする。万が一失敗しても、お得意様に迷惑はかからない。なぜなら、そもそも殺人教唆が成立するような会話は一切無いからだ」

「……」

「さあ。おれの知っていることは全部答えたぞ。今度はあんたの番だよ、雪平さん。あんたは何をどこまで知ってるんだ?」

4.

いづみは、第二撃を木間塚に加えようと、大きく利き腕の右腕を振り上げた。そして、安藤が止めに入るよりわずかに早く、それを木間塚に向かって振り下ろした。が、そもそも人を殴ったことなどほとんど経験が無いのだろう。第二撃は力が入り過ぎて、木間塚の頭上をただ斜めにかすめただけだった。

「いづみ！　おまえ、ど、どうしたんだよ！」

鼻血を必死に抑えながら、木間塚が叫んだ。

「ど、どうしたんだよ！」

いづみは、尻餅をついたままの自分の婚約者を睨みつけている。両の目に涙があっという間に溜まり、そして両の頰を流れ始めた。

いづみは、涙で少し声を詰まらせながら言った。

「木間塚さん。私、知っちゃったよ」

「え？」

「どうして鵜内さんが死んだのか。どうして鵜内さんの携帯の中に私の写真がたくさんあったのか。そして、あなたがどうして、鵜内さんの死についてずっと嘘の証言をしていたのか」

「いづみ？」

「私は、昨日、一晩中眠れなかったよ。私と結婚しようという人が……私との愛をこうやって神に誓える人が……実は、ずっと私を騙していたなんて！」

「何も騙してなんかいない！」

木間塚は、そう叫びながら、ようやくよろよろと立ち上がった。鼻血は止まる気配が無く、指の隙間からまだポタポタと鮮血は垂れている。あれは折れているのかもしれないなと安藤は思った。

「誰に何を吹きこまれたのか知らないけど、おれはいづみを愛している。いづみを裏切ったことなんか無い」

そう木間塚は懸命に言った。

「ならどうして、私の父とこっそり会っていたの？」

「！」

「私は父の顔すら知らないのに、どうしてあなたが父を知っていて、父と会っていて、しかもそれを私に隠していたの？」

「……」

木間塚が絶句する。安藤も、いづみが今から何を言おうとしているのか、まだわからずにいた。参列者は全員、しんと静まり返って、この突然の修羅場を見守っている。

いづみは言葉を続ける。

「木間塚さん。半年くらい前に、私、最近ストーカーみたいな男につけられてて怖いって相談したよね。あの後木間塚さん、その男ならおれが捕まえてきつく説教しておいたからもう安心だよって言ったよね。でも、あれは嘘だったんだね。あなたは、その人と話してるうちに、私の父だって知ったんだね。何もかも失ってホームレスになった父が、昔捨てた娘の姿を急に見たくなって、それで私の後をつけていた。それを木間塚さんは知ったんだ」

「いづみ、もう止せ！」

木間塚が吠える。しかし、いづみの声も大きくなる一方だ。

「あなたはそして、父の自慢話を聞いた。『今は落ちぶれてしまったけれど、こう見えても昔は大学の教授だったんだ。以前は韓国の名門の大学で客員教授をしていたこともあるんだ』」

その時だった。木間塚は、顔から手を離し、いづみにいきなり飛び掛かった。そして、その血まみれの手でいづみの首を絞めようとした。だが、いづみのすぐ横には安藤がいた。安藤は、とっさに身体を捻って二人の間に入り、木間塚の突進を止めた。それで、彼の手はわずかにいづみには届かなかった。

「いづみ！　やめるんだ！　こんなところでそれ以上話すんじゃない！」

木間塚は安藤に身体を押さえられたまま、必死に哀願した。

「どうしてそんなことを言うの？　私がこれ以上話すと、あなたの出世のための材料が台無しになるから？」

「そんなことじゃない！」

「じゃあ、あれ？　あなたがふだんからしょっちゅう言ってた『国益のため』とかいうやつ？　国益のためなら、女を一人、ずっと騙していてもいいってこと？」

国益、という単語が突然飛び出してきて、安藤はずいぶんと面食らった。結婚式という場所には、実に不似合いな単語だ。しかし、不似合いだからこそ、次の瞬間には、安藤にもこの事件の輪郭がなんとなく想像が出来た。

かつては韓国で客員教授だった男。

その男にすり寄ろうとした外務省の官僚とその上司。

携帯に残されていた古い集合写真。それは韓国の名花女子大で撮られたもので、いづみの父の横には、韓国の大きな財閥のひとり娘が笑顔で写っていた。

その娘は、大学を中退した直後に子供を産んでいる。キム・ソンホ。その血筋とルックスと爽やかな弁舌と、そして反日を堂々と宣言することで国民の人気を一身に集めている若手政治家。ゆくゆくは韓国の大統領になるだろうとすら言われている。

「いづみ。頼むからもうやめてくれ。二人きりで話し合おう。話せばわかる。話せばわかるから」

木間塚は言いながら、またしても床に崩れ落ちた。そのまま土下座をするつもりなのかと安藤は思った。

「それも、『国益』のためかしら」

いづみは冷たく言い放った。

「今はまだ、時期尚早ってことでしょ？　今、私のことを暴露しても、あんまりメリットは無いものね。私の腹違いの兄が、あの国の大統領になってからじゃないと、あなたたちはあの国を脅迫出来ないものね！」

「！」

「そんな脅迫の材料を守ろうとして鵜内さんは死んだ。そんな脅迫の材料を守ろうとして、あなたは警察に嘘をつき続けた。殺人事件なのに！　冤罪で牢屋に入れられた人までいるのに！　そんな卑怯なやり方が外交だって言うなら、私は一生あなたを軽蔑するわ！」

いづみはそこまで言うと、花嫁のベールを床に叩きつけ、そして教会から出て行った。木間塚は完全に心が折れてしまったらしく、床にうずくまったまま声を上げて泣き始めた。神父は、呆然とずっと成り行きを見ていたが、ようやく我に返ると、

「皆様、大変申し訳ありません。結婚式は本日は中止いたします」

と参列者に言った。安藤は、自分のスーツに付いた木間塚の鼻血をティッシュで拭きながら、

（どうしていづみはそこまでの真相を知ったのだろう）

と考えていた。考えながら、不安気に帰っていく参列者たちに目を向けると、その中に一人、安藤のよく知る黒髪の女性の姿があった。

「！」

安藤は慌てて、その女性の後を追った。女は教会を出て、そのまま青山通りへと出ていこうとしている。

「雪平さん！」

人の目を忘れて安藤は大声で呼んだ。その声に、雪平は普通に振り向いた。

5.

カン・ジュンテとの対話は、約二時間に及んだ。その後、雪平はいったん独房に戻され、そのまま半日ほど放置された。そして、翌日の昼頃、突然釈放された。押収されたショルダーバッグを目の前の机の上にドサリと置かれ、

「もう、二度と野球場のフェンスには登らないように」

といかにも下っ端という雰囲気の制服警官に、形式的に口頭で注意されただけだった。

ショルダーバッグの中を確認する。パスポートはある。財布もある。その他、細々としたものも全部ある。が、なぜか携帯電話だけが二つとも入っていなかった。

「あの。携帯電話が無いんですが」

「携帯電話?」

「はい。私の携帯電話がありません」

「そんなものは元々無かったよ」

釈放事務の担当である警官は、欠伸をしながら言った。そんなバカな。警察から支給された業務用の携帯と、美央とLINEをするために買ったばかりの個人用のスマホ、そのどちらも失く

なっている。しばらく警官と押し問答をしたが、埒があかなかった。担当の警官は本当に何も知らないのだと雪平は思った。別の誰かが、雪平の携帯を盗んだに違いない。誰かが、いづみとのメールを解析して、雪平の供述に嘘が無いか確かめたいと思ったのか。それとも、元新宿署の黒澤のように手癖の悪い警官が韓国にもいるのか。真相はもちろんわからない。いずれにせよ、諦めるしかなさそうだ。

「携帯のことはもういいです。その代わり、ここの電話を少しだけ貸してください」

そう雪平は言った。警官は嫌そうな顔をしたが、それは拒否しなかった。それで、雪平は日本に向けて国際電話を三本かけた。

まず、唯一電話番号を暗記していた安藤の携帯にかけた。そして、まずは林堂の容態を訊いた。

「林堂さんは亡くなりましたよ」

そう言われたらどうしようと、受話器を持つ手が少し震えた。が、安藤からの答えは、かろうじて最悪のものではなかった。

「依然として意識不明の危険な状態です。あの後、更に二度、もうダメかもという連絡が平岡から来ました。でも、林堂さんはまだ頑張っています」

「そう」

「雪平さんの顔を見るまでは意地でも死なないつもりみたいです。平岡が開き直ってそう冗談を言ってましたよ」

「そう」

私と会うまでは死なないのなら、このまま永遠に異国をふらふらしていようかと雪平は思った。林堂には、何としても生きていてほしかった。彼は雪平の数少ない仲間であり友人であり、今思えば兄のような存在だった。

「でも、ぼくの予想では、林堂さんは雪平さんの声を聞いたら、きっと目を覚ましますよ。林堂さんは、とにかく雪平さんのことが好きでしたからね」

「そうかな」

「そうですよ。林堂さんが何かを楽しそうに話す時は、決まって話題は雪平さんのことでしたからね」

「あの女は最悪だって話でしょう?」

「そうですよ。でも、それを言ってる時の林堂さんは、いつだって楽しそうでしたよ」

「……」

「で、もう帰ってこれそうですか?」

「たぶん。チケットが取れ次第」

それから雪平は、玉川いづみの携帯の番号と新宿署の電話番号を安藤に訊いた。

「雪平さん、今、そっちはどういう状況なんですか?」

そう安藤が質問してくる。しかし、周囲が韓国の警察官だらけという状況で、安藤に詳しく説

明をするのは避けたかった。なので、

「私にもよくわからないんだ。また連絡するよ」

とだけ言って、雪平は一本目の電話を切った。

次に、玉川いづみに電話をした。

生駒悟志は、鵜内貴文の轢き逃げ事件の犯人ではなかったこと。

おそらく、これから再捜査が行われるだろうこと。つまり、あなたの証言こそが正しかったのだということ。

細かい話は、帰国後に直接会って話したいということ。

その三点を手短に話した。いづみは、今このまま電話で詳しい話を聞きたそうだったが、安藤の時と同じく、周囲が韓国の警察官だらけという状況で、いづみに詳しい説明をするのは避けたかった。それで、

「帰国便が決まったら連絡します」

とだけ言って電話を切った。

それから最後に、新宿署の組対課に電話をした。出たのは中越だった。

「身体、大丈夫ですか？　無理しないでくださいね。ところで、この電話、白迫署長の内線に転送していいですか？」

と言われた。

「何で？」

「や、雪平さんから電話が入ったら必ず転送するようにって、署長が数日前に直々に言ってきたんです」

「そうなんだ」

玖島が姿を消した件について、いろいろ質問したいことはあったが、それも帰国してからにしようと雪平は思った。

「わかった。転送して」

秘書担当の女性を飛ばし、電話はダイレクトに白迫に繋がった。

「やあ、雪平さん。お久しぶりですね。体調はいかがですか」

やけに陽気な声で白迫は電話に出て来た。「やあ」という音の響きがやけにアメリカナイズされていて、そういえばこの男はアメリカ帰りだったんだと思い出した。

「風邪をこじらして何日も休んでしまって申し訳ありません。実は、ちょっと特殊な風邪だったのですが、韓国のソウルに名医がいると聞いて今までその先生の治療を受けていました。もう大丈夫です」

雪平は、もっともらしい嘘というのが苦手だったので、あえて、「誰が聞いても嘘と思う嘘」をついてみた。無断欠勤に無断渡航である。いずれにせよ、よくて停職。下手をすれば懲戒免職だ。が、白迫は、雪平が今どこにいるのかについて、なぜかまったく興味が無いようだった。

「そうですか。韓国ですか。いや、まあ、それはどこでもいいんだ。ちゃんと事前に署長許可を得たうえでの休暇ということにしてあるから、まあ、のんびり休養してきてください。出勤は週明けの月曜からでいいですよ」

そう言って、ハハと白迫は笑った。

「そうそう。週明けと言えば、その五月一一日の月曜日から、玖島くんに代わって新しい係長がきます。沖山というんですが、これが実にいい男でね！　雪平さん、これからは彼の力になってあげてください」

「そうですか」

やけに早い対応だ。玖島が姿を消したと安藤からメールが来たのは、まだ一昨日のことだ。にもかかわらず、もう新しい係長が配属されることに、雪平は強い違和感を覚えた。

「そうだ。一一日にはね、もう一つ異動があるんですよ。私の前の新宿署長の仲松勲さん、依願退職だそうです。ま、それは、そうですよね。仲松さんは玖島係長とは同じ派閥。彼の違法行為を黙認していたと思われて当然ですからね。玖島くんの好成績によって仲松さんは出世したが、結局は玖島くんの悪事が露見して、一緒に破滅したってとこですかね。ハハ」

「あの。違法行為って何ですか？」

「はい？」

「玖島係長の悪事って何ですか？」

雪平の質問に、白迫はオーバーにリアクションをして見せた。

「雪平さん。この電話は録音も何もしてないですよ。そういうすっとぼけは無用です」

「私は何も知りませんが」

「ハハ。まあ、あなたがそういうことにしておきたいなら、私は別にそれでもいいですよ。玖島くんは倉石組と癒着していた。タレコミ電話と称してやつらから情報を貰い、やつらの対抗勢力のアジトにガサ入れを頻繁にかけていた。玖島くんの努力のおかげで、今、新宿の勢力図は倉石組の一人勝ち状態ですよ」

「……証拠はあるのですか？」

「証拠はありませんが、過去の新宿署の捜査記録を丹念に読めば一目瞭然です。倉石組の摘発は件数は多いがやつらの経営には打撃のほとんど無い雑魚案件ばかり。それでいて、ライバルの垂木組には何度も痛恨の一撃を与えている。なるほど。これは倉石組から情報を貰っているのだなと考えるのが普通でしょう」

「……」

「もっとも、相手も叩き上げの刑事ですからね。普通に取り調べをしてもボロは出さないでしょう。そこで、雪平さん。あなたに登場して貰ったわけです」

「……私？」

「戦いに勝つためには、何よりまず相手を動揺させることです。私は彼を動揺させたかった。動揺して、ふだんしないことをして、何かボロを出してくれたら儲けものなのだが……そう思っていました。だから私は、何度もあなたと裏で繋がっていることを署内にアピールした」

「私は署長と特別な関係ではまったくありませんが」

「事実は要らないのですよ。そういう噂があればいい。そして、あなたは、周囲に噂をされやすいタイプの人だ」

得意気に、そして断定的に、白迫は言った。

「あなたが、何を調べていたのか、私はまだよく知りません。個別の案件にはあまり興味が持てない人間でして。ただ、あなたのこれまでの人事考課は熟読していました。不正行為のある職場にあなたを入れれば、必ずやあなたは何かを調べ始めると信じていました。あなたは本当に私の期待通りの人だ」

「……」

「玖島係長は追い詰められ、いきなり消えてしまいました。たぶん、お友達に裏切られたかなんかしたんじゃないでしょうか。もしかしたら、もうこの世にいないかもしれない。残念なことです。ハハ」

また、白迫は上機嫌に笑った。

「なるほど。とにかく思わせぶりに振る舞って人間を不安にさせ、何かしらボロを出すのを待つ……それが白迫署長のお仕事なのですね」

自分の言葉の持つ刺を自覚しながら雪平は言った。

「私の無断欠勤と無断渡航にお咎め無しなのは、あなたの駒としてきちんと機能したことへのご褒美なわけですか？」

「……何か、不満があるのですか？」

白迫の声が、少しだけ不機嫌になった。下の者から媚びられることに慣れている人間特有の傲慢さを雪平は感じた。

「私は玖島係長とは短い付き合いで、彼の人となりについてはほとんど知りません。でも、彼は言っていました。すべては新宿を安全な街にするためだと。犯罪発生率を下げ、治安のいい、誰もが安心して遊べる街にするためにおれは仕事をしているのだと。そして事実、彼が新宿署にいる間、犯罪発生率は下がり続けました」

「あの男は、ヤクザと裏で繋がっていた悪徳刑事ですよ！」

珍しく白迫が大きな声を出した。が、それでも雪平は言いたいことを言い続けた。

「やり方の良し悪しはあるでしょうが、少なくとも彼には彼なりの正義がありました」

「正義？」

「はい。彼には彼の正義がありました。それに比べて、白迫署長。あなたは何もしていない」

「は？」

「あなたがこの一ヶ月の間にしていたことは、単なる派閥のゲーム。警察の中の派閥のゲームだけ。そういう人より、私は玖島さんのような人に共感を覚える人間です」

「……」

しばらくの間、沈黙があった。それからようやく白迫は、

「いいですねえ」

と言った。プライドを汚されて白迫は激怒するだろうという雪平の予想は外れた。

「あなたは、やっぱり面白い」

「……」

「大丈夫。これからも私は事あるごとにあなたをさりげなく優遇します。えこひいきをします。そうすると、あなた自身がどんなに私のことを悪く言っても、周囲はあなたを私のスパイと思い続けます。世の凡人どもは、そういう猜疑心で生きているんです。あなたはきっと、これからもまた私の役に立ってくれますよ」

そして最後に、「では、休暇を楽しんで」と言って白迫は電話を切った。着色して加糖もした果汁〇パーセントのオレンジ・ジュースを無理やり一気飲みさせられたような気持ち悪さが雪平の中に残った。

雪平は警官に電話を借りたことへの礼を言い、そして、警察署を出た。

タクシーに乗ってホテルに帰りたかったが、野球場でダフ屋に全財産を差し出したので雪平は

現金を一ウォンも所持していなかった。なので、地図を頼りに一時間近く歩いて明洞のホテルに戻った。普通は車を使う長くて急な坂を徒歩で登り、懐かしい豪奢なロビーを抜け、スイート・ルームのある三六階までエレベーターであがった。

「お帰りなさいませ。雪平様」

スイート・ルームの顧客専用のカウンターにコンシェルジュがいて、雪平を見ると立ち上がって微笑んだ。雪平は彼の前に歩いて行き、

「日本への帰りの航空券を予約したいのですが、お願いすることは可能でしょうか。出来るだけ早く」

と訊いてみた。

「かしこまりました。では、確認いたしますので、どうぞお部屋でお待ちくださいませ」

そう言われ、雪平は久しぶりに自分の部屋に戻った。そして、熱いシャワーを浴びた。着替えをほとんど用意していなかったので、下着だけ替えてそれ以外は同じ服をまた着た。と、ビジネスデスクの上の白い内線電話が鳴った。

「雪平様。最速でご予約が取れるのは、五月八日金曜日。一八時三五分発の大韓航空便でございます。大変申し訳ありませんが、日本がゴールデン・ウィークの関係で、この便まではすべて満席でございます」

そうコンシェルジュは説明をしてくれた。

「わかりました。では、それを予約してください」

出来れば今日すぐにでも帰りたいところだったが、これ以上谷中に迷惑をかけるのも避けたかった。あのコンシェルジュが満席というのなら、事実そうなのだろう。腹を括ってその日まで待つことにしよう。そう思った。

「かしこまりました」

彼がパソコンのキーを叩く音が聞こえる。そしてすぐに、

「ご予約、完了いたしました。予約番号につきましては、チェック・アウトの際にプリント・アウトしたものをお渡しいたします」

とコンシェルジュは言った。

「チェック・アウト？」

「はい。雪平様は本日チェック・アウトでございます。レイト・チェック・アウト・サービスがございますので、一五時までお部屋はご利用いただけます」

すっかり忘れていた。谷中が予約してくれたのは二泊だけだった。言われていたのに忘れていた。

「このまま延泊したいんですが」

「誠に申し訳ございません。現在ご利用のお部屋は、既に、ご予約が入っておりまして。他のお部屋も、本日は満室でございます。申し訳ございません」

「そうですか」

なるほど。つまり、今日の一五時を超えると、雪平は宿無しになるわけである。雪平は、もう一度、いづみに電話をかけた。仕事中なのだろう。彼女の携帯は留守電だった。そこで、帰りの便の日時を吹き込み、電話を切った。それから、荷物をまとめてコンシェルジュのいるカウンターに向かった。宿泊料金は三〇〇万ウォンだった。クレジット・カードの限度額を超えていたらどうしようかと緊張したが、幸いにもそれは大丈夫だった。航空券の予約伝票を受け取り、それからホテル内のＡＴＭで、三万円分のウォンをキャッシングした。市内のホテルはほぼ全部満室のようだとコンシェルジュが教えてくれたので、思いきって格安のカプセル・ホテルに泊まることにした。日本円で一泊三〇〇〇円程度。歩ける距離だと言うので、雪平はもちろん歩くことにした。一〇分で到着する距離だと言われたが、入り組んだ裏道に少し迷い、結局三〇分かかった。

カプセル・ホテルは、古びた五階建てのビルにあり、一階の立て看板に日本語と中国語で「サウナ五階。受付四階」と書かれていた。四階にあがると、エレベーターを降りてすぐ目の前に受付があった。カウンターに黒い半袖のポロシャツを着た男が無表情な顔で立っていたが、雪平のような女の客が来たことに驚きの表情を見せた。

「泊まりたい。素泊まりで」

と日本語で言った。彼はきちんと理解したのかわからなかったが、雪平にオレンジのタオルとピンクのＴシャツとハーフパンツ、そして鍵をセットにして渡してきた。

「これを着るんですか?」

そう日本語で尋ねると、男性は、内線でどこかに電話をかけた。一分もしないうちに中年の女性がやってきた。

「日本人?」

「はい」

「四階はカプセル、五階はサウナと大浴場。アメニティは売店で買えるね。二四時間営業ね。全部自由ね」

と訛りの強い日本語で言った。それから、「外国人専用」と書かれたシルバーのドアを開け、雪平のカプセルまで案内をしてくれた。左右にそれぞれ二段ずつ、縦に一〇列、ドア付きの箱状のスペースがずらりと並んでいる。雪平は三番だった。小さなドアを開けると、一畳の縦長のスペースに直接せんべい布団が敷かれている。それと、枕。ドアには一応鍵がついている。雪平は、右手と両足で匍匐前進をしながら、なんとか身体をカプセルの中に入れて寝転んだ。大の字にはなれないが、思ったより不快な空間ではない。むしろ、今まで泊まっていた高級ホテルより落ち着くかもしれない。天井に、日本語、中国語、英語で説明書きがあった。垢すりのサービスもあるし、売店だけでなく食堂もあるらしい。カプセル・ホテルと健康ランドが合体したような場所だなと雪平は思った。

それからまた、雪平は林堂のことを思った。

林堂を訪ねて、今度の事件の真相について、そのすべてを早く報告したいと思った。林堂は生粋の現場大好き刑事だから、

「なんだと！　じゃあ、捕まえなきゃならねえやつがまだたくさん残ってるじゃないか！　まいったな。これじゃ、当分の間、家には帰れないぞ」

と嬉しそうに言うはずだ。そのくせ、

「あ、雪平。おまえは美央ちゃんとのことがあるんだから、徹夜で捜査とかダメだぞ。おまえはきちんと家に帰れよ」

とか言うのだ。そういう男だ。

天井の説明書きの文字が、急に滲んで見えた。いつの間にか、涙が出て来たらしい。雪平は、狭い狭いカプセルの中で、静かに目を閉じた。涙がいく粒か、頬を流れ落ちた。

6.

五月八日金曜日。雪平の乗った大韓航空機は、定刻通り、二〇時五五分に成田国際空港に到着した。雪平は機内持ち込みの手荷物しか持っていなかったので、入国審査を終えるとあっという間に到着ロビーに出られた。自動ドアが開いてすぐに、

「雪平さん！」

という声が聞こえた。白い七分丈のニットに、ブルーのスキニージーンズを穿いた玉川いづみがこちらに向かって手を振っていた。

「わざわざ、来てくださったんですか」

「はい、もちろん。留守電を聞いたあと、確認のために何度かお電話をしたんですが繋がらなくて、ちょっと不安だったんですけど」

「ごめんなさい。携帯、失くしちゃったんです」

「失くした？」

「そう。だから、また新しいのを買わないといけないんです」

雪平は、携帯を持っていない。その経緯の説明を省くために言った。

そう言って、雪平は軽く頭を下げた。

「あの、私、実は今日は車で来たんです。東京までお送りしたいんですが、いいですか？」

「ありがとうございます。そうですね。そのほうが、ゆっくり二人で話が出来ますね」

空港を出て、いづみが利用した駐車場まで行く青い無料バスに乗った。いづみの車は赤い軽の「わ」ナンバーだった。わざわざ、二人きりで話すためにいづみはレンタカーを借りてきたのだ。

彼女が運転席に乗り、雪平は助手席に乗った。

「お茶、買ってあるので、よかったら飲んでくださいね」

そう言うと、いづみは車を発車させた。スムーズに車は通りに出て、すぐに東関東自動車道に入った。

高速に入ると、雪平は、

「話をする前に、約束してほしいことがあります」

と言った。それは、雪平がそもそも、ソウルの警察のあの深夜の応接で、カン・ジュンテと交わした約束のことだった。いづみは雪平の言葉を聞き、そして頷いた。

「わかりました。それは約束します」

「ありがとう。では、少し長い話になるけど、話しますね」

そう雪平は前置きをした。

「はい」

前を向いたまま、いづみは短く答えた。それで、雪平は話し始めた。

「今度の殺人事件。その、そもそもの始まりは、三〇年以上前。あなたのお父さんが、韓国の大学で、教え子と恋愛関係になったことなの」

☆

深夜の応接室で、カン・ジュンテはこの事件の背景について簡潔に雪平に説明をした。

「草刈耕一郎って男は、一言で言えば『クソ野郎』だった。女たらしのクソ野郎さ。やつは名花女子大で客員教授をしていた時、まだ男との恋愛にほとんど免疫の無い一人の女子学生をたぶらかして肉体関係を持った。運悪く、その子は妊娠してしまった。その子の父親は財閥の社長でね。そりゃあ、激怒した。で、草刈耕一郎は、その女の子を捨てて日本に逃げ帰ったんだ」

「……」

「女の子は、草刈に捨てられて大きなショックを受けた。怒りと悲しみ。そして絶望。子供を堕ろして自分も死のうかとまで考えた。そして、ふらふらと夜道を歩いていて、とあるバカが運転する車に、出会い頭に撥ねられてしまった」

「とあるバカ?」

「おれだよ」

「……」

「撥ねた瞬間、『あ、殺してしまった』と思ったよ。でも、彼女は複雑骨折をして少し足に障害は残ったけれど、命に別状はなかった。そして、驚くべきことに、お腹の子供も流れなかった。おれは奇跡だと思ったし、彼女もこれは奇跡だと思った。お腹の子供は奇跡の子供だってね。それで彼女は死ぬことをやめ、その子を産んで育てる決意をしたのさ」

「……それは、素晴らしい決断でしたね」

「そうだ。彼女は素晴らしい女性だった。彼女の父親は、何度も彼女に中絶を迫ったが、彼女の気持ちを変えられなかった。それで、自分の部下の中から一番優秀で若くて独身の男を選び、そいつと結婚をして子供もそいつとの子供として育てるなら出産を認めようということになった。彼女は承諾した」

「……そして、彼女は無事に奇跡の子供を産んだ」

「そう」

「キム・ソンホさん」

「そう。奇跡の子供だよ」

☆

「キム・ソンホが、私の兄？」

いづみは、声をひきつらせて言った。

「私には、兄がいるのですか？」

「そう。あなたのお父さんは韓国で子供を作り、そしてその責任を取らずに日本に逃げ帰った。そして日本で今度は短大の教授になったのだけど、そこでまた教え子と男女のトラブルになってクビ。その後も職場を転々として、最後は予備校の教師になって、そこでもまた教え子に手を出した。それが、あなたのお母さんよ」

「……」

「いわゆる出来ちゃった結婚の形で、あなたのお父さんとお母さんは結婚をした。そして、あなたが生まれた」

「……」

「あなたのお父さんの女癖の悪さは直らなかった。あなたを妊娠している時に浮気をしていたことが後になってバレて、その結婚は一年も保たずに終わった。そしてお父さんは、その後どんどん社会的に落ちぶれていったの」

「……」

「未来財閥は、あなたのお父さんのことをずっと監視していた。彼らが死ぬまで秘密にしたいことを、あなたのお父さんは知っているのだから」

「……」

事実を伝えることに心が痛んだが、オブラートに包んだような言い方はやめようと雪平は最初から決めていた。いづみは、次々と明かされる新事実に衝撃は受けているに違いなかったが、それを表に出さないように努めていた。東関道は渋滞しておらず、車は快調に東京に向けて走っている。

「もしかして、あれは父だったのですか？」

いづみがボソリと言った。

「鵜内さんが庇った相手。怪我をしたまま現場からいなくなった男の人。あれは、もしかして、私の父だったのですか?」

雪平は静かに頷いた。

「鵜内さんと木間塚さんは、あなたより先に、あなたのお父さんのことを知っていたの」

「……」

「どういう風に木間塚さんとあなたのお父さんが知り合ったのかはわからない。でも、草刈さんは、韓国に国際電話をかけて、『娘の結婚式に出たいんだ。そのためのお金を少しでいいから貸してほしい』と言ったそうよ」

「私の、結婚式に?」

「そう。草刈さんは、あなたと仲直りをしたいと思っていた。年老いて、落ちぶれて、孤独で、そして、昔捨てた自分の娘のことを思い出したのでしょうね」

そこまで話して、一度、雪平は口を閉じた。雪平自身は草刈とはもちろん会ったことは無いが、それでも子供とともに暮らせない心の痛みが、なんとなくわかる気がして胸が痛んだのだ。子供と離れ離れになった原因が自業自得というところも、草刈と雪平は似ていなくもなかった。

いづみがまたおずおずと質問をしてきた。

「よくわからないのですが……私と仲直りしたいと思うことが、どうして殺人事件に繋がるんですか?」

絞り出すような声だった。そうだ。普通なら、そんなことで殺人は起きない。でも、今回は極めて特殊なケースなのだ。互いを仮想敵国と見做す国と国の間で起きた話だったからだ。

☆

「何度も繰り返し言うが、草刈耕一郎というのは『クソ野郎』だった。そして、救い難くバカだった」

吐き捨てるようにジュンテは言った。

「やつは、昔の教え子が社長を務める会社の代表番号をネットで調べ、堂々と自分の名を言って電話をしてきた。そして、恥知らずにも、昔に妊娠させた元の教え子に、借金を頼んだ。

『娘の結婚式に出たいんで金を貸してくれ。少しでいいんだ。君はものすごい大金持ちなんだから、そのくらいたいしたことじゃないだろう？』

そして、更にこんなことを言った。

『そう言えば、君の息子のキム・ソンホ。すごい人気らしいね。日本でもテレビでよく見かけるから、ぼくは密かにとても誇らしく思っているんだ。君の育て方が素晴らしかったんだろうね』」

「なるほど。それを韓国サイドは脅迫と受け取ったわけですね？」

雪平はそう訊いた。ジュンテは大きなため息を一つついた。

「彼女はそう思わなかった。あの人は、息子を誉めれば私が喜ぶだろうくらいしか考えていない人だ。あの人はバカで女たらしで最低の人だけれど悪人ではないのよ。そう言っていた」

「……」

「でも、彼女の父親はそうは思わなかった。ソンホの活躍を知って、脅迫するなら今だと考えたに違いない。そう受け取った」

「……本当はどちらだったんですか？」

「そんなことはわからない」

「……」

「父親は日本のビジネスパートナーに、『草刈耕一郎という男のことで悩んでいる』と連絡をした。そして見届け人として、自分の信頼する男を一人派遣した。彼女は、自分の父親の行動を予見して、おれにも日本に行ってほしいと言った。

『彼が、本当に私を脅迫するつもりなのか、それを調べてほしい。彼に悪意が無いなら、父の手から彼を守ってあげてほしい』

それが彼女からおれへの依頼だった」

「……」

「見上げた女性だと思わないかい？　自分を妊娠させたあげくにすぐ捨てて、そのまま三〇年以上音沙汰の無かった男のために、そこまでのことを彼女は言ったんだ。おれには言えんよ。おれなら、そんな男は二秒でぶち殺す。でも、彼女は違った。自分と自分の息子のキャリアに大きなリスクが生まれているというのに、それでも相手の身を案じる優しさがあった」

「……」

ジュンテの言葉には静かな熱があった。雪平もパク・ウンギョンの心中を思い、少し胸が熱くなった。

「ただ、彼女は一つだけミスをした」

ジュンテは言った。

「依頼した相手が無能だったんだ……」

「……」

「そのバカは、草刈との接触のタイミングをうかがっているうちに、目の前でやつを車に撥ねられるという大失策を犯した。そいつを抱えて男は逃げたが、父親が送り込んだ男にあっさり追いつかれた」

「……」

「ここは質問するタイミングだよ。そのバカとは誰かって」

「……あなたでしょう?」

「そう、おれだよ！　彼女の信頼に見事に応えられなかったのはこのおれだ！」

「……」

草刈に悪意はなかっただろう。根拠は無いが、それでも雪平はそう思った。ただ、娘の結婚式に出るのに、少しだけ見栄を張りたかっただけだろう。あるいは、自分があまりにみすぼらしいと娘に恥をかかせてしまうと思ったのかもしれない。

でも、木間塚と鵜内は、明らかに草刈のプライバシーを外交に利用したいと考えていたと思う。だから、いづみの誕生日にサプライズ・ゲストとして呼ぼうとしたのだ。草刈に恩を売って、彼に取り入ろうとしていた。いつの日か、キム・ソンホが韓国の大統領になったら、その時は草刈の存在が韓国との外交の切り札になるだろう。反日思想で人気の政治家に、実は半分日本人の血が流れていたなんてことになったら、国をあげての大騒ぎになるだろう。だから、その出生の秘密を盾にとって、存分にその若き大統領を脅せると日本の外交官は考えたはずだ。雪平は、鵜内の妻が、「彼は自分に利のあることしかしない人だ」と言っていたのを思い出した。なるほど。辻褄が合う。草刈を個人的に取り込めれば、それはいつか彼の大出世のきっかけとなったはずだ。そして、木間塚が、轢き逃げ事件について、ずっと嘘の証言をしていたことにも合点がいく。彼は、轢き逃げ事件の再捜査を避けたかったのだ。鵜内亡き今、自分一人が知っている秘密。それが白日のもとに晒され、切り札が切り札でなくなってしまうリスクを、彼は少しでも減らしたかったのだ。

☆

「それで、父はどうなってしまったのですか?」

いづみは尋ねた。

「あの現場から重傷のまま逃げて、その後どうなったのですか?」

「……」

雪平は、もっとも気の重い報告をいづみにした。

「草刈耕一郎さんは、亡くなりました」

「……」

「あなたが見た現場から、ほんの二〇〇メートルほど離れた公園で、彼は息を引き取りました。私が韓国で会った人は、彼の最期の言葉を私に教えてくれました」

「最期の言葉?」

「草刈さんは、彼を殺そうとしていた男と、彼を守ろうとしていた男……その二人の男に言ったそうです。

『君たちがここで戦う必要は無い。おれは、このままここで死ぬ。病院に行くつもりもない』、と」

「何ですか、それ……」

「車に轢き殺されそうになった時、さすがのお父さんも気がついたのでしょう。自分の存在が、今の日本と韓国との関係においては、殺人すら起こり得るほどの危険要素なのだと」

「……」

「そして、草刈耕一郎さんは言いました。

『自分がこのまま死ぬ代わりに、どうか一つだけ約束してほしい。娘には何の罪も無い。だから、娘にだけは、手を出さないでくれ』」

「え？」

「これが、草刈さんの最期の言葉だそうです」

「……」

伝えるべき事実はすべて伝えた。そう思って、雪平は話を終えた。いづみは、ハンドルをしっかりと握りしめ、夜の東関道の路面をじっと見つめていた。いづみから目を逸らし、雪平も外を見た。オレンジ灯が、適度なスピードで後方に流れていく。

と、突然いづみが、

「そんなの、バカ過ぎませんか？」

と言った。

「だって、私と仲直りがしたいなら、ただ普通に会いにくればいいじゃないですか。私、半年前くらいから、ストーカーみたいな人がいるなって思ってて、それを木間塚さんに相談したことがあって、彼、そのうち、『あの男なら安心して。おれが捕まえて説教してやったから』って言ってたんです」

そうか。それが草刈と木間塚の出会いか。雪平は事件の最後の一ピースがはまったと思った。そして、草刈と話しているうちに、バカでうかつな彼から、韓国時代の自分のモテ自慢を木間塚は聞いたのだろう。そして、その情報の持つ威力に驚き、上司の鵜内に相談し、二人で今後の絵図を描いたのだろう。

「普通に会いにくればいいのに……ただ普通に、今までごめんって言ってくれればいいのに……結婚式に出たいなら、ただ普通にそう言ってくれればいいのに……」

いづみの目から涙がこぼれ、それを彼女は右手の甲で何度も拭った。

「バカ過ぎですよ……」

雪平は、何も言わなかった。そのまま二人は、東京まで無言で夜のドライブをした。

7.

「雪平さん！」

安藤が大声で呼ぶと、雪平は普通に振り向いた。そして、

「あ。安藤も来てたんだ」

と雪平はさらりと言った。安藤は短気な人間ではないが、この時はさすがに脳内で何かがブチッと切れた気がした。

「は？　来てたんだ？　じゃないですよ！　いつ帰国したんですか！　何で電話くれなかったんですか！　というより、何で携帯にでないんですか！」

安藤は、一気にまくし立てた。青山通りを歩いている人たちが、何の喧嘩かと一斉に安藤と雪平のほうに振り返った。

「帰ってきたのは昨日。携帯は失くした。だから、電話も出来なかったし、着信も受けられなかった」

簡潔に雪平は答えた。そして、安藤がいくら待っても、それ以上の説明はしようとしなかった。

「ぼくは雪平さんの泊まっているホテルにも電話をしたんですよ？」

安藤は抗議した。

「ああ。あそこは二泊で追い出されたんだ。その後はカプセル・ホテルに泊まってた」

「は？」

「なかなか快適だったよ」

「バカですか！」

安藤は怒鳴った。

「そんな治安の悪いところに女一人で泊まって、何かあったらどうするつもりですか！」

雪平は肩をすくめた。

「わかった。私が悪かった。ごめん」

とてもではないが、何日も死にそうなほど心配した人間に対しての、真摯な謝罪とは思えなかった。雪平がすたすたと青山通りを歩いて行くので、安藤は慌ててその後を追った。

「どこに行くんですか！」

「え？　それはもちろん、林堂さんの病院だよ。昨日も夜に行ったんだけど、これから忙しくなるからね。行ける時にはとにかく行っておきたいから。夜にはキックに会いに行かなきゃいけないし」

そう雪平は言った。そうか。帰国して、真っ直ぐ林堂の病院に行ったのか。安藤は今朝、式に行く前に病院に寄ってきた。その時に平岡とは会ったが、やつは雪平が来たことを教えてくれなかった。そうか。これは、危篤の知らせに駆けつけなかったことに対する平岡のささやかな仕返しか。平岡の怒りは、林堂が無事に退院するまでたぶん収まらないのだろう。

林堂の容態は、未だに一進一退で、予断は許されない。でも、安藤は、林堂の「生還」を信じていた。もっとも危険と言われた事故直後からの一週間を林堂は乗りきったのだ。ならば、これからの一週間を、一ヶ月を、一年を乗りきれないわけがない。やがて、林堂は目覚めるだろう。

そして、厳しいリハビリを物ともせず、いつか必ず刑事の仕事に戻ってくるはずだ。

それまでに、林堂が戻ってくるまでに、雪平や安藤がすべきことは山ほどある。

まず、何としても、林堂を撥ねた人間を探し出す。

それはおそらく、鵜内と草刈を撥ねた人間と同一犯だろう。

絶対に探し出す。

そのためには、まず、草刈耕一郎の遺体を見つけなければ。殺人事件の立件には被害者の遺体が必要だからだ。

忙しくなるからね、という雪平の言葉も、安藤と同じ考えだから出たのだろう。

「病院で平岡さんにさ、人でなしって言われたよ」

歩きながら、さらっと雪平は言った。

「そうですか。ぼくは平岡に、安藤さんと雪平さんはそっくりだって言われましたよ」

そう安藤は答えた。

「私と安藤が？　まさか。私たちは全然似てないよ」

そう笑って、雪平はどんどん先を歩いていく。その態度がまた安藤には実に腹立たしかった。

「そういえば、雪平さん。いづみさんがあの男を殴ること、事前に知ってたんですか？」

雪平に合わせて歩調を速めながら安藤は訊いた。

「まさか。あのまま結婚しちゃうのかと思ってたよ」

「え？　そうなんですか？」

「だって、男のほうにはいろいろ打算があったかもしれないけど、いづみさんはあの男を普通に愛していたからね。私から事件の話を聞いた後、一晩中悩んだんだと思うよ。で、きちんと式に来てドレスも着た。絶対、そのまま結婚するつもりだったよ」

「マジですか。なら、なんでいきなり木間塚を殴ったんですか？」

「さあね。たぶん、彼があまりにもしれっと永遠の愛を誓ったからじゃないかな」

「は？」

「神父さんに対してさ、何の覚悟も葛藤も無しに、あの男、『誓います』とか力強く言ったじゃない。あの瞬間、たぶん、彼女は切れたんだよ」

「そういうものですか？」

「そういうものだよ。私も一応、女だからさ、彼女の気持ちはなんとなくわかる気がするんだ」

「……」

「木間塚くんだってさ。最初にいづみさんと会った時は、普通にただの恋愛だったはずなんだよ。なのに、こんなことになってしまった。いつの間にか、愛よりも別のもののほうを優先しちゃった」

「……」

「人生は難しいね」

雪平はそう言って、寂しそうに笑った。

考えれば考えるほど、やりきれない事件だなと安藤は思った。

憎しみ合いの歴史。隣国の悪口を言うことで支持率を得ようとする政治家。下品極まりないヘイトスピーチ。ネットに匿名で撒き散らされる罵詈雑言。でも、ほんの少し地球の歴史を遡るなら、日本人も韓国人も同じ猿の子孫でしかない。にもかかわらず、世の中は日々良くない方向に進んでいる気がしてならない。そして、負の感情を撒き散らす大人たちを見て、一人、また一人と、関口葉子のようなモンスター・チャイルドが増えるのだ。彼女は決して、突然変異によって現れたサイコ・キラーではない。今の日本の大人たちが、関口葉子のような子供をせっせと作っているのだ。

「難しいかもしれないけど、でも、このまま負けたくはないんですよね」

安藤はそう答えた。

「ん？」

言葉の真意がすぐには摑めなかったらしく、雪平が首をかしげて安藤を見た。

「雪平さん。ぼくね、大人になりたいなって思ったんですよ。今まではたぶん、ずっと若いままでいたいって思ってました。でもね。いつまでもそれじゃだめなんですよ。大人になって、親になって、堂々と、子供に自分の生き方を見せられるような、そういう生き方をしなきゃいけないなって、おれ、思ったんですよね」

安藤の言葉に、雪平は少しびっくりしたような顔をした。それからすぐ、

「いいと思うよ、安藤。応援するよ」

と言った。

安藤は、一度、大きく息を吸って空を見上げた。快晴だった。文字通り、雲一つない青空だった。玉砕するにはいい日かもしれない。そう思った。

「雪平さん。ぼくね。雪平さんと連絡が取れなかった間、ずっと考えていたことがあるんです」

そう安藤は切り出した。

「?　何?」

まったく、何の気配も感じていない顔で、雪平は訊いてきた。本当に腹立たしい女だ。とにかく、真っ直ぐに言おう。結果はともかく、駆け引き無しで真っ直ぐに。そう安藤は心の中で呟いた。本当は、昨日や今日、思いついたことではないのだ。もう何年も前から考えていたことなのだ。それを、シンプルに、そのまま安藤は口に出した。

「雪平さん。おれと結婚してください」

雪平は、きょとんとした顔で安藤を見た。それから、突然、右腕をバタバタと動かしながら、

「は？」

と大きな声で言った。

「な、何言ってんの？　バカか、おまえ」

雪平からバカ呼ばわりされるのはずいぶんと久しぶりな気がした。

「真剣に言ってるんです。なので、雪平さんもまじめに返事をしてください」

安藤はそう雪平の目を見て言った。

「ぼくは、あなたと結婚したい。あなたを守り、あなたと同じ景色を見、そして可能なら、二人の子供もほしいと思っています」

「……」

雪平は安藤から目を逸し、また右腕をバタバタとさせた。狼狽しているように安藤には見えた。そんな雪平を見るのは初めてだった。

「あ、でも返事は今すぐでなくてもいいですよ。美央ちゃんとも出来れば相談してほしいし」

安藤はそう言葉を足した。そして、今度は安藤が先に歩き始めた。

「安藤」

背後から雪平の声が飛んできた。

「ごめん、安藤。茶化したつもりは無いんだ」

まず雪平はそう言った。そして、

「返事、今すぐ言うよ」

と言った。

「え？　今すぐですか？」

今度は逆に安藤のほうが動揺してしまった。

「今、ここで、ですか？」

「おまえだって、今、ここで私に言ったじゃないか」

雪平はそう反論してきた。そう言われると、安藤には返す言葉が無かった。それで、そのまま雪平に向き直り、彼女からの返事を待った。

安藤のプロポーズと同じくらい、雪平からの返事もシンプルで短かった。

※この作品はフィクションであり、
実在の人物、団体等とは一切関係ありません。
※本文中、一部、差別的表現がございますが、
文脈より著者の意図をお汲み取りいただき、
ご理解を賜りますよう、お願い申し上げます。

秦 建日子（はた たけひこ）

小説家・脚本家・演出家。1968年生まれ。

90年早稲田大学卒業。97年より専業の作家活動。

代表作にTV連続ドラマ『天体観測』『最後の弁護人』『ラストプレゼント』『ドラゴン桜』『スクール!!』『サマーレスキュー』『ダンダリン』『マルホの女』他、映画『チェケラッチョ!!』、舞台『月の子供』『くるくると死と嫉妬』『らん』他。

2004年、『推理小説』（河出書房新社）で小説家デビュー、同作は「アンフェア」として連続ドラマ化、映画化され、続刊である『刑事 雪平夏見 アンフェアな月』『同 殺してもいい命』『同 愛娘にさよならを』（同）とともにベストセラーとなった。他に著書として『SOKKI！』『インシデント 悪女たちのメス』（以上、講談社）、『ラストプレゼント』（幻冬舎）、『明日、アリゼの浜辺で』（新潮社）、『殺人初心者』『冤罪初心者』（以上、文藝春秋）、『ダーティ・ママ！』『ダーティ・ママ、ハリウッドへ行く！』『CO 命を手渡す者』『サマーレスキュー』（以上、河出書房新社）などがある。

刑事 雪平夏見 アンフェアな国

2015年8月20日 初版印刷
2015年8月30日 初版発行

著　者　秦建日子
発行者　小野寺優
発行所　株式会社　河出書房新社
東京都渋谷区千駄ヶ谷2-32-2
電話：03-3404-1201（営業）／3404-8611（編集）
http://www.kawade.co.jp/

●

組版　KAWADE DTP WORKS
印刷　株式会社亨有堂印刷所
製本　加藤製本株式会社

●

ISBN978-4-309-02396-0
Printed in Japan

河出書房新社
秦建日子の本

HATA TAKEHIKO

推理小説（刑事 雪平夏見シリーズ）

連続ドラマ＆映画「アンフェア」原作

出版社に届いた原稿には連続殺人事件の詳細と予告、そして「事件を防ぎたければ、この小説の続きを落札せよ」という要求が……驚愕のデビュー作！

単行本／河出文庫

刑事 雪平夏見

アンフェアな月

「娘が誘拐されました」「生後三ヶ月なんです」――錯乱状態の母親からの110番通報。具体的な要求をしない奇妙な誘拐犯と対峙した雪平は……シリーズ第二弾！

単行本／河出文庫

刑事 雪平夏見

殺してもいい命

河原で発見された死体の口には「殺人ビジネス開業」のチラシが突っ込まれていた。殺された男の名は……。雪平夏見、最も哀切な事件が幕を開ける！　シリーズ第三弾！

単行本／河出文庫

刑事 雪平夏見

愛娘にさよならを

「ひとごろし、がんばってください」――幼い字で書かれた手紙を読み終えると男は温厚な夫婦を惨殺した。娘と引き離され、一課からも外された雪平は……シリーズ第四弾！

単行本／河出文庫